有一种力量，叫文学；
有一种美好，叫回忆；
有一种感动，叫青春；
有一种生命，在鲁院！

鲁迅文学院·百草园文集

碧河往事

陈崇正◎著

知識出版社

BIHE WANGSHI

从不同维度展现一座村庄的历史，
是一代城市新移民的残酷乡村记忆，
也是城乡变迁中，
对于乡村的一种缅怀。

图书在版编目（CIP）数据

碧河往事/陈崇正著．--北京：知识出版社，2017.5
（鲁迅文学院百草园文集）
ISBN 978-7-5015-9489-4

Ⅰ.①碧… Ⅱ.①陈… Ⅲ.①中篇小说-小说集-中国-当代②短篇小说-小说集-中国-当代 Ⅳ.①I247.7

中国版本图书馆 CIP 数据核字（2017）第 094538 号

碧河往事　陈崇正　著

出 版 人　姜钦云
责任编辑　易晓燕
装帧设计　君阅书装
出版发行　知识出版社
地　　址　北京市西城区阜成门北大街 17 号
邮　　编　100037
电　　话　010-88390659
印　　刷　北京一鑫印务有限责任公司
开　　本　787mm×1092mm　1/16
印　　张　14.5
字　　数　280 千字
版　　次　2017 年 6 月第 1 版
印　　次　2020 年 2 月第 2 次印刷
书　　号　ISBN 978-7-5015-9489-4

定　　价　39.00 元

目录 Contents

碧河往事

1

傍晚时分，周初来将戏班的事交代给儿子，独自穿过池塘柳堤，去柚园西巷看他的母亲。这些年柚园西巷的住户越来越少，大家都搬到碧河对岸的新屋区去了。这条小巷里那些熟悉的面孔越来越少，搬走了，或者永远走了。周初来不止一次告诉自己要多回来看看母亲，但马甲戏团居无定所，有时候半个月都来不了一次。不过巷子里人少了也好，没有当街哗啦的泼水声，也少了许多口角。母亲向来和邻里相处得并不好，她爱训斥人，谁家乱丢垃圾塞了水沟，谁家的猫偷了别人家的鱼干，只要被她看见，她都会找上门兴师问罪。大家表面上敬她三分，“大姐”“大婶”喊得亲，但背地里不免飞短流长，甚至有人还怀疑她梦游，说她有一阵子凌晨四点就起来，大冷的天，她用折扇的扇柄挨家挨户敲门喊大家起床；也有人说她半夜会起来唱戏，还有菜市场卖菜的也说她有时会喋喋不休讲些数十年前的陈年往事。

只有周初来知道母亲已经多年不听戏不唱戏了，即便他的马甲剧团来到半步村，她也不去。她骂儿子的戏班弄虚作假，早该通通扫除：“真的就是真的，假的，就应该扫进垃圾堆！”周初来不想争辩，戏本来就是假的，这碧河六镇，压根就找不到一个戏班子会唱真戏，大家都是假唱嘛，只需要买来以前专业大剧团的录音带子往音响里一放，吹拉弹唱的声音就都有了，剩下的，只需要让演员跟着比划就好。遇到陌生的唱段，随时打开电脑便可现学现卖。嘴巴一开一合，熟练了形声也就浑然一体，谁都看不出破绽来。其实也没有多少人会留心所谓的破绽，因为这戏是逢年过节初一、十五唱给天上的神仙看的，台下本来就没有多少观众。大家听说唱人戏，开始都来凑热闹，但一出戏三五个小时，没有多少人真有耐心看完。通常都是开始时候人特别多，都围着嚷着，半个小时以后就剩下阿伯阿婆之类的老戏迷，再过半个小时，阿伯阿婆有的回家做饭，有的回家哄孙子睡觉，有的在台下打瞌睡，基本也可以忽略不计。但周初来对剧团的人说，无论有没有观众，动作都要做到位，天上的神看着呢！

2

“阿妈。”他叫了一声，推门而入。老太太正坐在天井的藤椅上，微倾着身体，背对着周初来，一动都不动。周初来又叫了一声，将手里的鹅肉轻轻放在餐桌上，绕到老太太前面，这才看到老太太正用一根红棉线给她那只梅花黑手镯打结。手镯戴在右手腕上，所以她不得不用残缺不全的门牙咬住绳子的一端，见周初来进来，她微微抬头，那双眼睛越过老花镜镜框的上沿看着他，眨了又眨。周初来不觉一笑。

他接过她嘴巴里的棉线，问她：“绑手镯做什么？”

“绑结实点，多打几个结，系在我的手腕上，我怕它会掉。”

“不会掉的。”

“会掉！”

她说她最近每一次转身的时候，总能听到一声清脆的玉镯坠地的声音。她猛地一惊，左手握住右手腕，但手镯还在，稳稳当当在那里。她的手腕确实太细小了，瘦作为弱的前兆早就通过两场手术在她身上铺开了。她尝试过用一根小红绳将手镯系住，绑在手腕上，但也不好，因为夜里总是梦见蛇，红色的、白色的，就盘踞在手镯上。于是就用剪刀剪下来，所以这几天来，她就不停地在打结剪开，再打结，再剪开。这个手镯已经跟了母亲几十年，不肯离身，她经常紧紧握住它，任何人都不许碰。有时候周初来多看一眼，她都不太高兴，说他愿意喊她阿妈，纯粹是为了图谋她的手镯。“我会考虑应不应该传给你。”最近她说，“毕竟这东西，不是我们的”。对此周初来哑然失笑。这手镯墨绿以至于深黑，发出一种无法描述的光芒，无论谁看了都会喜欢。

有一阵子她身体不好，她总疑心是手镯在吸她的精气。“它正在缓慢吸走人的精气！”她举起手腕对周初来说，她知道罪魁祸首就是这只手镯，但她愿意给它吸。“你看，要不是我给它输精气，它哪能如此温润？”

“那就别戴了，阿妈。”他顺口说说。

老太太警惕地看着他，说：“我愿意。”

他只好再笑笑说：“没有，我买了鹅肉……我最近忙，可能要出去半个月，如果生意好可能要一个月。”

3

马甲剧团居无定所，哪里请戏，就到哪里去，“所歇老爷宫，所交大神明”，没有固定的粉丝，往来都是陌生人，大家也都不懂戏。最风光的一次还是出国演出，一个有钱的华侨生日，喜欢听戏，经碧河镇上一个朋友推荐，搭上了线。开始周初来还很忐忑，后来发现那里的人也不怎么关心是不是真唱，就大着胆子去收获掌声。那是剧团最荣光的日子。这些年戏班子生意并不好，请戏的村子也越来越偏远，都是以前给钱都不去的地方，一来一回都得好些天。但毕竟在碧河混了这么多年，各个村也都有一些固定的联络人，他们负责联系请戏，赚取回扣，所以排期还算过得去。最让人忧虑的是现在的年轻人都不愿意玩这个，他们宁可到手机、服饰的专卖店帮人家看店发呆，也不愿意画脸谱唱大戏。有志于戏剧事业的，科班出身，都会去找专业戏剧团，也瞧不上这种黑不溜秋的戏班子。这大概是民间剧团纷纷倒闭的主要原因。当然，福建过来的戏班子抢占市场也是客观威胁，在周初来看来，那些戏班子根本不专业，开出的戏金都很低，纯属恶性竞争，活生生把市场搞坏了。

但周初来最近运气不错。有朋友介绍了一个女的，想要加入戏班，叫韩芳，四十来岁。周初来开始嫌她太老，但她说不计较薪金多少，只要够支付她儿子读大学的生活费就行；再一亮嗓子，竟然是有底子的，化了妆在台上转了两圈，周初来心里已经有了想法。这是近十年来马甲剧团第一次请到的真能开腔唱戏的人。他让人在电脑上将《金花女》的音频剪辑了一下，每次轮到金花女的唱段，就只有背景音乐；韩芳跟着唱了几回，很有点模样。

也巧，刚把这出《金花女》排练好，半步村就来请戏了。半步村已经好些年没有请戏了，这次听说是村书记一年前许诺，如果栖霞山下那三百亩香蕉林地能卖出去，就出钱还愿唱戏给神看。许愿灵验了，谈判顺利，合同已经签了，一切妥帖（虽然有人抗议，说修建化工厂会污染水源，但并不碍事），所以要请戏。地点照旧是在晒谷埕，南边的戏台还在，那是几十年前重修过的，花岗岩垒起来的地基，很结实，当年批斗“黑五类”，把人的脸往台基上用力一磕，就跟磕鸡蛋一样，能听到一声骨头的脆响，很坚固。唱样板戏的时候，顶上本来有盖，不是这么空空荡荡的，但不知道哪一年台风把顶盖给掀走了，只剩下光秃秃的四根四方柱子，对着安静的星空。

拜神的大棚早就搭好了，全村神庙里大大小小十几座神像都被请到这边集中供奉。大竹棚正对着戏台，棚前面烧着巨大的龙香，一根根像士兵那样一列排开，无风之时烟柱笔直，微风则烟雾缭绕。

母亲开始不愿意来。周初来试探着说，这回戏班里来了一个会真唱的，想请她来点拨点拨；再说她生日也快到了，算是提前祝寿。老太太好像没听他的话，只顾缠她的线。他以为这事不行了，没想到临走时，母亲突然说：“好吧。”他想确认一下，母亲又不理他了，只是低头缠线。

4

傍晚热气散去，人不多，周初来才将母亲接过来。藤椅被摆在最中间的位置，她坐上去后，周初来才嚯地把大雨伞打开。没有雨，只是增加点这个位置的仪式感。《金花女》已经唱了大半，演驿丞的是周初来的儿子，鼠头鼠脑，一看奶奶在下面坐着，猫着腰跳得起劲，蛮像那么回事。周初来很少到台下来，这次在老妈旁边站了会儿，才看到戏台上真的十分寒碜，道具不到位，就连遮挡的幕布也脏兮兮的，音箱里传来“噗噗”的声音，就像一头老牛在里头吹气。周初来自己不免有点局促，偷眼看了下老人，老人看得很认真，只是脸上比较漠然，看不出她是高兴还是讨厌。

韩芳出场的时候，老人好像提了点精神，头开始往前伸，一会儿又摇摇头，一会儿又点点头。不久，老人竟然跟着哼唱起来：“念妾身金家人子，祖居南山通都有名。金花奴名姓，金章我亲兄，配夫刘永荆钗为聘……”有那么一两个瞬间，周初来分明听出母亲唱的略略比韩芳唱的快了半拍。

他假装没有看到母亲的行为，仰着脖子看台上。

突然有人拉了一下他的裤子，原来是母亲。她让他弯下腰来，“这姑娘是谁？这是演得太投入，还真哭了？”周初来定睛一看，韩芳真的满脸泪花，妆都有点花了。演驿丞的儿子显然给吓到了，动作都有点跟不上声音，口型也对不上，幸好老人家眼花，看不清。

“这演得还好吧？”他问道。

“还不错，是可以跟她好好说说戏，说说当年陈小沫是怎么唱的。”母亲说。

“对，是该把戏传下来。”周初来说。

母亲说：“你觉得她像陈小沫吗？”

周初来不知道该怎么回答。母亲的脸色突然变冷了。

母亲说：“你今天是不是设局来给陈小沫报仇的？”

周初来愣住了，没想到这喜怒之间的转化丝毫不用过渡，只得赔笑道："阿妈，咱今天看戏，不动气。"

母亲说："我不动气，说实话，她离陈小沫还差得远。"

"是，是。"周初来说，不想多谈了，只希望这场戏赶快结束。

母亲点点头，看着台上，戏里失散多年的夫妻终于团圆了。

她好像长长地舒了一口气，周初来想让儿子把她送回去，没想到母亲突然说："戏唱完了，我请你的角儿去吃番薯粥吧，就到碧河镇上去，你开车。"

周初来为难地看着母亲。

母亲说："你不是想让我给她说戏吗？"

周初来惊讶地点点头，犹豫了半天还是决定遂母亲的愿。

5

碧河镇上已经没有专门卖番薯粥的店铺了。宵夜吃番薯粥已经是十年前的人们的习惯了，现在的人们喜欢喝砂锅粥，可以放麻虾和甲鱼。面包车在碧河镇寥落的路灯下转悠了两圈，终于确定没有番薯粥，才在一家砂锅粥店门口停下来。

"卖番薯粥的怎么会都关门了呢？大概天气不好。"下车的时候老人对韩芳说，"以前，只有那些有钱人才能请角儿吃饭，我是轮不上的。"

韩芳忙说："阿婶，我不是什么角儿，只是年轻时候在省剧团跑过龙套，有老师指点了一下。"

老人似乎没听到韩芳说什么，却只管说她自己的，"想当初，我们这儿最大的角儿是陈小沫，这手镯就是她的……"她像是想起了什么事，茫然露出了一个笑脸，随后又哈哈笑了两声。

周初来和韩芳都不知道她笑什么，只能跟着笑。他们围坐在桌子旁边。服务员过来招呼他们，也答应在粥里加放番薯。话题于是转向了番薯与饥饿，聊了几句，老人突然看到韩芳的额角上有一块乌青。

“刚才化了妆没看出来，被丈夫打了？”

韩芳摇摇头，没说话。周初来接过话：“被村里人打了，就昨天早上，我们刚演第一场，就有村民来砸场……不是年轻人，年纪都比较大，不知道会不会是养老院的，他们不是反对卖地，是觉得书记分钱太少。每个人口发一千多块，真的少，听说那几百亩地卖了好几百万，凭什么每人只发一千多……人家也只是说说而已，还不知道是不是真的分钱，也许一分钱都分不到。反正老人们意见很大，带头组织了年轻人出来抗议，祭神的竹棚不敢动，书记的人也不敢动，就砸我们。有个老人还顺手捡走了两个铜锣，我们不敢动，只有韩芳上去抢，被那个老人用铜锣砸到额头，险些破相。”

老太太听完点点头，脸色变得很严肃，再没有孩子气的狡黠，而是义正辞严：“还是要多听听老人的话。我们年纪大的人见的事情多，这个社会变成什么样我也不懂，但总得有个说话的人，现在就是少了一个说话大家都听的人，如果在以前，插把红旗就把你家祖坟给挖了。”

粥端上来，大家都不说话，嗦嗦喝着粥。静默良久，周初来也不知道要说什么。韩芳就想找个什么话题，她看到老太太手上的梅花黑手镯，就说：“阿婶，你的手镯很漂亮！”

老人拿汤匙的手抖了一下，她坐直了，摸着手腕上的黑手镯，还有那根系在手腕上的红色棉线：“漂亮吧？”

“漂亮，看着眼熟，就像是在哪里见过！”韩芳本来想说在电视里看过，但怕老太太误会她说这是便宜货。老太太低头啜了一口粥，粥很烫，她吸溜了一口气。她缓缓抬起头来的时候，望了一眼天上的月亮，哑着声音说：“抢来的。”

韩芳也笑起来：“阿婶，你说这么漂亮的手镯，哪里有得抢，告诉我，我也去抢一只来。”

老太太扯了点纸巾擦了擦嘴，笑着说：“那时候有个叫陈小沫的潮剧演员，你知道吧？”

韩芳说：“以前听老师们提起过，据说唱《金花女》一级棒。”

老太太把手镯伸过去，让韩芳摸一下，又缩回来，接着说：

“‘文化大革命’的时候，她被斗得很惨，他们让她把钉子敲到她师傅的脑袋上，说是让她戴罪立功。”

韩芳说：“她敲了吗？”

老太太说：“当然敲了，我们都看着呢，不敲不行啊。她还把这只镯子上交给我们，我帮她保存到现在。”

她微微抬着手腕，审视着那只手镯。

韩芳有点不知所措，看了一眼周初来，周初来朝她使了个眼色。

老人突然开口道：“你说这算不算抢？”

韩芳不知道怎么回答了，支支吾吾地说：“过去的事，我不懂。”

老太太点点头说：“我们对不起她。”

过了一会儿，她抽了一张纸巾，将嘴巴擦了又擦，生怕擦不干净似的，然后对韩芳说：“韩先生——”

“阿婶，我是女的……”

老太太突然好像换了一个人似的，直视着韩芳，“韩先生，我以为刚才的戏，你有好几处没做好。《金花女》是南荆钗，分分寸寸都是法。你站在台上，就该是全剧的魂。这金花女不爱金钗爱荆钗，随夫上京，路遇贼人，流落回乡遭嫂欺，心中自然郁郁难平。但她是金花女啊，不是别人，心中有不平之气，更有无限柔情，唯有柔情可以抗恶……”

“阿婶，金花女很惨，我也觉得她很惨，但她都以为丈夫死了，能对谁柔情？”

“你先听我说，别打断我的话。人在命运最悲怆处，也应该有柔情，对亡夫有柔情，对驿丞有柔情，甚至对可恶的嫂嫂也该有柔情，唯有如此，所有遭难才有意义，才会楚楚动人。金花女是衫裙旦，介乎于花旦和闺门旦之间，亦庄亦谐，但怎么能流泪呢？你是在唱戏，不是在演戏。”

韩芳听得似懂非懂，不停地看一下周初来。周初来好像没有看到，脸色阴晴变化不定。

6

送完老太太回家，夜已经深了，面包车漂浮在黑暗里，车灯昏暗，只照着几米远的地方。

“你脾气挺好的，我还一直担心你会顶撞她。”

“没事。”

“我妈胡言乱语，你别介意。老人的话听过就算了，她回头又忘记自己说了什么，你别往心里去。”他伸手在韩芳的腰上掐了一下，力度恰到好处。韩芳没什么反应。她用后脑勺敲了敲车椅靠背的枕头：“以后这种夜宵，你就别让我来吃了，老太太估计也不太喜欢我。”

“她怎么会不喜欢你，她一直看着你……就连你在台上流泪，她都看到了。”

“我流泪也不是因为戏，是我儿子早上说中秋不回家来过了，要陪女朋友回家，刚好唱到‘数月受尽千般苦’，不小心眼泪就下来了……老太太是不是看到我走神了？今晚是鸿门宴啊——听说你们半步村当年批斗人是蛮凶的，以前我们村的也是，应该说整个碧河的老人，很少没干过坏事的。”

“也不能这么说，那年代大多数人还是受苦受难，你不知道，以前她……”

“别以为只有以前打人的现在会变坏，以前受苦受难的，坏起来更坏——好了！不说以前的事了，这社会就是被这帮老人给害惨了。我前夫的父亲，有一回有个学校校长开车碰到他，赔了钱，他尝到甜头，有了经验，每个周末都出去碰瓷。后来孩子要在城里读书需要找关系，老头就想起那校长，跑去跟踪人家，想再碰碰运气。老人的想法有时候跟小孩一样天真，那么快的车人家哪里刹得住，活活给撞死了。人家校长有文化，车上还装行车记录仪，把老头碰瓷的经过都拍下来，丢人都丢到家了。到了，就在这儿停，我自个走进去……你回吧，明天一早还要唱戏。”

“你一个人住？要不要我送你上去？”

“不要了。”韩芳的语气十分坚决。

7

第二天一早，周初来到了戏台，昨晚值夜的小刘蹲在台阶上刷牙，看见周初来，便挥着手里的牙刷，张开满口是泡沫的大嘴，含混不清地说：“快进去，老太太一大早就在里头坐着呢！”

果然，老太太气嘟嘟地在角落里坐着，无论谁进来，她都不看一眼。原来她昨晚想了一夜，得出结论，认为韩芳就是陈小沫的女儿，是来讨回手镯的。

“她说手镯看起来很熟悉，好像哪儿见过，这不是明摆着的吗？”

“没人会要您的手镯。”周初来苦笑着，都不知道怎么办才好。戏班的人陆续都来了，每进来一个人，老太太就把韩芳要讨回手镯的事说一遍，结尾还说要把韩芳赶出戏班，大家听了老太太的话都不知道怎么办。

韩芳是最后一个到的。她进来，老太太就别过脸去，不说话，左手紧紧握住右手腕的手镯。韩芳见大伙儿都看着她，愣住了。弄清楚事情原委，韩芳面无表情，转头问周初来：“班主，那你看怎么办？今天还唱不唱？”

周初来也没有主意，旁边的小刘对他耳语说：“老人就跟小孩一样，你不能总让着她，有时候就得凶一点。”

周初来觉得有理，走上前去，还没开口，老太太就说：“什么都别说了，要不她走，要不我走。我走了自此就别进我家门，我在屋里腐烂也不需要你来收尸！”老太太站得笔直，话说得义正辞严，转身又对韩芳说，“你妈就是我整死的，你爸逃香港被枪毙，总之我对不起你，对不起你们全家，但你想来抢我的镯子，没门！”

大家都面面相觑，不知道说什么好。

韩芳说："阿婶您认错人了，我妈不是唱戏的，我妈现在还活着，就在老家，身体比我还好，种了好大一片香蕉林，您要不信，改天我和初来带您去见见她？"

"你别花言巧语，你们就会花言巧语，你潜伏到我儿子身边到底有什么目的？我把手镯给你还不行吗？妖精！我就剩这个儿子了，这些年他也没少受苦，你现在要来祸害我们家……"

"阿婶，您要这么说，我现在走就是了。"韩芳有点不高兴，她转身就要离开。

"不能走！我还没说完，等我说完再走。"

"那您说吧。"

"我也没什么好说的，"老太太的声音听起来冷冰冰，"我要你离开，但不是现在走。"

大家都笑了。周初来眼看越闹越不可收拾，便示意儿子上前去劝劝奶奶，但儿子摇着头往后缩，站在小刘的后面。周初来只得继续好声好气劝道："妈，时候也不早了，我们总要唱戏，您再这么闹下去，大家都做不了事，再说韩芳走了，谁来唱《金花女》？你不是最喜欢听《金花女》？"

不料老太太嚯地站起来，"我来唱！"大家都看韩芳，暗自好笑。小刘低声跟韩芳说："芳姐，看这情形，你怕要失业了。"

但老太太是认真的，她往中间走了几步。她走路有点晃，大家都怕她一跤跌倒就再也爬不起来。周初来赶忙把椅子挪到她旁边，希望她能扶住椅背。但她一挥手，让他搬开。周初来只得让人去角落里翻箱倒柜把二弦找出来。平时有录音可以播放，这些乐器只是在停电的时候备用一下，周初来偶尔也拿出来练练手，没怎么认真拉过。

母亲咳嗽两声，手指就这样轻轻提起来，开腔了："道旁堤岸柳依依，绿野蓝天燕双飞。京路万里郎无伴，孑然一身苦奔驰。倘若风雨偏袭单身燕，野店荒村有谁扶持……"

戏棚里所有窃窃私语都停了下来，大家一声不敢出。老太太掉了两个门牙有些漏音，但气息浑厚，节奏恰到好处，刚才还是一个老态龙钟的老太婆，突然就变成了个韵味十足的金花女。

早有人听到了声响，跑到后台来围观，都啧啧称奇。老太太一口气唱了十来分钟，终于抵挡不住猛烈的咳嗽，停了下来。韩芳带头鼓掌，大家也都鼓起掌来。小刘对韩芳说："看样子唱得不比你差。"

"比我以前的老师都好，我唱不了这样的。"

老太太扶着椅背坐下来，接过儿子递上来的茶杯，喝了一口。她气喘吁吁，却比之前更精神了。她用浑浊的眼睛环顾四周人的脸，恍惚间似乎回到了过去。她抬头问儿子："你说，我比陈小沫怎么样？"

周初来点点头，一句话都说不出来。

老太太站起来，看了韩芳一眼，不再说什么，颤巍巍地从后台的台阶走下去。在门口的时候，她不忘将她的黑雨伞带上当拐杖。周初来慌忙跟了出去："你们开始唱吧，我送她回去就过来。"

8

日子就这样又过去将近一个月。老太太的兴致似乎越来越好，有一回还要周初来开车带她到栖霞山看看。车到山脚就看不到山了，只有林木葱葱；碧河上吹来的风一阵接着一阵，草树深处传来一声声沙沙的响动，仿佛万千野猪穿过玉米地。

"这里不错，要是我能埋在这里就好了，这里透气。"老太太举目四望，真的长长透出一口气："你老爹最近总是站在门口看我，他怕是饿了，我估计时候差不多了。我前几天让石匠去找一块好石头做墓碑，你有空去帮我看看，挑一块好石头，别偷工减料。"她接着说："石碑要挑硬的，磕着会疼，摸着冰凉，才是好石头。最好能和冰淇淋一样凉，夏天才不会太热，我怕热。"

老太太好像有预知似的，看墓地不久后就病倒了。她不愿意到医院去，而让周初来先将衣柜最低层的衣服拿出来，帮她穿妥帖，说身子硬了不好穿；黑布鞋也穿好，鞋里撒了米。

她将梅花黑手镯退出手腕，递给他："还给她。"她最后看了那只手镯一眼，一切并没有她想象的那么困难。

她就这样静静躺了一夜，外面天还没亮，村子里的鸡已经叫了一声又一声。

天亮的时候，大家都来了。屋子里都是亲戚，有共识似的，都没表现什么悲伤，只是小声地说话，该做什么，按部就班地就做着，好像就盼着这一天似的。

周初来想起石碑的事。他去找石匠，看一下石碑刻得怎么样了。石匠好像正等着他来，说石碑准备好了但没刻字。周初来看着他。石匠在口袋里了半天，掏出两张皱巴巴的纸来，说是老太太特意来写给他的，叮嘱他照着上面刻。

刻墓碑的石匠很认真地说："老人家前后来过两趟，给了两张纸条，两张纸上要刻的名字不一样啊，老太太也不解释。"

周初来接过两张纸条，一个上面写的是陈丹柳之墓，一个写的是陈小沫之墓。陈丹柳就是强迫母亲往师父脑袋上敲钉子的人。他闭了下眼睛，把写有"陈丹柳之墓"的字条攥成一团，扔了，把另一张纸条递过去说："刻这个，陈小沫之墓。"

香蕉林密室

1　开始表演杀蛇

那一年，我二叔陈大同手扶门框，十分虚弱地站在门槛上喘气。我很难将之后轰动一时的香蕉林密室，与一个这么羸弱的人联系在一起。高考失利之后，我二叔当了两年的阉猪匠，腰上别着各种器具，走街串巷给人阉猪。我亲眼看过他阉猪。一个膝盖压在小猪身上，另一条腿斜斜伸出去，稳稳踩着一只短绳套。绳子的另一头，紧紧绑住小猪的一只脚。我二叔利索取出半圆形的银色劁猪刀，在猪腹上开了一个五厘米左右的口子，一挖一劁，一团红色的东西就被扔进水盆里。小猪凄厉的惨叫声慢慢变得无力，缝好刀口，往猪槽里倒一点加了糠的汤水，猪就哼哼地吃起来。从此这头猪就变得乖巧可爱，没有脾气。据说我二叔后来改行去捕蛇，是由于他看见了真正的野猪，骄傲的野猪给了我二叔不小的震撼，它们都长得毛如钢刺，眼如闪电，让我二叔惊骇不已。另一种说法是，我二叔遇到了同样走街串巷的古董佬，长得又矮又胖的铁如意，铁如意对我二叔说："你整日干这活，小心找不到老婆。"这话对我二叔打击不小，那时他还不懂得我二婶必然会是我二婶，他还认为娶老婆的事不是上天安排，而像打猎一样必须主动出击才能有所收获。

无论怎么说，我二叔陈大同收起了劁猪刀，进山去了。在半步村，所有的拜祭活动都离不开蛇的身影。从青花瓷碗上的蛇纹图案也可以推知，对半步村的人们来说，蛇是恐怖的，也是神圣的。我二叔跟随傣族老汉去山里捕蛇，从事的也是恐怖而神圣的工作。但对他表达敬意的，不是女人，而是半步村的男人。捕蛇归来，我二叔都是在村口大榕树底下开始吆喝：“蛇，壮阳的蛇哟——”

男人们都非常自觉地围过来，他们抱着酒罐子，玻璃的、陶瓷的，都往这边来了。我二叔开始表演杀蛇。他左手擒住蛇头，右脚踩着蛇尾，用一把古铜制成的黑色小尖刀，从蛇脖子处刺入，轻快一拉，刺啦一声，刀子便到了蛇尾。这时，他再小心翼翼收刀回刃，在蛇腹中间把蛇胆挑出来。挑蛇胆最见功夫，一条蛇若是杀破了胆子，蛇肉变苦，那就不值钱了。但若是蛇和蛇胆能完美分离，就都是好东西，用蛇泡酒，加入药材，滋阴补肾；生吞蛇胆，更是补肝明目。胆子大的人，一口就吞了；胆子小的，放进酒里，或者放进醋里，一口吞下，虽眉头紧皱，但想着是补品，吃完之后也都心满意足。

但一条两尺长的银环蛇改变了这一切。我二叔陈大同后来对这条蛇有太多的渲染，说该蛇器宇不凡，全身泛着黄色的光晕，明显是蛇中之王。一个捕蛇者被蛇咬伤，终究是丢脸的事；但若说是被蛇王咬伤，那就比烈士还光荣。总之这条奇特的银环蛇一口咬中我二叔的脚踝之后，才不疾不徐掉头离开。我二叔开始不以为意，他敷了青草，服了蛇药，以为没事，但慢慢地，他发现自己已经无法挪动那条腿，他接连打了三个呵欠，瘫坐在地上。

他后来对人们描述，说死神是站在一头牛身上向他走来。人们就会更正他说，是关多宝进山放牛，刚好将他救了。“我知道是关多宝用牛将我驮出来，但我确实也看见死神站在另外一头牛上面，对着我笑。大概正因为我也在牛背上，大家坐骑相同，所以他才没为难我。”我二叔陈大同将此次死里逃生归结为死神的眷顾，这让瘸子薛神医很不高兴。因为他逢人便说是他用梅花针救了陈大同的一条命。

事实的真相是，关多宝用牛将昏昏沉沉的陈大同驮到碧河桥头薛神医的诊所里，告诉薛神医，可能是银环蛇，然后转身便想走。但薛神医把他叫住了。薛神医说，“银环蛇咬伤的，你先别急着走，再等等，也可以帮忙将尸体驮回他家去。”我二叔在一片迷糊中听到这句话，突然就清醒起来：“你说驮谁的尸体？我还没娶老婆呢？”在半步村，不孝有三，无后为大，娶老婆向来是大事。薛神医只得让我二叔别激动，然后他取出他那包梅花针。他说，他最近刚学会一套针灸麻醉法，基本可以不用麻药。说着便给我二叔施针，但接连几次变换银针的角度，两三个穴位都没刺对，他也不好意思再改，便直接用三棱刀给我二叔放血。虽说蛇毒已经让我二叔整条腿都又麻又肿，但他还是痛得哇哇大叫，眼泪都出来了。后来，我二叔便不再发出声音，他又打了两三个呵欠，眼珠子一晃就昏睡过去。

等他醒来时，发现眼前坐着一个漂亮的女子，眉目清秀，模样可人。薛神医介绍说，这是村里三个女高中生之一，叫米小年。米小年因为暑假需要锻炼实践，所以在诊所里帮忙。薛神医的介绍省略掉最重要的细节——是米小年提议薛神医，她可以到镇上医院要一点抗毒血清。就这样，陈大同在被毒蛇咬伤之后六个小时，被救了回来，同时，他赢得了人生的第一个恋人，米小年。

2 外面要战争了

银环蛇事件过去一个月时间，但我二叔还是不愿意从床上起来。他变得很瘦，面容枯槁，样子很像香烟燃尽之后一节没有被弹散掉的烟灰。每天，我娘让我给他送饭，我都是不愿意的，因为他总说他自己是一条蛇。蛇毒似乎并没有从他的体内消除，而是集中到他内心里去。他躺在床上，模仿蛇的样子，一节一节蠕动，惟妙惟肖，让人不寒而栗。我将饭菜放到桌子上，收走上一顿的碗筷，就急急忙忙从他的房子里退出来。我几乎是闭气做完这些事情的，因为他屋子里有一股烂香蕉的甜甜的臭味。有时我也在屋外远远地看着他，看他像一条胸有成竹的毒蛇一样，慢吞吞吃完所有饭菜，然后蜷缩到床上去了。

想念蛇肉的人们有时到他门口来，喊道：“陈大同，蛇呢？”

听到“蛇”字，他一个激灵从床上坐起，猛醒之后颓然道：“过几天进山，会有的。”

过了几天又几天，日子过得跟鬼一样快。这一天，他终于爬起来，站在门槛上抽烟。每月农历初九，古董佬、铁如意就会到半步村来，我二叔所在的陈氏宗祠是必经之地，况且我二叔手里，还有一样东西没出手，铁如意一直都惦记着。果然，祠堂屋角的日影盖住门口那株小凤凰树时，矮胖子铁如意就在街口出现了。他挑着担子，吆喝着，一边用袖子擦着汗，一边跟我二叔招手。矮胖子铁如意将担子放在我二叔门口，解下腰上的葫芦，咕咚咕咚喝了几口水，然后朝我二叔挥了挥手，我二叔明白他的意思。他走下门槛，将这个位置让给铁如意。铁如意跟往常一样，大大方方地蹲在门槛上，像一只嚣张的大鸭梨，将早晨微弱的光线都挡在屋外，陈大同透过他的肩膀望进去，屋内有一种神秘的黑。铁如意从上衣的口袋掏出手帕，小心翼翼地打开，里面包着烟丝和烟纸，他取出一张烟纸，捏了一撮烟丝，捻一下，一根小喇叭模样的香烟就在手里，他伸出粗大的食指，在舌头上蘸了蘸，用口水将香烟纸贴紧，然后掏出火柴，嘶的一声，他点燃了香烟，半眯着眼睛，连抽了两口，才说：“你的夜光壶呢，再不出手就贱了，听说过没？外面要战争了。”

我二叔摇了摇头，他对战争的消息表示震惊。刚刚打过越南，还纠缠不清，怎么就又要打仗了？

“1988 年，1988 年不打，1999 年一定打！”矮胖子伸出两只胖乎乎的手指，在空中摇着，仿佛他就是指挥官，眼前已经是烽火连天。我二叔深以为然，点了点头，他蹲在地上，矮胖子则蹲在门槛上，本来就矮了一节，连连点头，更像一个学生。铁如意开始讲话，他从毛主席的死谈到苏联的局势，加上他沿途听来的各种花边新闻，滔滔不绝地将整个国家的运势都讲了一遍。这其中有些段子他竟然忘记之前已经讲过很多遍，又讲了一遍，但我二叔听来并不觉得厌烦，他耐心又听了一遍，还进行提问。我二叔眼睛不敢与他对视，他感觉到自己这么无足轻重的问题，说出来幼稚得发飘，仿佛一阵风就可以将之吹走。

那天中午，我去送饭时，发现我二叔已经亲自下厨，宴请铁如意。我二叔将家里唯一下蛋的母鸡杀掉了，熬了鸡汤。我爹在世的时候是村长，我爷爷在世的时候是村长，我爷爷的爷爷在世的时候，也是村长，所以，即便我爹在批斗中死去，我二叔还依然能住在这古老的陈氏宗祠里面。这是祠堂最角落的一间房子，临街，我二叔索性就在朝街的这面墙上开了一扇小门，方便出入。鸡汤的香味侵占了老屋的每个角落，我似乎感觉到这古老的屋子也像一个饥饿的老人，在拼命地吸着这种久违的香味。

铁如意正津津有味地咬着一个鸡腿。我二叔终于发问了："你说，以前我只是阉猪，不算作恶；但我去捕蛇杀蛇，满手鲜血，是不是不太好？"

他控制着自己的语速，尽量让这个问题显得不是特别重要，好像随口问出来一样。铁如意嚼着鸡肉："每一条生命都应得到尊重，杀蛇当然不好，太残忍。就像一个人，你活生生把他杀掉，再吃他的肉……"铁如意突然发现我二叔的眼睛一直盯着他手里的鸡腿，这是最要命的反讽，他赶紧又说："不过呢，有一些肉是用来吃的，比如说，狗就是我们的同志加兄弟，家里养的狗是用来爱的，但是，也有一些狗是专门用来吃的。吃了用来爱的狗，和爱了用来吃的狗，同样是不对的。"

说了这番话，铁如意觉得已经为自己吃鸡肉建立了合法性，鸡腿是理所当然用来吃的，于是又狠狠地咬了一大口。

"那你说，不捕蛇，我能干什么？"

"种粮食啊，要打仗了，当然是种地的人有饭吃，未来一定要闹饥荒的。"铁如意重申了他的预言。

3 荷尔蒙的力量

铁如意走后的第二天，我二叔陈大同拄着一把雨伞当拐杖，走出家门，向着田野走去，走向未来的香蕉林。我二叔大病初愈，显得十分虚弱，他走一段路，就要在路边停下来喘气。路上遇到熟人，打招呼时他也只是摆摆手，没有力气多说话。

我二叔在田野中转了一圈，心里大概有些想法。回到家里时，已经是午后时分，饥饿让他有一阵晕眩，他扶着门框站稳了，胸膛起伏，不停喘气。他站在门槛上，将光线挡在门外，在一片昏暗中，他隐约感觉到在书柜前似乎站着一个女人；他以为是幻觉。但这一走神使他一个跟斗栽进了屋里，光线一下子就涌了进去。他从地上爬起来，这一次他看清楚了，因为这个女人正将脸凑到他面前，问："你没事吧？"声音很熟悉，正是米小年。

米小年说，她听说我二叔经历过高考，是来讨教高考经验的。我二叔一听就笑了，他告诉米小年，他只有失败的经验，没有成功的经验。米小年说，正因为是失败的经验才有价值，成功的经验很多且不可重复，但失败的经验可以让别人知道如何避免陷阱。这些话说得我二叔心花怒放："这么说来，你是让我重新揭开伤疤，复习痛苦咯？"本来是一句不满的话，被我二叔用一种笑着的口气说出来，就变得十分暧昧。

米小年开始频繁出入陈氏宗祠，半步村的人都暗地里议论，觉得我二叔艳福不浅。那阵子，我二叔满面红光，荷尔蒙的力量驱走了他的蛇毒，让他重新焕发生机。他从阴冷之中走出，浑身上下闪射着光辉。

我二叔不再捕蛇了。他拿出了阉猪和捕蛇的所有积蓄，暗地里从别人手中盘下了栖霞山脚下一大片的丘陵地，这块土地不大，但从这块地一直连到栖霞山脚下的坟场，也都默认成为开垦范围，不会有人来管。所以我二叔等于拥有了一个高低起伏的王国，有人说有一百亩，也有人说至少五百亩，甚至更多。这里本来是一片野生的竹林，碧河就在不远处向东流淌，河堤上的桃花一开，这片竹林就显得更加青翠可人。在认识到"人多力量大"后，桃树和竹子同时被砍掉，半步村村民只要见到能种庄稼的，基本都不放过。古典的面貌被胃口改变了，我二叔接过这片土地时，这里已经杂草丛生，虫鸣声声，偶有抗战时期的孤坟荒冢，没有墓碑，无名无姓。

我娘对此是反对的，她跟我二叔说，这土地看起来虽然肥沃，但是高低不平，不少地方还长出几根竹子，听说地底下还有山洞，以前鬼子进村的时候，国民党部队曾在此一战，死了不少人。村民进洞避难，有人就在山洞里迷路，再也没有出来过。我娘怕他不信，还举出村里的接生婆的事例："就说麻阿婆，你是认识的，别看手小，却是克夫命，他丈夫就走进山洞，到现在还找不到尸首。"

但我二叔一句话都听不进去，他现在是这片土地的国王，他正带着他的皇后米小年视察国土，检阅树木。他带着米小年走进了高低不平的丘陵地，行走的不便让他有机会拉着米小年的手，每拉一次手，我二叔内心就开出一朵心花，只是感觉时机不对，纵有心花，也只能忍住不放。米小年仿佛对拉小手这件事并不以为意，她既不激动，也不脸红，这让我二叔为自己的龌龊心思而感到十分内疚。所以当米小年提出要搬到陈氏宗祠来住时，我二叔未及细想，一口就答应下来。陈氏宗祠虽然破旧，但房间众多，十分气派，米小年的意思是反正要复习高考，搬过来住，想请教一些问题也比较方便。

米小年搬进了陈氏宗祠，这个动作也让一些人议论纷纷，但我娘却笑得合不拢嘴，她感到十分高兴，逢人便说，年轻人的事，也没有什么不好。但事实上米小年搬进来，我二叔相当于搬出去，他不知不觉就将自己搬到了丘陵地。他在王国的中心搭了一间小竹屋，日以继夜开始劳作，他开垦了几块洼地，播种插秧，种植水稻，还修水渠，将栖霞山上的泉水引来灌溉水田。南方的水稻一年能收两季，清明刚过，我二叔的秧苗已经翠绿一片，远远看去，令人心旷神怡。

另外，还有一项工作正在无声开展——我二叔用初恋的热情，以及对爱情那种宗教般的虔诚，开始去研究这片山地的地洞样貌。他开始热爱这种生活，地洞带给他太多的惊喜，他像一条蛇一样在其中穿梭来去。一个想法正在他内心升腾：他想建造一个地下的宫殿，迎娶米小年。这个晚上，他为自己的想法兴奋不已，无法入眠。

这一年春夏之交，我二叔沉浸在自己的想象之中，他心中所构思的宫殿，正是未来香蕉林密室的蓝图。

4 香蕉是水果之王

为了让宫殿的设计能赚取到更多的惊喜，我二叔不让米小年到田地里来。他让她安心复习，自己却一头扎进地洞之中，开始了废寝忘餐的经营。

春天走了以后，夏天就带着台风到来了。我二叔终于赶在台风到来之前，将稻谷收割起来并堆放在陈氏宗祠里面。太阳出来了，他舒了一口气。他开始到村里的晒谷场去晒稻谷。金黄的稻粒铺在灼烫的地面上，像一首铿锵的诗歌一样让人心里踏实。

但是一场连绵的暴雨改变了这一切。雨水在晒谷场上空聚集起来，拼命灌注下来，在地面汇成一股股的水流将稻谷冲走。我二叔用蛇皮袋赶紧抢救稻谷，但太迟了。这些多灾多难的稻谷避开了台风，却避不开暴雨。它们吸收了水分，都微微膨胀起来。一袋袋滴水的稻谷堆放在陈氏宗祠的厅堂里，我第一次听到我二叔绝望地对我说："傻正，我希望祖宗都来保佑我，我希望出太阳，赶紧出太阳！"太阳倒是曾经出来过，只是顷刻就被乌云卷走了。初夏时断时续的雨水，整整下了十多天还没有停下来的意思。我二叔每天都去摸稻谷，袋子上都变得滚烫滚烫的，种子的力量正在发挥作用。三个星期之后，我二叔的稻谷全部发芽了，白色的鲜嫩的生命穿破蛇皮袋，探出头来。

矮胖子铁如意坐在门槛上安慰我二叔："这总比你去杀蛇阉猪好，对不？人生总得做点什么，对吧？"又说："你不该种水稻，种香蕉吧，阳光烈，雨水足，种香蕉一定没错。"

"种香蕉？"

"当年，在南方，香蕉是水果之王！"

我二叔蜷缩在床上，他的眼前随着铁如意的想象而浮现了一片碧绿的香蕉林，但他感觉到自己全身没有一点力气。

让他全身心投入香蕉林的建设中的，是米小年。严格上来说，是米小年的男朋友，一个大学生。大学生戴着厚厚的眼镜，眼睛又黑又小，像颗黑芝麻。黑芝麻用几句话就将米小年逗得哈哈大笑。笑声传出窗外，恰好我二叔赶回陈氏宗祠。我二叔将那些受潮的稻谷贱价卖给碧河镇的养猪场，拿了钱，兴冲冲来找米小年。但粘稠的笑声将他阻挡在门外，他感觉走向米小年的脚有些不听使唤，仿佛蛇毒又发作了，浑身上下冒出一阵又一阵的鸡皮疙瘩。他走进门去时，发现米小年正斜躺在床上，而大学生盘腿坐在床沿上。

看到我二叔站在门口，米小年脸色大变，从床上一跃而起。大学生也站了起来，摘下眼镜用衣角擦了又擦。

"你来了，你怎么一声不响就来了？"米小年笑得像条鲨鱼。

我二叔没有说话。

"你喝水吗？给你倒水？"

我二叔没有说话。

米小年倒了水，递过来。我二叔没有接。他伸出手去，指着大学生："说！这……谁？"他说了这三个字，句子显得不完整，但意思却完整地表达了出来。

"他……他……"

这时大学生将眼镜擦好了，戴上，他假装气定神闲地说："我是她男朋友，也就是她的另一半。"

"你……她……住我这儿。"

我二叔的结巴和词不达意反而让大学生镇定下来。大学生十分儒雅地说："住你这里，只不过是为了躲避她家里那些说媒的，而且听说你被银环蛇咬过，据说这种蛇咬过的人下面是不行的，比较安全，所以住你这儿。"

"别瞎说！"米小年喝止了大学生，又转过来对陈大同说："别听他瞎说，我只是想跟大学生讨教如何高考，没有别的意思！有些经验你还是说不好的，要承认……"

"你不是说成功学不来，失败的经验更有价值吗？"我二叔感觉自己似乎第二次被银环蛇咬中，全身几乎都动不了。

"小年，我们走！"大学生拉着米小年，像爱情小说里所有的主人公那样夺门而出。

两个人就此消失了，有人说这叫私奔。我二叔第一次感受这个词，就是一个人拉着另一个人的手说，“我们走。”

5 一脚踢翻尿缸

陈大同失恋的消息很快就传遍半步村。我娘摇摇头说，唉，现在的年轻人。她让我多看着二叔，别出什么乱子。

但我二叔什么乱子都没有，他似乎忘记了那天发生的事情，并没有任何异常的表现。相反，他更加勤奋了，托人到外面去运了几车香蕉苗，开始栽种香蕉。他太正常了，反而让我们都十分担忧。他也不留任何机会让我们可以去安慰他，于是，大家也只能装聋作哑，仿佛什么事都没有发生过。

趁着北风还未到来，栖霞山上的水汇合成细流，沿着斜坡上大大小小的沟渠往低处流去，最后合并在安静的碧河里，向东流去。午后的暖风从碧河上吹来，带着水的气息，往上吹来，吹走了一些人的记忆，也吹走了另一些人的梦想。闪电一样的鱼鹰逆着风，俯冲向河面，画出一条优美的弧线。

多年之后我问二叔，在米小年离开的那段时间，他究竟在想些什么。我二叔说他什么也没有想。他说他从来没有如此专注去做一件事，除杂草，种香蕉，修沟渠，挖地洞，设计密室。他让自己的意志专注于一点，在那一瞬间觉得天地之间仿佛没有什么事是自己干不了的。

一年之后，方圆数里之内，大大小小的香蕉林鳞次栉比，连绵起伏；中间竹林枯藤老树，东一簇西一片，互相掩映，美丽如画。大风吹过，香蕉叶子摇摆，发出呼啦啦的声音，竹林发出沙拉拉的声音，藤木在风中颤动，声音尖而高，非常刺耳……各种声音汇在一起，十分好听。而在这地底下，星罗棋布的密室有四十多间，有暗道相连互通。数不尽的通道，数不尽的分岔，数不尽的死路，还有垂直于地面的暗洞，没有绳索无法往回走的斜洞；有些道路通向蛇窝，有些道路通向蝎子蜈蚣窝，有些道路通向暗流汹涌的泉眼，有些道路通向无法穷尽的曲折深洞。当然，哪里放置柴米，哪里放置蜡烛，哪里放置水瓮，哪里放置武器，也只有我二叔才能熟知。总之，之前我二叔只是想布置一间曲径通幽、造型奇特的婚房，而失恋之后，他制造了一台迷宫一样的机器。在这黑暗的地洞里，只有他知道什么地方应该匍匐前进，什么地方应该一跃而过，什么地方应该拐弯，什么地方有小孔可以窥探动静，选择哪一个路口可以走向光明。

这一天早晨，香蕉林密室正式宣布完工，我二叔从地洞出口爬了出来。这个出口不在香蕉林中央的竹屋内，而在离竹屋不远处一片小竹林之中，一个简陋的茅厕里面，用来做小便池的水缸底下。我二叔通宵无眠，一脸疲倦，习惯性地往上一顶，挪开尿缸就爬出来，但当他抬起头时却感到一脸温热。是尿？他惊叫一声，同时也听到上方有更大声的尖叫，有人被吓得一脚踢翻尿缸，慌慌张张逃出茅厕。

我二叔追出来一看，来者却是当时救过自己一命的关多宝。关多宝逃出茅厕腿就软了，瘫坐在地上，回头一看是陈大同，破口大骂，怒不可遏。我二叔这才想起昨天约了关多宝，让他今天一早拉着老牛来这里松土种番薯。在果林的空隙处种些番薯谷物蔬菜，也不卖钱，主要是自己吃，几乎半步村的农民都会这么做。但从来没有人会在尿缸底下钻出来，关多宝活了四十多岁，头一回被吓得屁滚尿流，狼狈不堪。

关多宝摸了摸胯下，东西还在，便骂：“幸好还在，如果缩阳入腹，我跟你没完，你奶奶个臀！”

我二叔只乐呵呵笑起来：“最多只是缩尿入腹，肥水不流外人田，况且你关多宝已经生了三个女儿了，没那东西也不碍事。”

“我还想要一个儿子，不能让关家绝后！”

紧接着关多宝便盘问原因，我二叔知道搪塞不住，索性带着关多宝到密室中转了一小圈，边走边解说，空间大的地方可以做厅堂，空间小的地方可以睡人，每间密室有多少暗道相通。关多宝目瞪口呆，问东问西，最后关多宝又问：“那你说，你建这地方，设计精妙，但究竟有什么用？”

这一问，倒把我二叔给难住了。他拍着额头想了半天，是啊，这个地方究竟有什么用？它跟世界上很多东西一样，比如古董或字画，根本就没有用。但古董字画还可以供人观赏，这是密室，能用来什么？

这一刻，我二叔突然又感到分外孤独。

他只得悻悻然说道：“我听铁如意说，以后可能会打仗，不是1988就是1999，反正是会打仗，你救过我的命，到时我也就可以救你的命。”

关多宝“哦”了一声，就不作声了。显然，他对这个虚无缥缈的承诺完全不感兴趣。

我二叔突然对他狡黠一笑，仿佛突然想起什么事。关多宝吓了一跳：“我知道这么多，你又带我来这个地方，不会杀我灭口吧？电影里都是这么干的。”

“灭口也要先干活再说。”

这天早上，我二叔拿了一张席子，在关多宝的帮助下清理出六具骸骨。这些骸骨都是我二叔在修建密室的时候发现的。当天下午，半步村的人都知道陈大同种香蕉，挖到六具完整的骨骸。麻阿婆跌跌撞撞来到现场，她蹲在那里辨认了半天，却完全无法认出哪一个是她的丈夫，倒是根据一口铜牙，认出了肖虎的父亲。肖虎是村里计划生育大队的队长。这支队伍有另外一个名字叫“小虎队”，专门对付违反计划生育的育龄妇女，比老虎还凶残，所以名声极臭。肖虎满脸横肉，浓眉大眼，长相魁梧，却偏偏天生一个沙哑的破嗓门，讲话如咳嗽，听不大清楚。但一般他也不用讲话，他只需带着他的队伍，破门入室，重在行动干脆利落。

肖虎听说父亲的尸骸找到了，仍然继续打牌，“都什么时候的事情了，烦不烦人。”他使唤两名手下，来到香蕉林，收走尸骸，在栖霞山随便找个地方便埋了。

“没人教养，畜生不如。”麻阿婆暗地里骂了这么一句。她将其他五具尸骸都用骨瓮收拾起来。又将这五只骨瓮都埋到早年为自己丈夫修建好的坟墓里。

“这样也好，有人陪着，也不寂寞。”她嘴上这么说，但还是流下眼泪。我二叔说她离开坟墓的时候，走得十分寂寞。

6 摆摊发放烤番薯

战争并没有来，来的是一场大洪水。那个夏天，暴雨如注，仿佛天上的水都来到了人间。香蕉林地势较高，并无大碍；半步村中的大水已经淹到膝盖，人们淌水而过，将裤脚一直卷到大腿，颇有水乡风情。但碧河下游的乡镇就遭罪了，土垠村、古戌堡、瓦石峡、海头村，这些地方无一不是泽国。大批的难民带着幸存的家人，穿过沼泽地，翻过栖霞山，来到半步村。

我二婶彭细花就藏在这些难民之中，被满脸愁容的人群裹挟着往前走。她带着即将临盆生产的姐姐彭大豆，来到半步村。那时她还是彭细花，不是我二婶，她站在十二指街上，到处张望，手足无措。彭细花长得一点都不细，她个头大，胳膊粗，皮肤黑，只要看一眼她的小腿，就知道是个干惯农活的人。

难民多而不乱，他们在树底下、屋檐下以及一切能遮蔽风雨的地方，停歇下来。他们开始挨家挨户讲述自己的故事，乞求帮助。也有一些人，拉着劫后余生的牲口，开始沿街叫卖。由于疲惫和饥饿，很多人坐在路边，除了眼睛，其他都一动不动。

遇到这样的情形，如果我老爹还在当村长，他一定会忙坏了。但现在的村长不叫村长，叫书记。书记姓张，张书记正出差在外，没空理这些闲事。所以半步村钱家德高望重的钱老爷子出来主持，负责安排难民，发动村里的人接纳难民，提供吃住。半步村所有的餐馆，也自发出来行善，煮了面食，当街发放。瘸子薛神医出来救死扶伤，年迈的李校长提着水壶沿街给人倒热水，卖猪肉的施老大也出来当街提供肉汤，口吃的何数学也哆哆嗦嗦出来给大家看管小孩，就连钱家娇生惯养的少爷钱小门也出来帮助难民搬行李。半步村这几天像过节似的，一场灾难正在考验一座村庄的精神力量和抗压神经。

我二叔和关多宝两人一合计，不单将陈氏祠堂让出来安顿难民，还挖出香蕉林里面所有的番薯，到十二指街摆摊发放烤番薯。

我二婶就是在这个时候出现在番薯摊前面的。她的手扶着自己的姐姐，她姐姐的手扶着自己的肚子，艰难地挺进。我二叔还不习惯于送番薯给一个陌生人，我二婶也没有经验从一个陌生人手里接过一个番薯，总之，这是香蕉林第一个救灾的番薯，它由我二叔手上传递到我二婶手上，它好像象征了什么，又好像什么都没象征。就这样，他们攀谈了起来。据我二叔描述，当时他没注意我二婶有粗腿大胳膊，却注意到我二婶的大嗓门。他们谈话不到五分钟，我二叔已经被这种震耳欲聋的声音彻底震晕了。阉猪杀蛇都以利索著称的陈大同，今天摆摊送番薯却有点笨手笨脚，这让我二婶觉得她有十足的理由应该留在这个摊担之前，帮我二叔烤番薯。一会儿工夫，我二叔就站在旁边，再过一会儿，关多宝也站在一旁，和孕妇彭大豆站在一起——我二婶已经接手了番薯摊所有的工作，她风风火火，一个人从加炭火、烤番薯到派发番薯，全包揽了下来。难民中也有许多她认识的，她的大嗓门就吆喝着，番薯摊前面就排起了长龙。

钱老爷子估计三五天，多则十多天，洪水就会退去，灾民便可回家。可是这样的估计毕竟太乐观了。这场洪水整整持续了一个多月。三天的救灾热情一过，所有的狂欢也很快过去，很多摊担都陆陆续续回家了。餐馆的面，施老大的肉汤，都要两毛钱一碗，所以我二叔的番薯摊前面的人也就越来越多。我二婶擅自将番薯变成五分钱一个，这让我二叔有点不高兴。但我二婶说，对真正没钱的，我们可以接济，但难民也有买得起的，可以收钱，收了钱再发给那些需要帮助的人，这样既不会有那么多人来排队，又可以用钱去帮助别人。给别人钱，当然比给别人番薯更有劲。我二叔这才眉开眼笑。

难民和村民的蜜月期很快过去，很多难民被村民从家里赶出来，住到空置的猪圈或牛棚里面去。偷和抢也开始出现，所以肖虎便带着他的小虎队，手持棍棒到处巡逻，逮到小偷便是一顿毒打。钱老爷子看到场面已经失控，也躲进他的老阁楼里，闭门不出。李校长和何数学也病倒了，回家休养。十二指街安静了下来，番薯摊成为唯一的摊担，但番薯也所剩无几。

最后一个番薯卖出去后，他们按照事先观察的困难人口名单，将卖番薯所得都发下去，然后，我二叔收拾摊担准备回家，关多宝也准备回家。我二婶站在冷冷清清的街头，眼泪簌簌往下落，她终于忍不住低声对我二叔说："你收留我们姐妹俩吧，我就嫁给你。"

这是我二叔的描述，我二婶一直不予承认。她说我二叔那时早就打算带她们姐妹俩回家，只是嘴上不说，他走在前面，就以为她们俩会跟上来。

雨后的栖霞山，云雾缭绕，草树青翠。到了香蕉林的小竹屋，我二婶对着连绵起伏的一片碧绿，欣喜若狂，大呼小叫。她绕着小竹屋里里外外走了一圈，然后对我二叔说："还好，你还没娶亲。"

"你高兴个啥？"我二叔说："婆娘上山砍柴去了。"

"别诳我，这里没一件女人的衣物，梳子上、镜子前面没有一根长头发。"

7　有不祥的预兆

我二婶彭细花和她的大肚子姐姐彭大豆就这样在香蕉林住了下来。

十天之后，大豆就喊着肚子疼。"要生了，要生了！"我二婶大惊失色，她大喊："陈大同，你要救救我大姐，她都痛成这样了！"又说："你赶紧救她，你救她，我嫁给你。"

我二叔心想，这女人怎么一点都不害臊？他说："我怎么救，我只会阉猪捕蛇。"

"那怎么办？送医院？"

"这半步村哪里有什么医院，只有诊所一个，是薛瘸子开的。现在难民多，传染病也多，瘸子怕是忙不过来。"

"你们村里的人生小孩怎么办？"

“都会去叫麻阿婆。”

“那你还愣着干什么——”我二婶一声狮子吼，我二叔就屁颠屁颠跑掉了。

要请麻阿婆出一趟门可真不容易，这老太婆推三阻四。再说这香蕉林是她丈夫的丧生之地，她本来就不太愿意来。

“要不是看在你帮我找到丈夫尸骸的份上，我才不来。”多年过去，找不到丈夫尸骸，麻阿婆内心一直惴惴不安。

麻阿婆脚步倒也利索，只是带的东西太多，而且全压在我二叔身上：水烟烟枪一支，蒲扇一把，药箱一只，被单一套，枕头一个。

麻阿婆空手走在前面；我二叔搬着这些东西，紧紧跟在麻阿婆后面，狼狈不堪。

“陈大同啊，你刚才说什么呀？是你老婆要生了？”麻阿婆还故意揶揄道。

“我老婆还没娶，要做我老婆的那个人在家放着，没过门。”我二叔累得直喘气，话都说不好。

麻阿婆到了香蕉林，只看了彭大豆一眼。她做的第一件事不是嘘寒问暖，而是让我二叔搬来一只竹躺椅，她铺上自己的床单，放上自己的枕头，躺到上面抽水烟。

“我怕你们的床单不干净，还自己带床单来了。”她边摇着蒲扇边说。

彭大豆坐在椅子上，有时叫喊，有时发出“哼哼”的声音。我二婶急得满头都是豆大的汗珠，她来到麻阿婆跟前结结巴巴地说：“大夫……不对，婆婆，你说现在怎么办？”

麻阿婆深深吸了一口水烟，缓缓说：“还怎么办？烧水！”

“然后呢？”

“等着。”

“等着？不用做些什么？”

“是你要生还是她要生？让她别干坐着，走出来，绕着这棵槐树走十圈。”

我二婶连声称是，她扶着彭大豆绕着槐树走了十圈。

"别扶着，让她自己走，再走十圈。"

彭大豆走完，麻阿婆也把烟抽完，她走过去，在彭大豆的肚子上摸了摸："还早着，先吃点东西，攒点力气，下半夜再说。"说完，她径直回到躺椅上，躺下呼呼大睡。

彭大豆吃了点东西，也躺下了，只偶尔哼几声。我二婶将陈大同拽到一边："你说这麻阿婆到底靠谱不？我怎么觉得不太对？这弄不好会出人命的！我怎么有不祥的预兆。"

"我也不知道，"我二叔对这种事情本来就一窍不通，"村里的人都让她接生的，有时也听说有难产死掉的，但不多。"

我二婶一听，不禁打了一个冷战。此时外面夜风阵阵，我二叔也不觉顿生寒意。

一直到午夜，羊水才破，这时彭大豆再也没有发出最初那种夸张的叫声，她只按麻阿婆说的那样大口大口地呼着气。

三个女人在屋里忙碌着，我二叔一个人跑到外面抽烟。他心里七上八下，一直在听着里面的动静。屋里正在诞生一条生命，这是香蕉林王国建立至今第一个到来的新生命，初来乍到，本该乖顺才是，这小家伙怎么如此让人心神难安？

一直到凌晨四点，一声婴儿的啼哭终于刺破夜空，让所有人的心回到原位。

孩子落地了。我二婶抱着婴儿，出来给我二叔瞧瞧。她将孩子交到我二叔手里，自己竟然哇哇哭了起来。我二叔笑道："又不是我们的孩子，你激动什么？"

"那你在这里紧张什么？"

我二叔还想否认，但见我二婶眼望着地上一堆烟头，不觉笑了。

婴儿送回到彭大豆怀里，大豆对我二叔说："大同，你给孩子取个名字吧。他爹姓周。虽说他爹会游水，但洪水那么大，也不知能回得来不……"话未说完，已经哽咽，她别过脸去，偷偷抹着眼泪。

我二叔沉吟片刻，说："叫初来吧，他爹姓周，就叫周初来吧。第一是因为他是我这里最初到来的第一个孩子，其次，'初来'谐音'出来'，希望他爹能从灾难中走出来，回到你们身边。"

“好名字！”大豆含泪笑着：“高中生就是有才，你该去当大学生的，初来初来，真是好名字！”

8 香蕉是一种动物

经过这一遭，我二婶铁定心跟麻阿婆学接生：“我要学一门手艺，这半步村以后也得有人来接生，麻阿婆也得有个帮手。”

我二婶的能干，麻阿婆看在眼里；她愿意来学手艺，麻阿婆心里高兴。但她依旧骄傲地拒绝了，说这是一门不入流的手艺，不值一提。偏偏我二婶是个倔脾气，软磨硬磨就跟着麻阿婆到处去接生。这下倒对了阿婆的胃口：“说什么都没有用，看行动，也看造化。”

麻阿婆对我二婶疼爱有加，对各种应变之法倾囊相授，言传身教，说得非常仔细。但麻阿婆脾气不好，我二婶稍有做错，她开口便骂：“接生大事，岂可儿戏！”我二婶明白在阿婆眼中，接生绝对不是不入流的手艺，而是神圣的，“接生的时候，人的手不是人的，是菩萨的。”

坐完月子，彭大豆说要带孩子回家看看。彭细花说要陪她一起回去，做姐姐的哪里不知妹妹的心思，找个理由拒绝了，让她在这里好好学习接生。彭大豆对我二叔说：“我妹人麻利，能干活，但心眼比较直，有时话语有闪失，你要多担待。你是好人，我相信我妹妹不会看错人，人交给你，你要让她好好的，一定要好好的。我们父母不在了，婚礼可以从简，但也一定要热热闹闹的，不能让我妹受委屈。大恩不言谢，请受我母子一拜。”

说完彭大豆还真跪下了，陈大同赶紧过去扶起来：“你在这儿唱大戏呢？你只是去看看，如果有不妥，还要回来的。”

彭大豆一走，我二叔就开始着手筹办婚礼。按半步村的风俗，新娘过门有十分复杂的程序，但都被我二叔简化成酒宴。我二婶说，“是不是要先去政府登记一下？”我二叔说，“摆酒宴，村里的老人都会来，登记个啥，咱又不离婚！”这样的话我二婶真喜欢听，她紧紧抱住了他。但他们怎么也想不到，这为日后的事埋下了祸根。

酒宴当晚，我二叔大醉，他逼着别人承认香蕉是一种动物，会在深夜说话。大家也都迁就他，随口都承认香蕉是一种十分凶猛的动物，夜黑风高便会悄声交谈。进了洞房，我二叔倒头就睡。屋内昏黄的灯泡照着我二婶，她在床边静静坐着，听我二叔打呼噜，内心安静如窗外的明月。

我二婶过门之后，香蕉林最大的改变不是窗明几净，而是狗吠声。我二婶一口气养了三条狗，颜色各不相同，黑的、黄的和灰白相间的。它们像骑兵一样巡视着整个香蕉林，从东到西，由南到北，在这空寂的世界里，它们既可以是骏马，也可以是骆驼。在这里，猫只会慵懒地睡觉，鸡只懂得在大清早啼鸣，鸟儿只晓得在黄昏时候在天空盘旋，只有狗才是统摄这一切的精灵。

夏至前后，竹林旁边的荔枝树挂满了鲜红的果儿，一颗颗饱满的荔枝掩饰不住动人的娇羞。我二婶提着篮子，将荔枝都采摘下来，一部分送给村里的亲戚，当然，我是最大的受益者；另一部分，她用自制的糯米酒浸泡，封存起来。中秋一过，天气转凉之时，矮胖子铁如意总会在竹屋中小住几天，他喝着我二婶泡的荔枝酒，赏着山涧中一片片金黄的野菊花，大夸这酒香甜醇厚。铁如意对我二叔祖传的一把夜光壶爱不释手，软磨硬泡，我二叔就是不肯出手。

“我说陈大同，你这人怎么就这么倔？一把壶，我们这么多年的交情……”

“壶给你，下次你就不来了。”

两人哈哈大笑起来。酒到酣处，铁如意又开始描述铁血的战争，他预言我二叔的香蕉林密室，必将在战争中扮演着重要的角色。“没有永恒的和平，只有永恒的战争，这是乔治·华盛顿说的。”我二叔当然无法考证这是不是乔治·华盛顿说的，但觉得这话十分深刻，也就连连点头。

“陈大同，”铁如意严肃吆喝一声，然后咯咯地笑起来，停了很久才说：“看你的面相，你命中有一个儿子，但还是不要的好，不管你信不信，这儿子还是不要的好。”

“别装神弄鬼吓唬我！儿子还是要的，香火还是十分重要的。来，喝酒喝酒！”

9　番薯已经吃完了

当北风吹开第一朵茉莉花的时候，我二婶十分伤心地埋葬了家里那只黑猫。黑猫躲在烟囱里取暖，我二婶却不知情，一把灶火点燃之后，黑猫躲闪不及，乌油油的黑毛被烧掉一大片，成了难看的红猫。猫被烧掉毛的事以前也经常发生，不过几天之后，小猫就再也没有在我二婶脚边绕来绕去讨要食物，而是蜷缩在角落里，奄奄一息。我二婶曾尝试着用手去抚摸它，她总认为她那双迎接过很多婴儿的手，能够给黑猫输送去一些生命力，她相信意念集中到一点，就能输送能量保护黑猫。但黑猫还是无可挽回地走掉了。

这一天清晨，我二婶将黑猫埋在茉莉花丛之中，这是黑猫最喜欢待着晒太阳的地方。当她抬起头来时，她看到了一个女子神色慌张地站在门口。

“陈大同在家吗？”

我二婶当然不认识这个人，眼光从上而下将来人扫描一遍。看到她一袭黑衣，我二婶心里有些发慌——难不成这是那只死去的黑猫变的？她还念念不忘黑猫的温顺和慵懒，越看越像，更是迟迟不肯打开院子的竹门。

看我二婶在犹豫，黑衣女子只得说：“告诉陈大同，我叫米小年，他知道的。”

听到米小年这个名字，我二婶登时明白了。她每天都在碧河边上去洗衣服，全村的女人排成一排，浣衣的棒槌声此起彼伏，村里什么新闻旧事，都会在这水边快速传播，能有什么不知道的呢？

她将门打开，同时朝里面喊道：“陈大同，出来，老情人找上门啰——”喊完继续修建猫坟，她挖了一株矮一点的茉莉，种在猫坟旁边，这样雨水就不会将泥土冲走。

陈大同刚从山涧边回来，手里还提着一桶泥鳅。他在屋里，其实早就听到了米小年的声音，但是他没有动，他僵住了。他坐在屋里，埋头咬着一个番薯。米小年悄无声息走了进来，稳稳在他对面坐好，良久才说：

“大同，你还好吗？你娶老婆了？”

我二叔伸手到锅里去摸番薯，他还想再吃一个，但摸不到，番薯已经吃完了。他手里落空，心里也有点落空，不小心被一口番薯呛着了，猛烈咳嗽。米小年站起来说：“我给你倒杯水。”但她环顾左右，都不知道水壶在哪儿，杯子在哪儿。我二婶从外面冲进来，她十分利索，就将一杯水递给我二叔：“这么大个人，吃东西还是这样！”她白了他一眼，一扭屁股，又出去了。

我二叔喝了水，才开口：“说吧，找我什么事？要借钱，我这没钱；要借东西，这地里有什么，你随便拿吧。”

“不是。”米小年说：“不是那样的。”

米小年停住了没有说，我二叔这才抬起头来看着她。他看到她泪流满面，他从来没看到有人能哭成这样，心中不禁一沉。按照米小年的性格，如果不是万不得已的事，她不会来上他的门。在这瞬间，他甚至想走过去，轻轻抚着她的肩膀，告诉她没事的，一切都会好起来的。但我二叔没有站起来，因为他知道我二婶在外面，表面在喂狗，其实正竖着耳朵听着呢。

米小年无声的哭终于慢慢转为抽泣。我二叔递给她一条毛巾。她将毛巾紧紧拽在手里，才带着哭腔说：“我实在不知道自己还能找谁。自从那年我离开这里，我父母也不要我了，我也没有朋友了。”当半步村大部分的婚恋都由媒婆促成时，米小年和大学生选择了琼瑶式的私奔，她付出的代价无疑是十分惨重的。现在米小年回来了，回到半步村，她没有去找父母，而是直接来到陈大同的王国，她本来是这里的女主人，而今天却成了客人。

“我是逃出来的，”她说，“他疯了，他把我关起来，他打我。”

我二婶在外面咳嗽了两声：“大同，我到河边去提两桶水，你招待好客人。”说着，她带着水桶离开了。她还将水桶摩擦着小路边的树枝，哐当做响，以便让我二叔确认她已经走远。

米小年也懂得我二婶是故意为两人的谈话留出了空间，她感激地说：“嫂子人真好。”

10　你们干了什么

米小年说，她要把肚子里的孩子拿掉：“听说嫂子是弄这个的？”

“她是接生！不是……”我二叔有点激动，“怎么能做这个呢？我每个月都有十天是吃素的，你懂不？”

“我懂，但你不懂我……”米小年又哭了。

我二叔站起来，又坐下去，他显得很烦躁。他摸出烟来，叼在嘴里，点燃了，抽了一口，又扔在地上，用脚踩灭了：“不抽了，抽烟对孩子不好。”

米小年的哭声更响了。哭完了，米小年才说：“你要让我把话说完。”

米小年说，这孩子真不能要。她说，他们出走后，辗转到过很多城市，大学生对她也蛮好，他们寻找过很多工作机会，但大学生眼高手低，基本什么都干不了，这时她有点后悔当时一时冲动跑出来干什么，其实在家乡慢慢待着，也挺好。但每次她表现出悔意，大学生就非常激动，感觉很受伤，很沮丧，有时甚至大发脾气。他们去过广州，也到过上海，但最后还是回到了碧河镇。“就在碧河镇，他疯了，每次发作都把我叫公主陛下，把他自己当驸马爷。”米小年说，她一边赚钱生活，一边还要给他买药治病。开始他只是偶尔发作，发作之后清醒又什么都不记得了。但每次清醒之后他又非常懊恼生气，他给她道歉，给她赔不是，发誓要对她好。但渐渐地，发作的次数越来越多，最后很少会清醒。“我实在无法想象这样一个家庭，多一个孩子会怎么样。”他经常跟踪她，有一段时间还将她关起来，把她叫作潘金莲，还用鞭子抽打她。每次她逃出来，无论逃到哪里，他都能找到她。“他就像狗一样灵敏，就如现在，他一定知道我来这里，一定知道的。”她眼神中充满恐惧。

这时屋外传来脚步声，米小年大叫一声，就躲到陈大同身后去：“他来了，他来了，他来了……”

屋外是铁桶落地的铿锵声，我二婶嗓子还是那么大：“我来了，怎么了？还妨碍你们了？”她显然对米小年大喊大叫的过激反应十分不满，站在门外，双手叉腰，瞪着我二叔看。

我二叔慌忙解释：“她是怕她丈夫追过来，不是怕你。”

“哦，你们干了什么，就怕她丈夫知道，不怕我知道了？”

我二叔将她拉到一边，又将米小年的情况大概讲了一遍。刚讲完，又听米小年大叫了一声，眼睛直勾勾地看着大门外。我二叔循着米小年的眼光望去，只见门口的小路上走来一个人，身着长袍，一手提着长袍的前摆，一手拿着折扇，边走还边用折扇去打路边飞舞的蝴蝶。

“怎么瘦成这样？”我二叔不禁嘀咕着。他认了半天才认出是大学生。

“他会打人么？”我二婶颤声问。

米小年点了点头：“但现在只知道他会打我。”

我二叔拉了拉我二婶的衣袖：“你带她躲到密室里面去，我来应付。”

我二婶拉着米小年就往屋后去了。我二叔将抽屉里以前杀蛇用的黑色小尖刀轻轻取出，放到衣袋中。在取刀的那一刻，一种熟悉的手感从冰冷的刀刃上传到他的掌心，他内心不禁涌过一阵复杂的感觉。

大学生用手捶打着竹门：“来人啊，快给朕开门！怎么还不给朕把门打开，该当何罪！”

我二叔透过竹门的方格子，看到他憔悴的脸，也看到他厚厚的眼镜，左边的镜片已经有一条裂缝，只是被镜框圈住，才没有散掉。

我二叔犹豫了一下，还是将门打开，主要是怕不开门，他会把门给踹坏了。我二叔引着大学生，让他在屋外的树桩上坐下。大学生对着我二叔说：“小桂子，天色已晚，为何不掌灯？”

此时已近正午，阳光明媚，我二叔望望天空，竟不知如何应答。

大学生又喊："小桂子，还不给朕上茶？"

我二叔只得应了一声："喳！"心想："奶奶个臀，当年说我下面不行，现在还真把我当太监。"他进了屋里，拿了碗，索性倒了满满一碗荔枝酒，端了出来。

大学生接过碗，看来他真的渴了，仰起头，咕咚咕咚一口喝完："好茶！好茶！"

"皇上再来一碗？"

"再来！再来！"

他一连喝了三大碗，才打了一个长长的饱嗝。

喝完之后，他又道："小桂子，待朕给你朗诵一首诗吧——我住长江头，君住长江尾。日日思君不见君，共饮长江水。此水几时休？此恨何时已？只愿君心似我心，定不负相思意。"

朗诵完之后，他又用折扇在树桩上敲打着节奏，唱了起来："我住长江头，君住长江尾。日日思君不见君，共饮长江水。此水几时休？此恨何时已？只愿君心似我心，定不负相思意。"

"定不负相思意"刚唱罢，他坐立不稳，从树桩上滚到地上去，突然悲从中来，呜呜哭了两声，又带着哭腔唱道："只愿君心似我心，定不负相思意。"转瞬之间，便又响起厚重的呼噜声。

定下神来，我二叔这才听到不远处的竹林中传来米小年用手捂着嘴巴的抽泣声。原来她们二人都担心这里发生不测，并没有到密室下面去，而是躲在竹林里静静看着。

"只愿君心似我心，定不负相思意。"米小年带着哭腔念了一遍，竟也晕倒过去。

两个人都倒在地上，我二叔二婶商量了一下，决定将疯掉的关到密室中去，将没有疯的放在竹屋中照料。

我二叔看了我二婶一眼，我二婶登时领会："当然你去，男女授受不亲，你不去谁去？"说着，我二婶弯腰去抱米小年。她力气很大，抱着米小年瘦小的身体，像抱着一只西瓜。

我二叔只能走向疯子大学生。他本来就臭哄哄难闻之极，现在更添一身酒气，我二叔弯着身体将他背起来，捏着鼻子，用口呼吸，走得很艰难。他知道我二婶在窗口一定都看到了，说不定还在偷笑，所以故意走得非常狼狈。

11　你们男人干的好事

对于堕胎，我二婶还没有操作过，她显得有些紧张，犹豫再三，还是决定请麻阿婆来坐镇。“她在旁边坐着，我心里就踏实。”麻阿婆躺在院子里抽水烟，夜雾在她周围弥漫着，像一张厚重的蚊帐。也不知过了多久，只听我二婶“吱呀”一声将门打开，探出一个头来，朝我二叔喊：“陈大同，过来，端去倒了！”

我二叔也在抽烟，他蹲在大学生坐过的树桩上抽烟，因为这个时候，除了抽烟也没有什么别的事可干。听到叫唤，我二叔应了一声就过去了。门重新开出一条缝，我二婶从里面递出来一只脸盆，然后什么话都不说，就将门又重新关上了。一股腥味扑鼻而来，我二叔不禁一阵干呕。他端着脸盆站在院子中央，撇了一眼脸盆中那团红白莫辨的东西，突然不知道怎么办——是埋了呢，还是倒在垃圾桶里？

他决定征询麻阿婆的意见，但问了两遍，麻阿婆都不回答，只听见水烟咕噜咕噜的声音。他又问了一遍，麻阿婆才开口说话：“都是你们男人干的好事！拿到碧河边，倒进碧河里，河神总会原谅人的罪孽。碧河之神，保佑平安！”

我二叔心想，又不是我的错，怎么把其他男人的错也算在我头上。但他只是“哦”了一声，就往河边走去。走近碧河边，我二叔听到一声声铿铿的伐木声，走近时才发现，有一个黑影正在砍竹子，“铿铿铿，铿铿铿”，黑影明显是个老手，每一声闷响都很扎实。但我二叔这时候绝对不会去表扬赞美他手艺如何高超，而是在内心升腾起一股怒火，一个字掠过他的心头：贼！

“是谁？”我二叔提高声音喊，因为他手里只有一只脸盆，而对方有伐木刀。

“是谁？”他又喊。

“小声点，别吵！”

“关多宝？你砍我的竹子，还让我别吵？你在干什么？”

“那你在干什么？”

“我……”我二叔看了一眼手里的脸盆，登时语塞。“等一下再找你理论！”我二叔向河边走去，他实在无法忍受盆里的这股腥味。他将整个脸盆都扔进碧河里，碧河滔滔，无声无息，将一切都吞了进去。这样一条河流，它何其雄伟，似乎只有它才敌得过时间，只有它才敢吞下日本鬼子、红军战士、国军战士、投河者、被装在猪笼里沉河的女人、失踪者、被枪决的人、早夭或者有先天残疾的婴儿，还有，就是像脸盆里那个未成形的生命。无论来者贫富贵贱，碧河都照单全收，毫不客气，镇定自若。

关多宝在砍竹子，他根本没停下来的意思。我二叔靠着一棵竹子蹲下来，他递了一支烟给关多宝，但关多宝没接：“你抽吧！我赶时间，早一天完工，我的老婆孩子就有可能保得住！”他又压低声音，“告诉你陈大同，这次可能是个男孩，他在肚子里踢得很起劲？”

“你老婆又怀孕了？”我二叔瞪大了眼睛，但黑夜将他的表情都掩盖起来。

关多宝点了点头。关多宝已经有三个女儿，看来这次，为了生一个儿子，传宗接代，他不惜一切代价。我二叔不禁有些担心——肖虎那支小虎队是不会放过他的——但他也明白关多宝为什么要砍竹子。

“关多宝，你砍竹子，想造木筏？”

“你怎么知道？”关多宝大吃一惊，转瞬又傻笑起来，“你这么聪明，不可能想不到。如果有情况，我就带着老婆跑！”

“那三个女儿呢？”

这一问，把关多宝问住了。他嘴唇抖动一下，才说：“那也没办法，竹筏坐不了那么多人，肖虎应该不会为难几个孩子。”

我二叔急了，“什么叫作应该不会，肖虎有什么事情做不出来。当年我二叔在榕树下杀蛇的时候，蛇胆吃得最勤的就是肖虎。”

12　开始发电了

米小年在香蕉林住了一周之后，便离开了。她是在我二叔二婶都去收割香蕉的时候走的，那几天刚下过连绵的雨，道路一片泥泞。米小年将手放在口袋里，缩着脖子走在寒风里。我二叔回来之后看到桌子上留了纸条，只写着：大同哥、嫂子，我走了。其他什么都没有说。我二叔看到纸条，直夸米小年这字写得很漂亮，娟秀而不失力度。但我二婶却说："她走了，大学生怎么办？"

大学生还在密室之中，白天在墙上写字，晚上香蕉林的鸡回笼之后，我二叔将鸡笼都提到密室中陪他。他便给每一只鸡都取了名字，并赐给官名。鸡互相挤踏，咯咯地叫，他便大喊一声："众爱卿平身！"

我二叔说，先关着，看看怎么样，放出去也是害人。

村里开始通了电灯，但三天两头就闹停电，对我们来说，有电的晚上是快乐的，但停电的晚上同样也是狂欢的。"停电喽——"我们一群孩子举着小竹篙去捅电线，有时竟然也捅通了。天气热的时候，我们还可以去偷黄皮和李子吃；天气变冷的夜晚，我们就结伴，带着气枪和手电筒，到林子里打鸟。晚上，鸟停在枝头，一动不动，手电筒一照，竟也不飞，一枪一只，用绳子串起来，可以带回家炖汤吃，多了还可以卖给饭店换钱。但我们知道香蕉林有疯子，从来都不敢靠近。我二叔有时候会放他出来活动，用绳子绑着，用清水给他清洗干净，再撵进密室里。

香蕉林地处偏远，村里的电线是不会专门拉到那边去。于是我二叔买下了村口粮店里的一台破旧的柴油发电机，他对照着以前的旧课本，鼓捣了一个星期，发电机居然"嗵嗵"活了过来，开始发电了。我二叔给疯子的密室拉了电线，没有发作的时候，疯子就在密室中看小说，这个时候，他将他所在的密室，称为"御书房"。

13　屋顶都给掀掉了

年关渐近，香蕉也已经全部卖出了。我二叔新添置了一辆自行车，凤凰牌，因为老鼠多，怕轮胎被咬坏，他在竹屋的横梁上绑了一根绳子，接上挂钩。每天晚上他都把单车擦得油光光的，不沾一点泥土，再吊到挂钩上。

这一天，我二叔像往常一样小心擦洗他的自行车，关多宝的脸却出现在车轮后面，把我二叔吓了一跳："关多宝！你走路怎么没声音的？"

关多宝嘿嘿赔笑道："陈大同，牛啊，买了新车了，我看你用不了多久，也能像其他人那样买地建房了。"

"我在陈氏宗祠那儿有房子，买地建房做什么？"我二叔很不屑。

"那破房子——当然是住大房好，你没看肖虎他们家，又买了面包车，又修了三层的楼房，多风光。我看好你，一定行……"

"不对啊，关多宝，你这进门，一个劲儿说我好话……说吧，有什么事？"

"就说你聪明，总瞒不过你，你看这就快过年了，我想……借点钱。"

我二叔抬头看了他一眼，关多宝脸上一直堆着笑，这笑容，不禁让我二叔一阵难过："别笑了！"

关多宝收住了笑容："一群孩子，就靠我和一头牛，实在……"

"马路上的标语看到没有？'宁可血流成河，不准超生一个'，都三个女儿了，你还生！"

"嘘，别太大声，你教训我还不如去教训香蕉，你看香蕉都是生一串的，你什么时候看到一棵香蕉树只长一个香蕉。"

"香蕉不是香蕉树的孩子，它的孩子长在根部，一棵香蕉树长好几棵小的，最后只能留一棵，其他都要砍掉。在我这儿，一棵香蕉树就只有一个孩子。"

关多宝接不上话，种香蕉他不太在行，心头一急，有点气嘟嘟：“不说香蕉了，就说这钱，到底借不借？”

“你别急，钱的事要等我老婆回来，找她拿。”

一听这话，关多宝就憨笑起来：“早该想到，你小子是没权力管财政的。”

关多宝拿着钱走了。我二婶对我二叔说：“关多宝这样迟早惹事，村里多少人因为超生的事，屋顶都给掀掉了。我知道关多宝救过你的命，但有些事还是少管，肖虎咱得罪不起。”

我二叔沉默了，他将锅里的剩菜倒到狗盆里喂狗。三条狗边吃边摇尾巴，还不时抬头看他。他伸出手去，在狗脖子上抚摸了两下：

“这狗才在这待了不到两年，就有感情了。”

“你别含沙射影，指桑骂槐，声东击西啊，谁没有感情啊？我只是好心提醒你……还有，你不能将鸡跟那大学生疯子关一起了，我昨天发现他不吃饭，倒是将一只小母鸡，活活给吃掉了，鸡血都吸干了。”

14　简直跟土匪一样

我二婶的预感是对的，关多宝的事终于被发现了。正月初三晚上，他带着怀孕的老婆和三个女儿，直接就奔向我二叔的香蕉林。肖虎将关多宝邻居家都翻了个遍，没发现人，将这些邻居都集中起来威胁逼问，但没人肯说，最后一个八九岁的孩子受了惊吓，告诉肖虎他曾看到关多宝在做竹筏，就在陈大同的竹林外头的河滩上。

肖虎一听到陈大同，骂一声早该想得到，便带着小虎队开着车追赶过去。到河边，竹筏还在，人影全无。所以肖虎留两个人看着竹筏，其余的人举着手电筒，直奔我二叔的小竹屋。

一阵狗吠声响起之后，小虎队破门而入，我二叔揉着惺忪的睡眼，看着屋里缭乱的手电筒光束晃来晃去：“谁啊？怎么了？着火了？地震了？”

他们屋前屋后搜了一遍，并不见关多宝的影子，他们将手电筒全照到我二叔脸上：

“你把关多宝藏哪去了?”

“别装蒜！人呢？你别在这装睡!”

“陈大同你演技这么好！可以去当演员了!”

我二叔被手电筒照得睁不开眼睛，心头升起一股怒火：“什么人？你们给我出去！滚出去!”

肖虎这时才开口：“大同兄弟，今晚这人要是找不到，我是绝对不走的。”

“我再说一遍，从我这里滚出去!”

肖虎用嘶哑的喉咙说：“别敬酒不吃吃罚酒！信不信我把你这竹房子一把火烧了!”

我二叔眼看情况不妙，蚊账里面还躺着我二婶。他一个箭步往前一撞，冲出屋外，将三条狗的狗绳解下来，握在手里。三条狗早已经气血沸腾，它们一个劲往屋里跑，我二叔死死抓住狗绳，这才站稳。竹屋里的人看进来三条大狗，纷纷闪避。

“我喊三声，你们再不给我滚，我就放狗了！一——二——”

小虎队看情况不妙，纷纷往外闪避。肖虎跑到竹门之外，还回头喊道：“迟早有一天，我煮了你这三条狗!”

他们悻悻然走远。我二叔和二婶这才将屋里的灯点亮了，他们坐在灯下，惊魂未定，竟说不出话来。过了一会儿，我二叔说应该到河边去看看。他们蹑手蹑脚走出屋外，来到碧河边。河边没有人，没有月光，也没有灯光，漆黑一片。我二叔摸了摸，对我二婶说：“这竹筏的绳子都被他们割断了，竹筏散开了，跑不掉，关多宝应该是躲在香蕉林里，明天他就会来找我们的。”

“这帮人，简直跟土匪一样，直接就冲到屋里来了。”

我二婶知道这事情已经找上门了，挣脱不掉，她只能想着明天一早关多宝从香蕉林中出来，又累又饿，做什么早餐才能让他们一家吃饱。

但第二天，关多宝并没有出现。一直到第二天傍晚，还是不见人。

“该不是被抓了吧？这么冷的天，香蕉林是藏不了人的。”

“我看下午还有人在竹筏那边探头探脑，应该没抓到。”

第三天一早，我二婶就挎着篮子，到河边去洗衣服，因为只有在那里，才能知道村子里的消息。果然，整个村子都知道关多宝凭空消失了，大家也都猜测他可能是躲到我二婶家，都以各种口吻向她打探消息，这让我二婶更加担忧。一家五口人，怎么可能就这样没有了呢？

终于熬到午后时分，我二叔在屋里午睡，我二婶在门口缝补衣服，她不时望一望香蕉林。这时，她听到了微弱的喊救命的声音。

她赶紧进屋叫醒陈大同。二人循声而去，发现这声音，竟是从茅厕里发出来的。

“密室！他们躲在密室里！”

打开密室的门，只看到关多宝的二妞坐在那里，无比虚弱地喊道：“救命，叔叔，救我。”

“你爸呢？”

“迷路了。”

原来那天晚上关多宝赶到河边，后来发现竹筏已经做好，但是要拉下水去，一个人是拉不动的。于是他想到竹屋来找陈大同，同时也将三个女儿托付给他。但到了竹屋的时候，他已经发现身后的脚步声和手电筒的光。他急中生智，带领家人来到茅厕，依照我二叔当时的方法挪开尿缸，钻进密室。但因为时隔多年，密室道路太过复杂，竟然在里面迷路了。关多宝只得将三个女儿兵分三路，出去寻找救援，幸好二妞找到回洞口的路。

我二叔将关多宝一家救出密室时，他们已经吃光了所有干粮，正陷入极度的绝望之中。关多宝出来之后的第一句话是：“无论如何，活下来就是好的。”

我二婶笑道：“跟关在监狱里差不多吧，我看关多宝，这回之后是打死也不会再到密室里去了。”

关多宝边咬着玉米棒子边摇头：“你看我老婆的肚子，都差不多要生了，要是被肖虎抓去，就会往肚子里打一针，据说这针头是扎进孩子的头部的，不流产，生下来也是个痴呆儿……快吃，吃完我们还到密室里待着。”

“都快生了也打针？这肚子里的孩子不是都成人形了吗？这跟杀人有什么区别？”我二叔十分愤慨，他脑海里浮现当日米小年留在脸盆里那一团红白相间的东西，隐约记得其中有一只小手，不禁又想干呕。

“他们就是在杀人。你想，那么长的针，就刺进孩子的头脑里面去，”关多宝一脸担忧，转头对他老婆说，“要不，我们不吃了，我们现在带点食物，就到密室里面去？”

关多宝的老婆咬着一只馒头，突然泪水就夺眶而出，她的哭声让大家都呆住了：“我们这样活着，还像是人吗？这不像老鼠吗？老鼠打洞，也不用打针啊——”

15　这老太婆太可恶

关多宝一家还是住到香蕉林密室中去了。但是他们显然对黑暗的幽闭空间感到十分恐惧。为此，我二叔带着关多宝改造密室，他选定了一间靠近地面且朝南的密室。开始他想将电线直接拉到密室中来，后来发现只要有电线，密室就不叫密室，因为任何人都可以沿着电线顺藤摸瓜摸进来。所以，我二叔为这间密室修建了四个天窗——利用镜子的折射，将光线曲折地引进来。虽然只有正午时候，整个密室才亮堂起来，但关多宝已经十分满意了。他说：“当年救了你，真是救对人了，老天保佑，老天保佑。”

“我说关多宝，你这么辛苦，如果到头来生出第四个女儿，怎么办？”

“应该会是个男的。”

“那如果是女的呢？”

关多宝摸了摸他老婆的肚子，很久才说：“那就认命吧。母子平安就好。”

关多宝的老婆这时突然说：“我的耳朵可能出问题了，我怎么老听到有人在唱歌和读诗？”

“你没听错，这里还关着一个疯子，三两天给他送一些包子和水就行，不碍什么事。”

三个女儿在通道中窜来窜去，显得十分兴奋。她们负责十分重要的沟通和运输工作。这里面要数二妞最机灵，所以她有时也被派到河边取水。去的次数多了，有时难免碰到人。肖虎终于闻知了消息，带着小虎队来了。每次我二叔都带着我二婶，手捏狗绳，等着他们搜查完毕出来，才将他们赶走。

这样的情况发生了三四次之后，肖虎就没有再来了。他将小虎队分成五个小分队，对连绵起伏的香蕉林进行排查，他们艰难地越过山涧，绕过竹林，爬上土坡，回去的时候每个人灰头土脸，衣服也被荆棘勾破，最后还是一无所获。

香蕉林崎岖难行，小虎队觉得这样下去不行，于是改变策略，决定以静制动，把关多宝逼出来。他们举着竹篙到关多宝家里去，将他家屋顶的瓦片全部捅掉。“这样关多宝躺在床上，就能看到星星。”他们想象着关多宝回来之后的种种表情，这样的想象让人解气，也就将之前香蕉林的狼狈忘得一干二净了。捅屋顶是他们的拿手好戏，捅完之后要想再盖上瓦片，就不是一件容易的事。因为碧河地区最大的瓦片厂，就在半步村，厂长就是肖虎。

捅完关多宝家的屋顶，他们等了两天，还是没有动静。有人说，“再不行动，孩子都生出来了。”有人便说：“怎么样？要不连陈大同的屋顶也捅掉？”

“捅！怎么不捅？”肖虎说。

他们前呼后拥，直奔陈氏祠堂而来。

陈氏祠堂始建于乾隆十七年，倒塌过几次，后来几经修缮，1922年毁于风灾，后有九位华侨联合出资重建，打鬼子的时候被大火烧过一次，后来我爷爷曾四处募捐重建，“文化大革命”期间又被推倒了一面墙，屋梁上的浮雕也被全部用水泥抹平了。虽然如此身经百劫，依然无法抹杀它的恢弘气势。远远望去，整座祠堂就如一只受伤的大兽，总感觉随时都会“嚯啦”一声站起，仰天长啸。

肖虎一行人举着竹篙走在街上，就如士兵举着长枪在行进。麻阿婆刚从村口接生回来，她一手提着工具箱，一手拄着一把雨伞，像一只厌倦飞翔的金龟子在爬行。她看到一群人来势汹汹，赶紧闪到一边，待他们过去了，她再缓缓地继续前行。但这时她听到有人在撞门，她不禁转身回头，看到刚才那一队人正围在陈大同家门口。她抬头看了看陈氏祠堂，又缓缓地往回走。

小虎队正热烈讨论如何撬开我二叔家的门锁，因为他们发现这里的一切几乎都用青铜铸造而成，连这把门锁也是。门锁显得很古老，也很固执。他们没有留意到有一个老太婆正挤进人群，她同样显得很固执，她坐在陈大同的门槛上，仿佛就成了这门的一部分。

“麻阿婆？”终于有人发现她了。

“这儿不能休息，你到别的地方去坐着，我们还有事要忙。”

麻阿婆没有说话，她慢悠悠地将她的鞋子脱下来，又将她的袜子脱下来，摆在自己面前。然后她又把脚也缩到门槛上去。她蹲坐在门槛上，像一只停歇在树枝上的猫头鹰。她咧嘴一笑，露出稀稀拉拉的门牙：“肖虎，出来，有烟吧？”

肖虎也笑笑着走出来，他弯下腰，递上一支烟。

“有火吧？”

肖虎递上他的打火机，纯银打造。

“这玩意儿我不会用，我只会用火柴，你给我点上。”

肖虎又弯腰给她点上。

麻阿婆抽了一口，咳嗽一声：“这烟我抽不习惯，我一般抽水烟。你多大啦？”

肖虎张开口，声音嘶哑，像从地底下发出来的：“三十四。”

“三十四年前，是我把你从你娘肚子里扯出来的，不信你回家问问她。”

“我娘已经死了。”

“是啊，死得早。”

麻阿婆又抽了两口烟，就把半支烟在门槛上揉灭了。

“阿婆您什么时候能走开？兄弟们还要干活。”

“我在自己家的祠堂门口坐着，碍谁的事了？”

“阿婆您好像是姓麻……”

“我夫君姓陈。死得早，大家都忘了，但我还记得，他姓陈。”

听麻阿婆这么一说，肖虎心里面也就了然：这老太婆不是祠堂的摆设，而是一块顽固的障碍物。这时手下有人对肖虎耳语道：“这婆娘是陈大同老婆的师父，就是她教陈大同老婆接生的。”

眼看围观的人在慢慢增多，人越多就越不好对一个老人家下手，于是肖虎对两个手下说：“你们俩去，把她搬开。”

两人走近麻阿婆，正想伸手去抓她，没想到胯下都吃了一脚，痛得蹲了下去，这时脸上又都吃了一脚，两人后仰倒地，夹紧双腿，呀呀直叫。肖虎又示意再上两个人。他们走近时，手被麻阿婆抓捏了两下，就都酸麻得抬不起来：“头儿，那臭老太婆有两下子，会点穴。”

这时围观的人又多了起来。大家都看到麻阿婆脱了鞋坐在门槛上，大家都在看肖虎怎么对付一个老人。但这时肖虎却喊了一声“撤”，自己便先走了。

小虎队抬着竹篙追上来，问：“头儿，怎么说走就说？屋顶也不捅了？难道我们真的怕那老太婆不成？很没面子的！”

“不急，现在人多，过两天把那老太婆抓起来收拾收拾。”肖虎说：“那要比捅掉陈大同的屋顶更能压压这些人的气焰，今天偷生一个，明天又偷生一个，这工作怎么做？这个国家这个民族怎么办？关键是，我们的饭碗还怎么端得住？”

“明白了，这老太婆太可恶，明明不能生出来的，她还总去接生。要不是她，可以少很多麻烦。”

肖虎白了他一眼：“你难道不是她接生的？”

16　少生孩子多种树

肖虎将关多宝的屋顶捅掉了，关多宝并不知道，因为关多宝就在这一天，多了一个女儿。关多宝坐在树桩上抹眼泪，就像有人捅了他家的屋顶一样伤心。我二婶怕关多宝会溺死婴儿，交代二妞待在屋里，寸步不离。但事实证明我二婶多虑了，关多宝不是那种志在必得的血性男儿，他只是抹了抹鼻子，对我二叔说："这一切都是命，就像我必须叫关多宝，你必须叫陈大同一样。"

我二婶取出最大的那瓮荔枝酒，做了几个小菜，以示庆祝。她对关多宝说："老关啊，你看你这是前世修来的福气，四个女儿，加上老婆，一共五个女人围着你。"

我二叔也不知说什么好，只是劝酒。三杯下肚，关多宝很快便人事不知。我二婶对我二叔说："别老笑话我们女人遇到事情就哭，你们男人也好不到哪儿去，不也是抹抹眼泪，抽抽烟，喝喝酒，也没啥创意。"

第二天我二婶到河边去洗衣服，有人就告诉她，关多宝的屋顶被捅掉了。她说，"捅了就捅了，反正太迟了，孩子已经生出来，他肖虎有胆就过来把人杀了。"但关多宝却没法这么洒脱，他说，"我们祖孙三代才建这么一间屋子，说捅就捅，这让人怎么活！"

我二叔说，"你先到我陈氏宗祠那老房子去住着，回头把屋顶修好了，再搬回去也不迟。"关多宝感激涕零。但第二天，就有人给我二叔描述了当日肖虎去了陈氏祠堂，麻阿婆脱鞋阻拦的事。我二叔说，"这不行，我得去看看。"当夜，我二叔左边口袋放着银色劏猪刀，右边口袋放着黑色蛇刀，趁着夜色，溜到村里。他来到麻阿婆的屋子后头，隔着窗户，就听到她在屋里打着很响的呼噜，不禁笑了，又悄悄退了回来。回来之后她对我二婶说："放心，睡着呢，看来没事。"我二婶说："我明日要去谢谢她老人家。"

第二天，我二婶将花生、馒头和香蕉，装满一篮子，就到麻阿婆家里来。敲门，不应。领居悄悄对她说："抓走了，给带去肖虎的学习班了，凌晨抓走的。"正午时候，有人说麻阿婆被绑在碧河桥头的大榕树下，但我二叔去看时，并没有看到人，却见旁边立着一块标牌，鲜红如血的斗大的字分外刺眼，写着：要想富，少生孩子多种树。

我二叔到麻阿婆家去，远远就看到麻阿婆在街口的转角，扶着墙壁，缓缓转身。我二叔走近时，麻阿婆正在开门，她捏着钥匙，几次都没插进锁孔。我二叔说，"我来开。"

麻阿婆说："不用。"入屋坐定，麻阿婆说："陈大同，你爹死得可怜，也死得可惜。你爹当村长的时候，我经常骂他这里做得不好，那里做得不对，现在想想，他是真智慧，他是真坚强，批斗大会开了那么多次，他才死，太不简单。他们那一批人，那才是正儿八经的乡绅，只可惜死的死，逃的逃，你看今日的半步村，哪来乡绅，都是土匪在当家！"

麻阿婆说："我见过鬼子，我见过饥荒，我见过'文化大革命'，我也见过真土匪，真土匪是讲义气的，比他们这些'四有新人'还讲义气。"

麻阿婆说："这半步村，有半数的人是我用手将他们拉到这个世界的，没错，是我，肖虎那个畜生，也是我将他从他娘肚子里拖出来的。这半步村的人越来越少了——"

"人口还是越来越多的，"我二叔终于插上嘴，"他们说人越来越多"。

"都是畜生！"麻阿婆大叫一声，把我二叔吓了一跳，"你回去吧，你去跟彭细花讲，让她别学接生了，这活儿不能干，你教她学劁猪吧，把畜生都阉掉。"

我二叔知道麻阿婆向来性子硬，一时半会儿怕是不会消气，所以便说："那您先休息，待明儿，我带细花一起来看您。"

17 和她丈夫合葬

麻阿婆自杀了。

她吞下半包老鼠药，十分惨烈。她留了字条，把所有东西都给了我二婶，只拜托我二婶一件事：将她和她丈夫合葬。这件事在碧河镇引起不小的波澜，提起半步村的麻阿婆，大家竟然都认识。丧事在陈氏祠堂操办，这一天，陈氏祠堂中挤满了人。那些受过麻阿婆恩惠的人、难产时被她救活的人、生完孩子得病被她治好的人，都从四面八方赶来。吃饭时候，他们谈论着麻阿婆的种种好处，有人义愤填膺，当场就报案了。一个小时后，碧河镇派出所来了人，看到遗书后就骑着摩托走了。他们说有遗书，认定为自杀，这个不能跟学习班里的谈话建立联系。

肖虎借故离开半步村十来天，其实是悄悄藏了起来。事态平息以后，他来到香蕉林找陈大同。我二叔在竹林里砍竹笋，见到他，拿起刀就追，肖虎撒腿就跑。性命攸关，肖虎一点都不含糊，跑得贼快。我二叔追了几十米，就停了下来，肖虎也停了下来。肖虎扬起嘶哑的嗓子喊："别冲动，我这次真冤了，我们在学习班，真的没说什么，也没做什么，倒是她一个人在发脾气，我……你别过来，我来就是想跟你解释解释，对麻阿婆，咱向来都是尊重她的，在你家门口，我还给她点过烟。"

"肖虎我告诉你，我这香蕉林，从今天开始，谁想过来生孩子，就过来生孩子，没人可以来阻挠，我会让全村的人都来这儿生，有本事你过来抓！"

"陈大同你别乱来，你想造反啊？有什么事可以报告政府，你一胡闹，罪可就大了……"

"老子今天就想犯罪，你别跑！"我二叔挥刀又追出去。

肖虎大叫一声救命，脚下生风，几个起落就溜得没影了。

18 战争刚开始打响

我二叔说到做到，他以小竹屋为圆心，用荆棘丛将中心区域围了起来，又在院子里打了一口井，并托人在碧河镇物色了两只大狼狗，守着大门。他整理了七八间通风条件好而又十分隐秘的密室，配上食物和棉被。同时，他对地下的密室进行一番改良，他在竹林中埋了一根水管，将电线从水管中穿过，一直连接到密室之中，为密室供电照明。W 型的灯丝在地底下发出温暖的光，这里俨然成了一个妇产医院。

他一边巩固香蕉林密室，一边让关多宝开始宣传，让那些不知往哪里躲藏的孕妇都往这边来。此处既可藏身，又提供免费接生服务。反正被抓住横竖都是打针流产，还不如冒险一试，再者前面已经有关多宝成功的案例，所以几天时间，五六个孕妇就来到香蕉林。

我二婶对此没有意见，但也并不支持，她问我二叔："你这是干什么啊?"她认为这并非明智之举，男人就是容易被仇恨冲昏头脑。

"这就是战争，细花。"我二叔激动得喊起我二婶的名字。"这就是铁如意所说的战争!"

看着自己的男人如此情绪激昂，还喊着自己的名字，我二婶脸上也泛起了红光，要知道我二叔平时和她说话，从来都只是"喂你这个，喂你那个"，要不就是"嗯啊哦"，从来不会叫名字的。

战争刚开始打响，但战争的预言家却也走到了生命的尽头。矮胖子叔叔最后来到香蕉林，是在初夏时候，蝉刚刚长大，还是绿色的，在枝头学习鸣叫，声音断断续续，像小偷的暗号。河滩上狗尾草摇曳着身体冒充麦芒，不对时令的树，竟然在这个时候开始落叶。

我二叔兴致很高，他打开一瓮荔枝酒。"这是上次我们没喝完的，我都一直存着，咱现在接着喝!"我二叔取出大碗，"照例，每人先倒满三碗。"

但矮胖子叔叔却制止他，建议换上祭神用的小杯。

“那不够意思！”我二叔表示抗议。

铁如意将手举起来，摆了摆：“乔治·华盛顿说过，酒不是好东西，但用杯慢慢喝，还是好东西。”

我二叔马上就被折服了：“乔治·华盛顿真是高人，说什么都对。”他将大碗都换成小杯，“我们一人先来三小杯。”

“你三杯，我就喝一杯。”

“这也是乔治·华盛顿说的？只能喝一杯？”

铁如意哈哈大笑，脸上和胸口的肥肉都被笑得晃动起来。但只笑了几声，他就猛烈地咳嗽起来。缓过气之后，他对我二叔说：“大同啊，我这次来，每走半里路，我就要停下来休息一刻钟。我怕是不行了，但我确实想再看看你的夜光壶——”他从挎包里取出一把放大镜，“这次，我把放大镜也带来了，我真想看看，这壶上面，究竟刻的是什么字。”

“就知道你会要这一招，想骗走我的壶是不是？”我二叔笑道。但他心里掠过一丝淡淡的悲哀。铁如意苍白的脸色、暗淡的眼神、蹒跚的脚步，无一不在暗示着死亡的阴影正在覆盖着这个肥胖的身躯。

矮胖子住下来，这一夜，他几乎通宵不眠，陪着这把夜光壶，拿着放大镜，左右端详着，用手摸索着，甚至用鼻子去闻着。第二天，他似乎从夜光壶中吸收了一点能量，竟又变得精神起来。但他对我二叔提供的战争话题，已经毫无兴趣，他说他当时只是随口说说，不必当真。又说，“战争嘛，我们每个人，每一天，每一个时刻，何尝不都在经历着战争，战争从来就没有离开过我们。”

清早，露珠还凝结在竹叶的尖上，没有滴落下来。矮胖子叔叔说，要趁着露珠未化，赶紧启程，或许能在午饭前赶回家里去。

我二叔留他下来吃午饭，他摇了摇头：“要回家的，要回家的。”

待他走出门去，我二叔才追上去。他将夜光壶放到铁如意手里：“这壶虽说放在我这里，但它每天都在等着你，大概也只有你才懂得它，我是粗人，看不懂。”

“每只壶都有自己的命运。”

铁如意拒绝了。他摆摆手，走了几步又回过头来看了夜光壶一眼，又摆摆手，就走了。

我二婶的目光越过爬满绿藤的篱笆，看到铁如意的背影，也看到我二叔在小路边用袖子擦眼泪。我二叔的眼光，越过泪光，越过了尘土飞扬的山坡，看到了铁如意年轻时候挑着担子第一次走进半步村的样子，内心升腾起的，何止是悲哀。

19 荆棘和狗都不好对付

村子里安装了一只大喇叭，用来播放中央电台的《新闻联播》，有时也用来传达村长书记的重要指示。每次《新闻联播》之前，先要播放五分钟计划生育宣传稿，比如“生男生女一个样，女儿也是传后人”等等。每当这个时候，肖虎经常会挨家挨户敲门，让大家出来听广播，他虽然声音嘶哑，但骂人的时候底气十足。

就在喇叭嗡嗡作响的时候，香蕉林里面又诞生了一个孩子。新任妈妈和其他孕妇说，“这孩子出来了，真麻烦，还是放在肚子里携带方便。”嘴上这么说，但其实心里甜滋滋的。几天后，她抱着孩子走出香蕉林，刚好与肖虎不期而遇。她对肖虎说，“孩子都生出来了，要罚款，尽管来吧，反正我们家没钱。”肖虎最不愿意看到的就是这种情况，孩子已经生出来了，不可能再塞回肚子里去，更不能杀掉，罚款时又困难重重——半步村的农民家里能有几粒米，都是可以数得清楚的。

第一个孕妇的成功生育，造成天然的广告效应，香蕉林密室在几天时间里，又迎来了三位孕妇。与此同时，肖虎挨了张书记一顿臭骂，张书记骂他可以去吃屎，平时牛皮吹上天，到了关键时刻，半步村的孩子却一个接着一个，像鸡蛋一样生出来。

所以，肖虎认为，香蕉林密室确实已经挑战了他的极限，如果不铲除，他根本无法在半步村立足。他集结了队伍，鼓动了士气，让每个队员都带上家伙，出发了。他们绕着荆棘丛走了一圈，找不到可以突围的地方。他们来到正门，看到两条狼狗、三条土狗正站在大门口，鼻孔喷着粗气，不时朝他们吠叫几声；他们前进，狗吠的频率就变快声音就增大，后退，声音就减弱。

“头儿，荆棘和狗，都不好对付。”

肖虎静悄悄撤退了。我二叔知道他绝不会善罢甘休，但又摸不透他的用意，所以他只能加紧修筑密室，并修建了一个出口，出去之后便是一条通向碧河边的隐秘小路。我二叔暗自思忖，这事确实惹大了，如果情况不妙，就要赶紧逃跑。所以，他又将碧河边关多宝留下的竹筏重新修好，在河水漫上来的时候，将竹筏推进浅滩，以备不时之需。

肖虎在学习班讨论了三天，制定了严密的计划。他将人员分成三个小组：第一个小组到敬老院借来铜锣和大鼓，到香蕉林外面四处敲锣打鼓，按肖虎的说法，攻心为上，先吓吓那些孕妇；第二个小组带着锄头和镰刀，专门披荆斩棘，开辟一条道路；第三个小组在村里征集了五六支打鸟的气枪，“把狗眼睛打瞎，其他就好办了。”他们摩拳擦掌，准备大干一场。

锣鼓队围着香蕉林敲敲打打，吵闹了一圈之后，小竹屋安安静静，只有狗叫声此起彼伏。这时在荆棘丛里又传了两声惨叫，原来杂草之中除了荆棘林立，更放了很多老鼠夹，有两个人不小心踩中，脚掌都给夹肿了，其余的人都不敢再往前走，都退回来，等着气枪将狗打瞎，好从正门冲进去。但气枪也没有发挥作用，因为狗是跑动的。他们歪着脖子半眯着一只眼睛，隔着竹门打狗，狗眼睛没打中，全打在狗屁股上，铅做的子弹没将狗打死，却打得五条狗都狂吠不已。

“瞄着眼睛打，别把它们激怒了！”肖虎自己倒是被这蹩脚的枪法激怒了，大喊大叫。

“头儿，好像不对，那竹门怎么自己打开了？”肖虎定睛一看，才发现大竹门被一根紧贴地面的绳子拉着，正在慢慢打开。

“快跑，狗要出来了！”

第二次撤退回来之后，肖虎攻打香蕉林的消息在碧河镇不胫而走，香蕉林也名声远播。有记者还专门做了报道，标题就叫《公然违反计生政策，香蕉林成超生孕妇窝点》。但又有报纸出来辟谣，说经过跟踪采访，香蕉林中只有一间竹屋，并无其他藏身之处。肖虎也找来记者，他大吐苦水，讲述自己依法办事，村民很多时候无法理解他的行动，他感到基层执法十分艰难：“我们的人口如此之多，再生下去，国家无法承受，地球也无法承受。”

风波平息下来之后，肖虎召集开会，他在会上首先痛陈自己不被理解的寂寞，接着他总结上一次围剿失败的教训。他伸出四根手指：“我的总结就四个字——关键是狗。”会议结束之后，他就到菜市场买了十来斤肉骨头，涂上毒药，带着众人，直奔香蕉林而去。

这一次战略部署完全正确，取得了立竿见影的效果。两条狼狗其实一直没吃饱，一见大块的肉骨头，不但大口吃起来，还对三条土狗怒目而视，不让它们靠近。待我二叔冲出来救狗，狼狗已经不行了，口吐白沫，瘫倒在地。他只得拉着三条土狗，进了屋后的竹林，一个转身就不见了。

20　两天后就放他回去

肖虎攻陷了香蕉林，却发现里面空无一人。他听到午后竹林中隐约传来狗的叫声，他们便带着队伍继续搜寻。这时竹林中已经没有狗吠，只有竹叶的沙沙之声，他们小心翼翼地前进，仿佛周围都充满了诡异的机关。很快，他们便在一口浅浅的枯井之中发现了一个入口，肖虎大笑：“就知道一定另外有暗道，陈大同是鼠辈，只会挖洞，也想跟我老虎斗！”他带着小虎队从洞口进入，当然，真正的入口其实在茅厕中的尿缸底下。从枯井中进入，肖虎很快就迷路了。他们举着手电筒，在黑暗中摸索，想摸索回来，却发现自己置身于一个由分岔口构成的迷宫之中。这时他们听到地面传来几声狗吠，然后有人说话，仿佛香蕉林中已经完全恢复了正常，陈大同一家又开始洗衣做饭了。

再行走一个路口，肖虎发现前路已经被堵死，只能往回走，但一个转弯，就再也听不到地面的声音，肖虎知道，自己距离入口又远了一些。他们在黑暗中穿行，有时弯腰，有时爬行，有时只能匍匐前进。肖虎感到我二叔的一双眼睛，正在紧紧跟随着自己，他吩咐队员们不能走散。

在这老鼠洞一样的地方，时空仿佛已经被隔绝，也不知道走了多久，前面究竟还有多少路要走。队员们开始感到绝望，脆弱的人开始暗暗抽泣，而其他的人对抽泣者大加呵斥。他们终于走到一个空间稍大一点的地方，取出干粮和水，十分谨慎地吃着。吃完之后，大家都在咒骂着陈大同。肖虎此时不再开口说话，因为他已经不知道说什么好，他怕万一说错了话，整个团队求生意志就会更加崩溃。但是大家咒骂完之后，都安静下来，在黑暗中，他们眼神炯炯望着肖虎。肖虎只能说："大家要相信政府，更要相信陈大同不敢让大家死在这里，死我一个无所谓，但整个小虎队都消失了，你想会有什么结果。"

肖虎的话的确唤起了整个团队难得的理性，他们都相信陈大同不敢这么做。但是也有人在怀疑陈大同压根不知道小虎队已经钻到地洞之中来，因为他们正在上面做饭呢。

但肖虎说，"我总感觉陈大同现在正用眼睛在看着我们。"

是的，在这深洞之中，他们已经失去了方向，假如他们还失去了敌人，那将是一件足以令人疯狂的事。也就是说，他们现在十分希望面对的敌人是陈大同这样一个活生生的人，而不是一条条地道、一间间密室、一部没有时间和空间的机器。

仿佛过了一天，身上带的水和干粮都完了，小虎队的话题已经开始开着各种玩笑，比如现在没得吃，你会不会把活人吃了，或最先应该吃谁，吃肉还是喝血，等等。但很快大家都倦怠起来，内心的绝望正在增加，没有人再敢开类似的玩笑，没有再敢提及死亡。肖虎留意到，二十多人的小虎队，正在慢慢分化，形成四五个团队，他们之间仿佛有秘密的协议，准备万一自己的第一敌人不是陈大同，也不是香蕉林密室，而是身边的队友，那么至少自己的小分队会出手救援。

大概是第二天傍晚，肖虎感到地洞中温度又开始下降。小虎队的分歧开始公开化，队员们盘算着，假如陈大同真的在附近看着他们，那么他针对的也只是肖虎一个人，不至于为难这么多人，所以最好的方式，是寻找借口主动误入歧途，与肖虎走不同的路线。

这种思想通过各种耳语传递开来，肖虎被彻底孤立了。他很快发现只剩下自己一个人在往前爬行，一种强大的绝望正在吞噬着自己的内心，让他变得酸软乏力，这只孤雁又往前挣扎了一阵子，终于他被自己打倒了，昏昏沉沉睡死了过去。

离开肖虎的其他队员，果然很快发现有一个白色的光斑在前方指引着自己，那是一把小手电筒。他们依照光斑往前走，走了不知多远，眼前才出现亮光，很快他们发现自己置身于河滩上，回头一看，只见香蕉林的小竹屋正在郁郁葱葱的林木之后，显得那么遥远。我二叔告诉他们静悄悄地回去，回去之后也不要再提及密室之事。

“我们队长呢?”

“两天后就放他回去，我不会让他死在这里的。”我二叔站在土堆上面，跟大家保持了一段距离，他两手叉腰，让人们不禁想起他当年在榕树下光着膀子杀蛇的样子。

21　这也不是他的错

我二叔回到小竹屋吃饭，却发现今天的饭菜分外丰盛。我二婶说：“我想将我们这里的大肚婆全都叫上来吃饭，不能在地底下老躲着。”我二叔表示同意。我二婶又说：“吃完这顿饭，我想让她们全都回家去，各人有各人的造化，我们也只能各安天命。”我二叔知道我二婶在说什么，这次将肖虎骗进洞去，但总得让他出来，他出来之后，这件事又如何收场，他要如何复仇呢?

这时我二婶又问：“将肖虎关在哪里?”

“跟疯子大学生关在一起。”

那无疑是最惨重的惩罚，疯子大学生那间密室，之前是关鸡鸭用的，通风条件并不好，他在其中拉屎拉尿，简直臭不可闻。之前他还会不定时吃馒头，后来他就什么都吃，吃过两只小母鸡，还吃过活老鼠。

我二婶担忧地说："大学生不会把他也吃了吧？"我二叔说不用担心，肖虎不把大学生吃了就不错了。

我二婶长长地叹了一口气，说："其实肖虎也不一定是个坏人，就是飞扬跋扈了一点。但东州市，整个国家的政策就是这样的，这也不是他的错，其他地方抓超生，有比我们更惨烈的。我听说有人都将被流产的孩子用消毒水泡在玻璃瓶里，就放在家里展览，孩子都成形了。假如不是肖虎来抓，也总有别人会来抓。我在河边洗衣服，听她们说，肖虎总是半夜三更到河边去烧香祭鬼，他每天都担心那些死掉的小鬼回来抓他……大同，你说会不会到头来，做坏事的是我们？"

我二叔看到天际浮动的云朵，突然也对这样一个游戏感到有些厌倦，他听了我二婶的话，内心隐隐感觉我二婶是对的。他感到后面还有其他的事情在等着他去做，内心又弥漫着一种说不出的空虚。

孕妇们吃过饭之后，便都纷纷离去，她们听说肖虎关在下面，也知道再待下去意味着什么。她们走后，我二叔喝了半瓮荔枝酒，蒙头便睡。第二天我二叔醒来时，太阳已经越过树梢，照在摆着酒瓮的树桩上。他感到全身十分疲软，但总觉得有一件事还没有做。他想了很久，才想起密室中肖虎还没有被放出来。他起床撒尿，尿完之后便移开尿缸，弯腰正想钻入密室，但他却被吓了一跳，只见一个人的头从洞口露了出来，一股腥臭的味道扑鼻而来。

他看到大学生抱着肖虎走了出来，他将肖虎放在草地上，然后走到院子角落里的水井边，打了两桶水，从头到脚浇了一遍。他转过头来问我二叔："大同哥，你这里可有换洗的衣服？"

我二叔愣了半天，才意识到大学生可能苏醒了："有有有，我这就给你拿去。"他拿出自己的衣服，给他换上。大学生又要来镜子，用剪刀将自己的头发胡须全部剪短。他不慌不忙，动作很慢，但却胸有成竹，好像多年之前就已经想好这么做了。我二叔站在一边，呆若木鸡，看着他有条不紊地将自己梳洗了一遍。

"你醒了？你怎么醒了？"

"他一拳把我打醒的。"大学生指着躺在地上的肖虎："我却一拳把他打晕了，不过我估计他大概是饿晕的。"

大学生开始问起他为什么在这里，我二叔大略将事情的经过讲述了一遍。大学生没有激动，也没有感慨，他专心修剪完指甲，然后抬头对我二叔说：“大同哥，你这儿还有什么吃的吗？”

我二叔端出了食物和酒。大学生说，“酒我就不喝了。”他又取了一瓢水，朝肖虎泼去，将他泼醒：“哥们，过来吃东西。”肖虎爬起来，抬头看了看天空，他十分虚弱地爬到凳子上，跟大学生并排坐下，然后开始大口大口地咬着馒头。远远看去，他们就好像是兄弟俩坐在一起谈心。

吃完之后，大学生腼腆一笑，他让我二叔对他过去的事保密，别再对其他人提起。还对我二叔说，“要不你借我一部自行车，我想去找米小年，顺便帮你把这个人送回家。”大学生指着肖虎，肖虎还坐在那里，他显得十分虚弱，仿佛是一个老头，两眼泛着虚光。

大学生拿了一些钱，骑着单车，搭着肖虎，就离开了香蕉林。肖虎离开的时候什么话都没有说，但他在车后座上看了我二叔一眼，这一眼让我二叔觉得他一定还会卷土重来。

我二婶从河边洗衣服回来，问我二叔：

“肖虎呢？”

“走了。”

“家里的单车呢？”

“被大学生骑走了，他说他以后会还的。”

22　你放过我们吧

安静的日子只持续了不到一个月，肖虎又重新出现在人们的视野。肖虎复出之后第一件事是召集小虎队开会，他对当时特殊情况下队员的特殊行为表示理解，他希望队员们也能原谅他的错误决断，不计前嫌，继续团结一心，为半步村的未来做出应有的贡献。

这一天凌晨，小虎队突袭香蕉林。肖虎用借来的土枪将三条狗三枪击毙。我二叔听到狗吠，又听见了枪声，知道大事不妙，他拉着我二婶，从后窗跳出，闪身进了茅厕，躲进密室之中。

但他很快发现不对劲，因为肖虎提着土枪，居然紧随其后，移开尿缸，也下到密室之中来。自从上次肖虎被困密室之后，我二叔就料定，只要他躲进密室，那么肖虎必然知道其中厉害，不敢再追。但肖虎竟穷追不舍，而且从脚步声判断，他对自己逃跑的路线显然早有预料。更要命的是，我二叔尝试着从几个出口跑出去，都发现外面已经有人在守着。

我二婶说："大同，这次我们一定被人出卖了。"

"不要慌，不要慌，"我二叔这话似乎是说给自己听的，因为他的动作神情都很生硬，比我二婶更慌，"我后来又修了一个出口，希望他们不知道。"

新的出口他们果然不知道。我二叔从浅滩中将竹筏推出来，带着我二婶，撑着竹筏漂浮在碧河之中。他们回过头去看香蕉林，只见小竹屋火光冲天，肖虎居然放火将他们的家都给烧掉了。隐隐似乎听到小虎队的呼叫声，还有叮当作响的杯盏碰撞之声，我二叔很容易就料到，他们正喝着他的荔枝酒，在大火之中烤着狗肉，大碗喝酒，大块吃肉。

"早知他们要放火烧屋，应该把夜光壶带出来，可惜了。"我二叔说。

"只是不知道到底是谁出卖了我们，每个在密室中居住过的人都有可能。"我二婶紧紧抱着我二叔，江上的清风掠过她的鬓发，让人顿生凉意。

"明天到村里去看看，谁家的屋顶是新的，就是出卖我们的人。"

屋顶刚刚修好的是关多宝家，这让我二叔难以置信。当他叫着关多宝的名字走进他家时，关多宝见他进来，先是一愣，但很快就从后门逃跑了。

关多宝的老婆搂着几个女儿，对我二叔说："大同，这也不能怪我们，如果我们不说，根本没法在半步村继续活下去，而且你知道，老关太想要一个儿子了，肖虎答应让我们再生一个，刚好我女儿又都记得密室的通道，就给他画了地图……你放过我们吧，我们都给你跪下了……”说着，母女四人齐刷刷跪倒在地，摇篮里还有一个女婴在啼哭。

“关多宝早就想好，让你们这么做对不？”

“大同哥，你还是走吧，很快就有人到我们家来抓你的，你逃吧。”

我二叔赶紧夺门而出，果然，巷尾已经有人追过来。我二叔拐入小巷，在猪圈后面躲了一会儿，才到江边，与我二婶会合。两人撑着竹筏，沿江而下，直接到海头找彭大豆。大豆的儿子周初来已经进了幼儿园。多年不见，姐妹俩相拥而泣。

23 开始重建家园

我二婶在大豆家住下了。我二叔沿着江边往回走，他穿过沼泽地，翻过栖霞山，走上当年难民走过的那条路，不过此次他不是逃难，而是想夺回香蕉林。他没有直接回到香蕉林，而是带着两个袋子，在栖霞山中转悠了两圈。

肖虎一把火烧了小竹屋之后，本来想将密室的入口全部用水泥封死。但又心生好奇，他带着小虎队，按着关多宝的女儿二妞画的地图，一间一间察看密室。他表面不动声色，只是说：“这陈大同真他奶奶的是一只老鼠。”但内心暗暗惊叹，这简直就是一件艺术品，是天工，也是人力。他在内心萌发在这里建一个学习基地的想法，但当他将自己的想法向村委会张书记汇报时，却被泼了一盆冷水：“肖虎啊，你无端弄出许多事情来，那是人家的地，你就别占着啦。下个月就要换届选举啦，虽然选票都在我们手里，但弄出太多新闻，对大局也是不利的啦。大路通畅，县里领导今年非常可能会来视察，这个村已经不像以前那么闭塞，什么事都还是稳妥一点好。”

就在这个时候，小虎队发现香蕉林到处都是蛇，树上、草丛、密室、井边，凡是你能想得到的东西，都有蛇的身影。队员将这事告诉肖虎，肖虎笑了：“陈大同要回来了，他在催着我们，你看着蛇都是没什么毒的，我们要再不走，恐怕就是毒蛇了，而且是整个栖霞山的毒蛇。”他正想撤退，找不到理由，毒蛇给了他很好的借口。所以一队人浩浩荡荡退出了香蕉林，将这片山林重新还给陈大同。

我二叔开始重建家园。他庆幸那场大火没有把整片香蕉林都烧坏，他只需要伐竹取材，重新建一个小竹屋即可。竹屋建成，我二叔就把我二婶接回香蕉林。

一路上我二婶并不说话，进门之后看到新的竹屋，她叹了口气，说：“新的总不如老的好。”然后她又问：“你准备怎么找肖虎报仇？”

我二叔一边建竹屋，一边已经将所有复仇的计划都构思成熟。他将各种方案全部讲述给我二婶听，既具体又生动。他手舞足蹈，忘乎所以，以为我二婶会大加赞赏。但我二婶却冷静地说：“陈大同，我不想再斗了。这世界上本来就没有战争，你也不是什么英雄，更别一边逞英雄，一边作恶。你要冷静想想，我们只是在过日子，别再弄什么密室了。”

“那是不可能的，不可能这么就算了。”

我二婶哭了。

“这样哭哭啼啼的，算什么？你还不如继续在大豆家住着，等我办完事，再接你过来。”

我二婶用泪眼望着陈大同，一字一顿地说：“陈大同，我有了。”

“有什么……”我二叔显得十分不耐烦，但马上大叫起来：“你是说有了？”

他盯着我二婶的小腹，是的，他太粗心了，他没注意到自己的妻子身上发生的变化，他也没有注意到是母性的善良在劝阻他远离战争游戏。

“什么时候的事情？”

“在竹筏上，我本想告诉你的，但大火正烧着我们的房子，我开不了口。”

我二叔伸手摸着我二婶的小腹，眼中放射出光彩：“矮胖子铁如意当年说我会有一个儿子，这应该是个男孩。”

我二婶依偎着我二叔，夕阳正往西边去了，狗尾草在轻风中摇曳，一种劫后重生的感觉笼罩在两个人的心头。在这个瞬间，我二叔打消了他所有的念头。他突然发现，真正的密室原来在自己的妻子身上，只是他一直都忽略了。那里正在孕育着一个新的生命，这是一件多么神奇的事。

24　头上都磕出血来

我多么希望我二叔的故事在最美好的时候停下来，但新的悲剧宛如一场台风，说来就来。或者说，新的悲剧起源于一场台风。它就这样来了，刮过香蕉林，将一切美好都夷为平地。

香蕉树都被吹倒了，小竹屋也歪到一边去。我二叔小两口在密室中躲了一夜，天亮的时候，大风终于渐渐停息下来，但从碧河河面刮来的风依然强劲。没有被风刮断的竹子在风中吱呀作响，让风声变得更加凄厉。

台风过去，就是大雨。大雨下了三天，碧河水流湍急。大雨过后，彩虹挂在天边，太阳猛得像恶毒的鬼，让整个地下密室又热又湿又闷，所以我二婶说，"还是到村里去住吧，等你再把竹屋搭起来，我再回来住，地下太湿热，我怕得关节炎，对孩子也不好。"

孩子就是一切，所以我二叔都说好。我二婶挺着大肚子，出现在陈氏宗祠门口。一种久违的熟悉的气息让我二婶想起了当年摆婚宴之时村里的人们杯盏交错的情景。"那天晚上你喝醉了，有一段路，你都走不动了，是我把你背回去的。只有猪八戒背新娘，你见过新娘子背新郎吗？但你这没良心的，回到竹屋就呼呼大睡，呼噜震天响。"我二叔傻笑着，听她絮絮叨叨回忆着以前的点点滴滴。他也跟她说起铁如意，说起铁如意蹲在门槛上吃鸡腿的样子，两人都哈哈大笑起来。

安顿我二婶住下之后，我二叔就回到香蕉林中去了。在某一个瞬间，他似乎感到自己又回到时间的循环之中，当时米小年也是住在陈氏祠堂，他也是到香蕉林开荒建屋，他也是牵挂着她，希望尽快将她接过来。但在上一个循环中，米小年最后未能回到香蕉林，而是跑掉了。想到此处，我二叔不禁打了一个寒颤。

第二天早晨，他急急往回赶，但已经太迟了。我二婶不在陈氏祠堂，邻居说她被肖虎带走了。我二叔到村委会去找肖虎，但小虎队的人将我二叔挡在门外。我二叔一个纵身爬上围墙之外的金凤树，动作利索，早已经翻过围墙。他冲进办公室，一把将肖虎从沙发上拖起来。

肖虎大惊失色，他说："陈大同，你想要老婆，就放手！"

我二叔马上就松手。肖虎一个趔趄坐倒在地，他爬起来，拍拍屁股上的灰尘，笑笑地对我二叔说："陈大同，我去查过了，你跟彭细花根本就没有登记结婚，你们这属于未婚先孕！所以——我只是公事公办。太迟了，她已经被送到镇医院了，两个小时了，可能你只能到厕所里去找儿子了。"

"混蛋！不到一个月，我儿子就出生了，你这混蛋——"我二叔飞起一脚，踹在肖虎腹部，把他踹得在地上滚了两滚。然后，他在路边抢了一辆单车，往医院方向狂奔。

我二婶被送往碧河镇医院，在医院里被打了一针。针头活生生刺进孩子的头部，我二婶当场晕死过去。醒来后，她摸摸肚子，孩子还在，只是胎动强烈。她趁着上洗手间的间隙，逃了出来。在楼梯有一个实习护士拦住了她，要她回去。她当场给那小姑娘跪下磕头，泪流满面。护士说："大姐，我也是为你好，你即使走掉了，生出来也是傻子。"我二婶一言不发，继续磕头，头上都磕出血来，把那小姑娘都吓哭了，她将我二婶扶起来："从后门走，不能走大门，就当没遇到我！"她往我二婶兜里塞了几块钱，"这钱你坐车回去。"

我二婶跌跌撞撞走出医院。当她摇摇晃晃站在路边时，她听到哐当一声，她以为自己摔倒了，但定睛一看，一辆单车倒在路边，车轮一直在转，我二叔从地上爬起来，紧紧将她扶住了。她对我二叔说："一定要把孩子生下来。"说完就晕过去了。

我这个堂弟出生了，取名陈风来，而我二婶在当夜死去了。我二婶死的时候，紧紧捏着我二叔的手，她说："我来的时候闹洪灾，我走的时候刮台风，但不管怎么样，大同，我很开心，我和大豆都要感激你。我没被洪水冲走，赚了这么多年，像是老天专门让我来遇见你，只是以后要苦了你。”又说：“我酿的酒，你们都说好喝；我种的香蕉，是整个半步村最大最甜的……这些你都要跟孩子说，还要说，那时候我们一起给灾民发番薯，热乎乎香喷喷的番薯，他们捧在手里，每个人都弯腰跟我说谢谢，真好……”

我二婶的身体渐渐变冷，她要我二叔送她回去，回到老家去。

关多宝在一旁抽泣，我二叔对他说，“我儿子叫陈风来，你帮我先照顾着，如果我没回来，你就照顾他一辈子。”他突然大吼：“听到没有？”

关多宝擦着眼泪，连连点头。

我二叔夺门而出，他左边的口袋放着劁猪刀，右边的口袋放着黑色小蛇刀，在夜风中含泪奔跑。肖虎逃跑了，他躲进了栖霞山，大概以为莽莽苍苍的大山能够庇护他。但他错了，我二叔此时不是一个人，而是一团燃烧的火焰。有人说肖虎是被我二叔拖回来的，有人说我二叔直接扛着他走回香蕉林密室；有人说，在香蕉林密室，我二叔要用刀割断肖虎的喉咙，但听到了儿子的啼哭；有人说，我二叔直接用劁猪刀，把肖虎给阉了，所以肖虎几天后回到半步村，神情呆滞，同样的话有时候会说两遍。没有人知道在密室深处，我二叔究竟对肖虎做了什么。肖虎辞职了，不再负责小虎队，假若有人问肖虎在香蕉林密室之中，究竟发生什么事，他却只是发呆，一言不发。

台风让整个半步村受灾严重，一个星期之后，县长前来慰问，据说县长的女秘书从汽车上下来，就脱掉高跟鞋，将鞋提在手里，赤脚往香蕉林跑去。但那时，我二叔已经带着孩子，住在陈氏祠堂，而香蕉林一片狼藉。

有人说女秘书在香蕉林前面泣不成声，有人说她看起来很像米小年，但没有人敢上前询问。

香蕉林后来整块地被征用，开始说是修建高速公路。村委会拿合同给我二叔签，说是自愿放弃耕地。很多人劝我二叔别签，说以后可以有更好的价格。但我二叔签了。后来，地质勘察说地基太软，高速公路改道。于是，镇政府看上这块靠山面水的风水宝地，借口说建医院，其实就建了政府大楼。可惜大楼竣工剪彩之后不久，地面就塌陷了，整栋大楼都没入地下。村里的人说，这地方早就被我二叔挖空了。后来推土机把一切都推平了，上面重新种上了香蕉，这样也就把整栋大楼也都填埋在地下，形成真正的香蕉林密室。

断魂

1 我是来拯救你们的

破爷进村了，他带来了魂机。与他十几年前带来电影不同，这一次，他没有将半步村的晒谷场霸占下来，而是将魂机直接推进我二叔的停顿客栈。

南方初冬的天气，分外阴沉。破爷从他的黑色轿车上溜下来。他身体前倾，没有去管门口对他狂吠的大黄狗，大踏步疾走。我二叔陈大同坐在停顿客栈大厅的沙发上，一眼认出了那熟悉的长袍和缺了一颗门牙的大嘴。破爷表情凝重，他也没有抬头去看我二叔，而是直接冲向停顿客栈的厕所，脚步急促，边走边用右手撩起长袍的下摆，左手一拉就解开裤腰带。这个动作把迎面走来的女服务员吓得一声尖叫，撒腿就跑。

十分钟后，破爷提着裤子，从厕所里面走出来。他用大门牙叼着雪茄，皱着眉头望着我二叔："陈大同？你老了这么多了？这客栈，很不错。"

我二叔很别扭地站起来，被人说老这么多，又不好意思回击，他陪笑着强调说："这里，现在是我的。"

"知道是你的，还怕我抢了去啊？"

停顿客栈五年前被我二叔陈大同买了下来，这个破爷不可能不知道。他应该还知道，我二叔经营停顿客栈不到五年，就将客栈翻建了两次，从原来的五间房扩展到现在的二十多间房上下三层的小楼，成为栖霞山下的一个不小的奇迹。

破爷用拇指和食指轻轻提着大雪茄，靠着沙发斜躺下来，眼睛中若有若无的光笼罩着我二叔："陈大同，十几年过去，你老了，但没变，你还是怕我的。"坐在破爷对面，我二叔确实浑身都不自在，总感觉对方是老板，而自己是来客栈面试的毕业生，或是来交租的佃户。

"你拥有这么大的产业，半步村也都富了，但你还是怕我的。"

我二叔正想说什么，但破爷继续说："十几年前那场大火没把我烧死，现在我又回来了。我回来了，兄弟，我回来了。这次，我不会弄电影院，不砍树，也不弄造纸厂，不去污染碧河，不用担心，我是来拯救你们的。人生苦短啊，半步村富有了，但半步村永远需要我，也只有我，能解除你们的诅咒……我就喜欢你这怯弱的表情，我太喜欢你了。"

破爷伸手去拍了拍我二叔抹布一样的脸蛋。我二叔在他的手掌的温度中想起了十几年前，破爷第一次来到半步村的样子。破爷骑着自行车，车后座左右两侧各挂着一只铁箱子，铁箱子里装着放映机和电影胶带。破爷最先入侵半步村，是从电影屏幕开始的。白色的大屏幕在晒谷场上两根电线杆中间拉开，慈眉善目的破爷坐在电影屏幕下面，便宣告了一个充满期待的夜晚即将到来。

吃完饭的时候，晒谷场上已经聚集了许多人，特别是老人和小孩，都争先恐后搬着小木凳到场上占座位。为了谋得一个好位置，有的人手里还托着饭碗边吃边聊。占不到好位置的，就只能坐到屏幕后面去，也能看，只是人影字幕看起来都是反过来的。晒谷场的最中央的地方，则设置了贵宾席位，塑料椅子一排排拉开，用齐腰的铁丝网围了起来。要坐到贵宾席去，就得买票。

2 一把大火结束了这一切

得到第一笔收入以后，破爷就雇佣半步村最出名的拳师童师傅开馆授徒，物色不读书的初中生，培养了一批打手。不到三年时间，半步村就有了第一间色情录像厅，暗红的灯泡下面一扇黑帘子小门，买票进去之后，你就能领略古今中外各种女人的风骚。一年后，破爷和半步村派出所新上任的罗所长混熟了，第一家挂羊头卖狗肉的发廊也就应运而生。“美丽湾”发廊里找不到一件可以剃头的工具，但有来自各方的短裙美女，坐在沙发上喝茶聊天。半步村的男人的欲望至此达到一个顶点，能去一趟录像厅，能到发廊里睡一晚，成为少年成熟的重要标志，更是中年男人的乐趣所在。“事成之后请你去一趟美丽湾”，成为出门办事最美好的承诺。

发现了世界原来如此美好之后，半步村的男人们开始想着如何赚钱。但破爷对此了如指掌，他开办了半步村第一家木材工厂。“想有钱，多砍柴！”破爷对男人们说：“栖霞山的木柴是砍不完的！砍吧！”有了木柴，破爷又开办了一家造纸厂，将木柴直接变成纸，用卡车运到外面去。造纸厂的污水直接排入碧河之中，碧河里的鱼都翻个筋斗漂浮在水面，水浮莲在水面集结，暗绿色的水流臭不可闻，渔夫只能改行去当樵夫。

破爷也提倡植树造林，以免树木有一天真的砍完了，于是，速生林被引进了半步村。速生林成点阵分布，横七竖八被种到栖霞山上去了，它们贪婪吸食着土地里的水分和养分，每天都在疯狂生长，自此鸟兽绝迹，泉水枯竭，大风一吹，尘埃在风中浮动，栖霞山瞬间苍老。

但一把大火结束了这一切，木材厂、造纸厂、录像厅、“美丽湾”，四个地方在一个夏天的夜晚一齐着火。大火整整烧了三天三夜，方才扑灭。破爷下半身被严重烧伤，据说烧坏了泌尿系统，此后一直都尿频尿急尿不尽，很痛苦。大火之后，穿长袍的破爷也就在人们的视野中消失，不知所踪。江湖传言他到城市里拐卖儿童，统治了东州市区的丐帮。但没有人知道真相，从此破爷成为一个传说。

如今这个传说坐在我二叔对面，这如何不让我二叔感到万分恐惧？我二叔颤声问道："那您准备如何拯救？"

"第一步！"破爷竖起了一根手指："我想买下你这个停顿客栈，整个栖霞山都是速生林，就你陈大同的停顿客栈周围都是古老的树木，这怎么不让破爷我嫉妒呢？"

"破爷，"我二叔心里一阵冰凉，"你知道，这客栈是我老陈的命根，我是不卖的"。

"这个我当然知道，只是我有点不明白，停顿客栈是你的命根，那么你的宝贝儿子陈风来应该算什么呢？"

"那也是我的命根！"

"我看他就快变成树根了。陈大同啊，你说，我如果能抹掉你家门上的红色三角形，把你儿子陈风来从树皮人变成正常人，你说这停顿客栈，是不是应该属于我破爷所有？"

"你能治好树皮人？"我二叔摇了摇头，眼中尽是绝望。

破爷没有回答，他反问道："陈大同，你现在还能相信什么？"

"我信我老婆。"

破爷一笑："你老婆已经死了……这样吧，明天，我的魂机就会运到你停顿客栈中来，把你的大厅腾出来给我放置，你就看着吧。"

"魂机？"

"是的，魂机。我说过，我是来拯救你们的。"

3 关于树皮人

那天早上，北风乍起，我二叔打电话叫我去停顿客栈搬魂机："赶紧过来帮忙，还缺三个人，必须十个大汉才抬得动！"巨大的魂机用大卡车拉进半步村，外头罩着红色的绒布。十个汉子用长长的木棍和绳索，将魂机一步一挪抬进了停顿客栈的大厅。破爷依然钻在长袍里面，骨瘦如柴，但这时他满头大汗，挥舞着手中的雪茄指挥着，不时大喊“小心一点”“慢一点”。他说话的时候露出门牙的缺口，不说话的时候脸颊上的皮紧贴着牙齿坍塌下去，能看到骷髅的轮廓。

大家都站在客栈的大厅里，围成一圈，仰头看着巨大的魂机发呆。这时破爷笑吟吟站在角落里擦汗：“这天气，开始冷了。”他并不着急将红布取下，而故意给大伙留下一点想象的空间。我二叔陈大同站在最前面，所以大伙也将眼睛看向他，希望他能说点什么。这让我二叔十分窘迫，他将眼睛看向破爷，但破爷平静地抽着雪茄，笑而不语。

“这东西能治好树皮人吗？”

“这个机器能让我们擦掉门上红色三角形吗？”

……

众人开始讨论起来，有人要求破爷出来给大家解释解释。但破爷却说：“不急，等一下记者来了，一并说。”

果然，不久之后停顿客栈门口又开来几辆汽车，十几名记者鱼贯而入，有的拿着相机，有的举着话筒，有的扛着摄像机，都对着破爷围了过来。

冬天的风从门口吹进来，破爷脖子上盘着一条褐色的围巾，灰色长袍的下摆在风中飘摇。破爷从容不迫地爬上了停顿客栈前台的大桌子上，他清了清嗓子，开始说话：“今天，我只说三句话。”

破爷顿了一下，举起了三根手指，那样子很像教科书上的鲁迅先生：“第一句，谁家出现了树皮人，就在谁家的门上画红色三角形，这是不对的，是歧视，魂机——”众人的目光随着破爷的手指又望向那部大机器。“它的出现，将改变这一切。”

“第二句话，这个活动需要招募一批志愿者，十名正常人和十名树皮人，魂机将导入正常人的美好记忆，输入给树皮人，让树皮人逐渐恢复直至痊愈。”

台下响起雷鸣般的掌声，有人甚至低声哭泣起来。

“第三句话，我们的治疗活动，公开透明，将以停顿客栈为基地，以停顿网为新闻发布平台，不接受采访，只接受监督，当然，我们的核心技术是保密的，从今天开始，谢绝一切录音摄影设备进入停顿客栈。我们的官方微博、官方QQ号码，也会在网络上公布，请大家留意相关动态。我的发言完毕，谢谢！”

破爷爬下台来，径直爬上楼梯，往二楼去了。大厅里的人们议论纷纷，唏嘘不已。记者们拿了破爷安排好的红包，拍拍屁股就回去了。

关于树皮人，有必要进行解释。树皮病起源于半步村，自从竹柳霸王树速生桉等进入半步村之后，一种新型的病毒也就随着入侵，树皮病毒开始只感染部分树木，主要以速生林为主，但后来逐渐感染到人身上，主要的感染人群是男人，特别是男孩。一旦被这种病毒感染，则人的皮肤开始变成树皮，由手脚四肢逐渐向躯干蔓延，只要头部变成树头，人也就宣布死亡。半步村对树皮人采用独特的送丧方式，不会在陈氏祠堂停尸入殓，而是直接抬上栖霞山，将树皮人头朝下种植下去。据说第二年春天，埋人之处就会长出一棵树来，但这个传言没有人去证实。按照村口麻阿婆的说法，这是报应，是树木对砍树的男人的恶毒报复，是一命抵一命，是老天的公平，只能通过拜祭石狗阵才能获得宽恕（半步村的石狗阵闻名遐迩，下文详谈）。因为人们无法确定树皮病毒的传染途径，所以，在半步村谁家有男人患病成了树皮人，就会在他门口画上一个红色三角形，提醒其他家庭注意避免接近。半步村的红色三角形成为一种宣判，一种忌讳，一种隔离，甚至是一种深深的耻辱。

但是，这样一种恐怖的疾病，却并未被外界所熟知。偶尔有记者到半步村来采访，也被有关部门以各种方法没收了采访的记录和摄影器械，理由是不能造成不必要的恐慌，因为树皮人主要集中在半步村，外界虽然也零零星星会有患病者，但毕竟并不多见。在东州，舆论的控制是头等大事，大家也都能理解。据我所知，破爷当日的精彩演讲，最后也只能通过口口相传为外界知晓，当天破爷请来助阵的记者所写采访稿都被有关部门上缴，网络上相关信息也被删帖。换言之，破爷当日纯属作秀和浪费表情，我也猜想他大概知道这样，所以才没有长篇大论而是言简意赅。

4　我们在谈正事

在信息不通的东州，小道消息却跑得特别快。那些日子，我婚期已近，却常常因为一些细节惹得岳父岳母不高兴。比如酒楼的级别，比如首饰的件数，再比如接送的车辆究竟是什么牌子……如此种种，简直不胜其烦。但他们通常的句式是“我们也理解，年轻人经济压力大，但是……”“我们也懂，半步村嘛，农村地方终究不好，迎娶最好还是在城市进行，什么都方便点，况且……”他们住在东州市区中心最破旧的房子里，20 世纪 80 年代我岳父做生意曾经辉煌过，后来便破落不堪，但却总爱以有钱贵族自居，言必谈过去如何如何，老朋友都如何阔绰，而对农村，那简直不是人待的地方。

“农村空气好。”他们经常这么夸农村。“但我们不常去的。以后要是有了孙子，还是让他到城里来上幼儿园。”

第一次见我的父母，他们总是双手交叉反复搓着洗手，仿佛必须经过精心的洗涤才可以消除从农村人那里传来的肮脏。我父母走了之后，他们又小心翼翼地问我：“你们祖上，没有什么遗传病吧？”

但自从破爷将魂机推进了半步村，我岳父开始对我客气起来，我岳母也开始招呼我喝茶。

“听说你们村有个叫破爷的人？”

“嗯。”我喝着茶。

“听说他有一台机器叫魂机，从欧美运来的？”

“嗯，俄罗斯吧。”我继续喝茶。

“俄罗斯的东西结实！……听说能治好树皮病？”

“嗯。”

“你跟他熟吧？认得他吧？”

“魂机还是我帮忙抬进去的，就放在我二叔的客栈里。”这两个信息点都是实情，但拼在一起就产生了不实的效果，仿佛我和破爷很熟。

“这下好办了!”岳父岳母相视一笑,“我们家美雅算是找对人了。”

“怎么了?你们家有什么遗传病吗?”

听了这似曾相识的台词，二老有点不悦，但马上就赔笑说：“反正你马上就是女婿了，女婿就是半个儿子，这事呢，我们本来准备等你们结了婚再说，但现在事不宜迟，也得让你知晓。”话说到这里，他们停下来，看我的脸色。我不动声色。这神秘兮兮的气氛，让我感觉似乎到了《西游记》里面去，马上就要谈到高老庄的妖怪了。

我的未婚妻图美雅从房间里出来，跺了跺脚：“哎呀，你们直接把小房间的门打开不就得了，就让他见见我的弟弟。”

“你什么时候有弟弟了?”我尽量让自己的腔调显得很沉着冷静。

小房间的门被打开了，里面传出一股难闻的恶臭。我终于明白为什么到她家里来，总有一股类似香蕉烂掉的味道，原以为老房子都是这样的，农村人也没太多讲究，没想却来自这个没有打开的房间。

外面没有来自海边的南风将寒冷吹走，窗户紧闭，屋里有一种凝固的闷。昏黄的灯光下，我的小舅子图高帅坐在床上看着我们。他的十个手指和十个脚趾都裸露在空气里，长满了黑色的指甲，这些疯长的指甲，盘根错扎，就像一团树根。昏暗的光从他背后的窗口打过来，给他的身上笼罩着一层奇怪的蓝色。

“昨天刚剪了指甲，今天就成这样。”岳母说。

“头发也开始变硬，脚后跟也开始长指甲了，我怕他春天一来就要变成树了。”岳父说。

“每天都要帮他穿衣服，喂他吃饭，我都烦死了，所以我才盼着早点出嫁，不想待在这里了，不然，我才不要你这傻呆呆的乡巴佬!”我的未婚妻说着，就来揪我的耳朵，揪得我哇哇大叫。

我岳父义正词严呵斥道：“放手！别没个正经！我们在谈正事。”

婚事这个时候已经不是正事了，树皮人成了正事。

“你得去打探打探，如果真能治这病，我这闺女啊，就算是白送给你，都成!”我岳母慷慨地说，仿佛是在卖白菜。

“什么白送啊?”图美雅尖叫起来：“我哪里不好了，还比不上一棵树！”

听了这话，我的小舅子图高帅生气了，他“哇呀”一声大叫，跳着过来，“哐当”一声，把房门猛地关上了。

5　我们在一起

我和图美雅是在石狗阵认识的。

石狗阵在我二叔的停顿客栈以西一里处，石狗是碧河之神，也是未洛地区的神，所以很多人慕名而来，千里迢迢前来拜祭石狗阵。石狗阵不知哪个年代存在这里，不可考，跟栖霞山上的速生林一样，成方阵排列，十米左右放置一只，每一只狗都如真人一般大小，纵横交错，煞是威武。

我也常到石狗阵来，主要是陪我二叔一起来跟我二婶说话。我二婶的坟在石狗阵旁边，人们都说风水好。二婶的坟不立墓碑，坟头堆了一堆石头，大大小小，各种形状都有。我二叔说，一堆石头比一块石碑更能代表我二婶，每一块石头都可能是火种，但石碑却显得那么冰冷生硬。

“你婶子怕热，石头凉快。”摸着坟头的石头，我二叔说，“石头是会说话的。”

我二叔常常来陪我二婶说话，他有时也拉上我：“傻正，走，去看你二婶。”那感觉就像去邻居家串门一样。

那一年，我就是在石狗阵里遇到了图美雅。当时我二叔和我二婶谈得欢，我二叔正拿起一块石头，用袖子擦干净了，又放回去。他的声音很低，也很温柔。我在旁边站着插不上话，觉得无聊，就到石狗阵里去看阴茎。石狗阵阴茎林立，但狗嘴狰狞可怖，看了只会让本来自信的男人觉得自己的把柄太小。

正当我在发呆的时候，石狗阵着火了。秋风吹起，石狗旁边的荒草都发出噼里啪啦无比欢快的吟唱，一个女人从浓烟中跑出来：“你这傻子，站着干什么？救火啊！”我一愣，想想也是，我应该去救火。于是我就向那股浓烟冲进去。后来很多事我就不太清楚了。但大家都夸我救火十分卖命，然后那个女人就开始向大家揭发："喏，就是他放的火。"

大家的眼光都向我这边聚拢，村长林发达却抬头看着头上的树叶，说："傻正啊，难怪你救火这么积极？你放的火？"

我想，明明是那个女人烧香烛起的火，我刚要开口辩解，但女人背后走出两个笑嘻嘻的老人，这就是我后来的岳父和岳母。他们向我走来，摸摸我的头，对大家说："这孩子傻里傻气的，放了火，也救火，没烧着林木，我看咱就放了他吧，都别围了吧，这是林村长吧，您是宽宏大量的人，您说句话？"

就这样，我莫名其妙就被饶恕了。然后，就认识了图美雅一家人。因为火灾的事，图美雅一家三口错过了村里最后一趟汽车，是我用脚踏三轮车将他们三人送进城的。他们家住在破旧的老城区，但她的父母却时时不忘描述十几年前此处的繁华，以此来显示他们之前的阔绰。我一边傻笑一边问东问西，让他们将可以吹牛的地方都尽情发挥出来，所以一路上，他们是快乐的。

到了他们家楼下，他们假意问我说要不要上去喝茶。我注意到我日后的岳父正用他的三角眼瞄着我满是泥沙的鞋子，后来我才知道家里都是岳父拖地，我岳母只负责洗衣服。我傻笑着谢绝了他们的邀请，调转车头要走，图美雅却扯着我的袖子把我叫到一边："傻正，你会签名吧？"

我点头。

"你明天能再来一趟吧？"

"干啥？"

"来了再说。"

第二天，我陪图美雅到医院去，在堕胎风险通知书上签上了我的大名。我很兴奋，但图美雅看起来明显很不好。她一直在发抖，还偷偷抹眼泪。我也不知道怎么安慰她才好，只能过去拉了拉她的手。谁知她一个转身便将我拦腰抱住，伏在我肩膀上痛哭流涕。

就这样，我们在一起了。

6 你怕雷劈吗

我二叔又将我带到了石狗阵，带到我二婶的坟头。

这一次他显得十分沮丧，他坐在坟前，反复摩挲着那些石头。他对我二婶说，一边是经营多年的停顿客栈，一边是儿子陈风来的病情；关键是，他不知道破爷能否治好风来的病。

他要二婶给他出出主意。他捡起一片树叶说："这抛向天空，正面就卖掉客栈，反面就不卖，怎么样？你不说话就是同意了，好了，你默认了，那我抛了啊！"他将树叶用力一抛，树叶翻滚着身子坠了下来，却就在贴地的瞬间，刮来一阵大风，把树叶吹进石头的缝隙里，只露出一个树叶屁股在外面，既不是正面，也不是反面。

"你这婆娘，看来你也拿不定主意。"我二叔摇了摇头，叹了一口气。

我二叔向我招手："过来！你二婶也拿不定主意，所以只能靠你了。"

我一脸疑惑。但我二叔解释说，"破爷需要一个了解半步村情况的秘书，所以我要你打入敌人内部去。"

于是，我就这样被送到破爷面前，僵直地站着。破爷摁灭了手里的雪茄，绕着我转了两圈，点了点头：

"多大？"

"属小龙。"

"小龙？哦，蛇吧？"

"不能说蛇，是小龙！"

"好，小龙就小龙，哈！"破爷笑了，伸出手掌捏了捏我的肩膀："老陈啊，你们家这傻正，骨骼精奇，是块材料啊！"

我二叔眯眼笑着说："那是那是，生下来就与众不同。"

破爷说："傻正，我来问你，你相信有鬼么？"

"以前信，现在不信。"

"嗯——"破爷点点头："那你信青天大老爷吗？"

我摇摇头，回头却看到我二叔一直在给我使眼色，我赶忙改口："信。"

"别听陈大同的，他根本就不知道我在问什么，你老实回答我，明白吗？"

我只能点点头。

"你信什么？"

"我信我自己。"

"你怕雷劈吗？"

"不怕，"我笑了，"下雨别站树下，劈不到的。"

房间里的人都笑了。

"你很了解半步村？"破爷沉吟片刻，"那你说说……这半步村，谁的隐私最多最神秘？"

"卢寡妇和林发达村长。"我脱口而出。

大家又都笑了。

"说说。"

"这村里我谁的家里都进去瞧过，就只有卢寡妇和林村长家里，我从来没进去过。卢寡妇脾气不好，林村长钱多。"

"他们都喜欢啥？"

"卢寡妇爱蜈蚣，林村长爱钱。"

破爷转过头去，对着我二叔陈大同："你看看，你看看，谁说他傻？谁敢说他傻！"又回过头来，对我说："我就要定你这个秘书，从明儿起，你得让人叫你傻正老师，明白不？"

"不明白。"

"你得会装，一定要别人叫你老师。你可以当他们的老师！"

7 脖子上有黑痣

我二叔陈大同并没有答应将停顿客栈卖给破爷，破爷也不再提及停顿客栈转手的事。但令我二叔不解的是，停顿客栈的所有工作人员，包括四名女服务员和两名清洁工，都已经完全听命于破爷。其实也很好理解，员工怕陈大同，但陈大同明显怕破爷，所以员工怕破爷就变得理所当然了。

然而这段时间，停顿客栈的二十多间房都住满了，还不时有人过来打探是否有空房。住客多数过了午夜才入住，神神秘秘，只有我知道，这些住客基本都是树皮人及其家属。因为图美雅一家，已经通过我的关系住进了停顿客栈三楼朝南的那间小房里头去，房间阳光充足空气好，而且图美雅还让我去求我二叔打五折："反正住宿费要你出，你看着办。"

这世界上最难办的事，可能就要数"看着办"了。我岳父岳母吵架的时候，我岳母也经常对我岳父说"你看着办"，结果我岳父就睡到走廊上来。

"我看咱爸妈吵架的频率挺高的？好像还常提到年轻时候的什么故事？"

图美雅没有正面回答我的问题，倒是抓住了关键字眼，说这是她爸妈，不是咱爸妈，"婚事还没办呢，你想得倒美。"

岳父岳母为陈年旧事吵些什么，其他人其实也不知道。停顿客栈的长期住户都深居简出，白天基本不出门，只让服务员将快餐送到房间里，偶尔，他们会到楼梯的窗口处，瞅瞅那台披着红头巾的魂机。他们的眼神，有时迷离，有时紧张，有时却充满了绝望。魂机一动不动，没有人敢去靠近它，只有破爷围着它转，手里拿着图纸，偶尔还用螺丝刀敲敲这里，拧拧那里。

与此同时，破爷在停顿客栈旁边的空地上，开始破土动工，修起了房子。我问破爷，建什么呢？破爷的回答只有一个字：庙。

这庙建得十分简陋，半步村木头也多，几天工夫就建得差不多了。只见木头的柱子，顶起一个石棉瓦屋顶，四周再用石棉瓦加竹片围起来。看起来十分简陋，但造庙的师傅用拳头捶着木柱子说，"能抗得住七八级的大风，没问题。"

"如果有人来偷东西呢？"

“那得看是谁来偷。”造庙师傅说，“破爷的东西都敢偷，我看是谁不要命了吧！”

破爷十分高兴，吩咐图美雅拿来纸笔，当场挥毫泼墨，写下“魂庙”二字，让人制成牌匾，挂在庙门之上。于是，大家这才明白过来，破爷建这座庙，是用来摆放魂机的。破爷给魂庙围上了结实的铁丝网，也不知道是什么用意。然后，他又花钱从东州市区购进了两台柴油发电机，摆放在庙里。过了一天，他又在庙的后头，建了一个高高的台子，拉起了电线，这些电线，一直沿着歪歪扭扭的电线杆，伸进了村里，接到村里的大喇叭上。村里的喇叭是当年破爷搞电影留下的，有七八个之多，分布在全村的各个角落，绑在高高翘起的屋顶上。前几年还能放点音乐或电台的《新闻联播》，后来就再也没人理它了。被破爷重新接上线，大家都十分迷惑，同时也感到一丝不安。

做完这些，停顿客栈里的住户都有点撑不住了。图美雅揪着我的耳朵：“赶紧去问问，他什么时候开始治病，再这样折腾下去，姑奶奶我就要打道回府了，我弟的病没治好，你就打光棍吧你！”我说破爷就在下面，你有胆自己去问问。她还真往楼下冲，我只得跟上去，介绍认识之后，破爷对图美雅上下打量一番，说：“脖子上有黑痣，傻正有福了。”图美雅心花怒放，跟见了明星一样前言不搭后语，聊了几句就上楼，一路小跑，兴奋不已。

就在大家都不耐烦的时候，魂机从我二叔的停顿客栈搬出来，推进了隔壁的魂庙。破爷笑了，他回过头来，对我说：“傻正，我们可以开张了，可以收钱了！”又握住了我二叔的手：“大同啊，魂机搬出来，不等于停顿客栈就是你的，你的生意会因为魂机越来越好，房租咱们三七分账，我七，你三，你可以去把你儿子陈风来带出来，我要给他治病了。”

“你想让我家陈风来第一个上，给你这铁疙瘩做小白鼠？”我二叔眼睛都瞪成足球一样大小了。

“别恼。”破爷压低声音，在我二叔的耳边说，“你第一个上，我不开机，回头让第二个做第一个，你家风来就是第二个，安全，快捷，打五折，怎么样？”

我二叔伸出两个手指："你说真的，第二个？"

破爷也伸出两个手指："耶！你是真二！"

8　没有以前那么黑

停顿客栈热闹了起来。有人来看病，破爷便说："到客栈大厅找傻正老师，交钱拿号，明天再来。"

我的人生从认识破爷开始改变，每个人都对我点头叫傻正老师，这让我热血沸腾。我让图美雅帮我收钱，我只负责盖章。图美雅从来没见过这么多钱，一直很严肃，脸上洋溢着庄严的神色。

只有我二叔，站在客栈门口的台阶上，一个劲儿对自己说："别上当，别上当，这一定有什么阴谋！"他忍不住去问破爷，"怎么这么多人？"破爷微笑着，说了一个字："托。"

"又是托？"我二叔感到一丝慌张，因为陈风来拿到的号，就是001号。

第二天晌午，破爷将魂庙的门打开，启动柴油发电机，嗡嗡作响，然后郑重其事地揭开魂机的红盖头，接通电源。这时魂机开始唱《国际歌》，《国际歌》悲壮的声音通过电线传到了村里的喇叭，整个半步村都回荡着《国际歌》的声音，让村里许多老人回忆往事，黯然神伤。《国际歌》唱了五遍，又播了五遍《大悲咒》。然后破爷才从魂庙中走出来，他两手叉腰，站在门口，伸长了脖子看着大家，吼了一句："抬进来吧！"

破爷喊声过后，只看到竹林里转出一辆独轮车，慌慌张张向这边推过来。这时我才看清楚，原来是我二叔，他满头大汗，看来早就埋伏在这里头。但大家都没有看我二叔，而是看到独轮车上的人——严格上来说，那看起来不像是个人，而是一块焦黑的木头。相比之下，我的小舅子简直可以算是一个正常人。独轮车推过来，围观的人不约而同往两边闪开，让出一条路来，然后都不约而同伸手去捂鼻子。我也闻到了一股说不出的味道，类似烂香蕉的甜味，十分恶心。

独轮车在魂庙门前停了下来。我二叔眉头紧锁，看着破爷。破爷也皱起了眉头，但很快，他示意陈大同将孩子往庙里推进去："陈大同，你儿子都长虫子了，你要让他出来晒太阳嘛！"

大门关上了。

破爷让我二叔将陈风来横躺在阳光下，晒了半个小时，白色的虫子才慢慢从指甲缝、头发里掉落到地上。我二叔难过地在一旁抹眼泪，他这时变成一个听话的孩子，破爷让他过去签字，他屁颠屁颠就跑过去了。虽然对于破爷出具的免责声明，他持有异议，但死马不当活马医，又能怎么样呢？自愿强迫和强迫自愿，本质上都是同一回事。

然而破爷并没有像之前约定那样，将陈风来安排在第二个，而是直接开动了魂机。"再不治，这孩子怕是完蛋了，你自己考虑，这一星期试运行，我就治一个人，多挨一天就多一天危险，你看着办！"

这时候就是看着都不知道怎么办。我二叔完全没有了主见，他目光呆滞，然后点了点头。

9　我和阿美是朋友

魂机屹立在人群中间，像一名将要上战场的勇士，不怒而威。所有人的眼光都越过篱笆，越过神庙隐隐约约的阻挡，停留在它的身上，但也只看到金灿灿的光晕，其他什么都看不到。

陈风来被送进去了。在大家的凝视中进了魂庙。没有人能预知命运，而魂机已经启动，发出巨大的轰鸣声。人们隔着竹格子大门，这才隐约看清楚这台庞大的机器，它看起来像一只直立的青蛙。当魂机启动以后，才缓缓将顶部降落下来。在它的顶部，赫然有一个洞口，犹如青蛙张开了大嘴巴。相当于直立的青蛙张开嘴巴俯下身来。破爷开始介绍，病人会从这个口送进去，治疗过程是半小时，但要留在这里观察三天。

整个治疗过程对外保密，所以，人们只见到陈风来被魂机吸了进去，而见到陈风来，却是三天以后的事情。我的堂弟陈风来，头发已经被刮得干干净净，指甲也都剪得很短。更重要的是，他的颜色变浅了，没有以前那么黑。

破爷将陈风来推出门外。这是他的作品，他开始进行详细的讲解，只听到他口中不时喷出“宇宙能量”“生命密码”“阴阳排毒”之类的词语，大家都听不懂，但却争先恐后将生病的孩子往魂机里送。

这是十分神奇的一天，乡亲们聚集在魂庙周围，有人默默带来了祭品，在魂庙的竹木围墙之外，插上香烛，烧了纸钱，拜祭起来。这个举动很有感染力，对于习惯拜祭各种神明的村民来说，插香烧纸这样的动作简直都有了肌肉记忆。很快，大家都效仿起来。仿佛对石狗的崇拜的热潮，重新出现在魂庙之外。只是这次，拜的是一只铁青蛙。

停顿客栈的大厅里，也排了长龙，但半步村毕竟有太多的穷人，他们交不起钱，背着大米就来了。破爷有令，只收钱，不收物，没钱的想治病只有一个办法：打欠条。一个星期过去，又一个星期过去，很多孩子确实治好了，一家人相拥而泣。这里头也包括了我的小舅子图高帅。他竟然被破爷治好了，真是不可思议。我未来的岳父岳母更是笑得合不拢嘴，图美雅也十分高兴，因为她收到很多钱。虽然这些钱都被破爷装进了口袋，但图美雅依旧兴高采烈。

“你说，”图美雅问破爷，“这魂机没啥副作用吧？”

“我比你还想知道。”破爷说，“我这不就是让孩子们先做实验吗？”

“是啊，据说当年是你让人去种树砍树的，这才得罪了山神，下了诅咒，按理说要变成一棵树的，最先也应该是你。”

“你咒我？”

“要死也得等我弟没事，你再死，不然我怎么跟爸妈交代？”

“那我得看你弟弟究竟恢复得怎么样。”

于是，破爷让人去把图高帅叫到房间里详细检查和询问。图高帅开始坚决不肯，但拗不过父母，红着脸来了，他对姐姐提了一个要求："你不能让那长袍怪人脱我裤子。"

图美雅笑了："你是男人，怕什么……好了，答应你就是，不脱裤子。"

但在房间里，破爷还是把图高帅的裤子给扒了，至于破爷看到了什么，他表示沉默，只对图美雅说，"你弟弟的喉结消失了。"说话间破爷非常沮丧。

我岳父岳母打算带着图高帅回东州市区，但他对父母似乎保持了警惕，他变得腼腆细腻，说要留下来帮姐夫，也就是我。具体他能帮什么，却说不出来。停顿客栈太脏，我岳父岳母是不愿意再待了。他们本来打算坐公共汽车回城，但破爷非常慷慨，派人用小汽车送他们回去。为了消除我的疑虑，破爷对我说："我和阿美是朋友。"

我的小舅子图高帅倒是站在我这一边的。他悄悄对我说："姐夫，你提防着点，破爷已经叫我姐阿美了，你难道不吃醋？"

我这才留意到，我叫她图美雅，连名带姓，但破爷已经很亲切地叫阿美阿美，甚至还伸出手去撩拨她的头发。

图高帅看着我，但我摇了摇头。

这个时候，停顿客栈的直接管理人不是我二叔，也不是破爷，而成了图美雅。图美雅在两个老男人中间扮演了极其重要的角色，她甚至促成我二叔和破爷签署了一份合同，两人平分了停顿客栈的股权。

10　还有谁家会死孩子

破爷有钱了。他将魂庙重新修缮了一番，修筑了屋顶、围墙和庙门，还买了两个大红灯笼挂在门口。灯笼上桐油的气味很浓，时刻在提示从门口走过的人这里有新的变化。为了让大家有地方插香烛拜祭魂机，破爷还在大门口立了一个大香炉，再弄几个蒲团用于跪拜。这个时候，村里的老人才隐约想起，就在魂庙所在这个地方，原来也隐约有一座庙，似乎还住过几个和尚，还收留过一些孤儿，后来被铲平了，也没人再记起这件事。

但庙宇刚修整一新，来烧香的人却突然减少，接近于零。坊间传言说被魂机治好的孩子，男根都萎缩而至于没有。但相对于死亡或者变成一棵树来说，许多人都表示接受，没有人过来吵闹，甚至更多的人愿意选择遗忘或者否认来应对别人的质询。

如果人们拒绝魂庙不是因为魂机的副作用，那么一定另有其事。

破爷很快就知道原因——陈风来死了。

那天早上我二叔醒来，发现房间里有一股烧焦的气味，定睛细看时，只见儿子陈风来浑身冒着白烟。陈风来已经说不出话来，他坐在地板上笑。然后，他着火了，先是手和脚，然后是背部。我二叔赶紧去提水，但太迟了，只用了几分钟的时间，我的弟弟陈风来，便已经自燃完毕，剩下一堆冒烟的粉尘。

我二叔跪倒在那堆尘灰面前，接连打了几个喷嚏。他感觉自己在做梦。他找遍了家里的每一个角落，都找不到儿子。挂在窗口的风铃还叮当作响，那是陈风来最喜欢的玩具。风铃还在，儿子没了。叮叮咚咚，叮叮咚咚，每一声风铃都是噩梦。

陈风来一死，半步村的人都在等着，等着陈风来之后，还有谁家会死孩子。但没有，唯独死了陈风来。

“你一定给孩子吃了什么？”破爷说。

“吃了我们祖传的药方，难不成我要看着自己的孩子阳根萎缩，那不是一样断子绝孙？”

“你要孩子，就是用来传宗接代的吗？你混蛋，现在说什么都晚了。”破爷踹了他一脚。

我二叔病倒了。痛定思痛之后，我二叔从病床上爬起来。他对破爷关于治愈几率的分析充满愤怒，对陈风来病入膏肓的说法也无法接受。在我二婶的坟前坐了一个下午之后，我二叔咬紧牙关，准备还击。他突然明白破爷此来的目的还是为了圈钱，而且就目前看来，他是成功的。停顿客栈虽然也在治病事件中获利，但比起破爷的总收益，那简直不过山羊身上一根毛。

他开始怀疑：

一、破爷在当时种速生林的时候，就已经播下了病毒，现在他手握解药，用解药赚钱。

二、破爷在孩子们屁股上打了一针，注入一种推迟树皮病发作的药物，只能推迟，不能根治，村里所有的树皮人，最终都是要死的。

三、破爷除了赚钱，一定是想竞选村长。

还有，破爷是不是一个逃犯？会不会跟境外势力勾结？难道是外星人来做实验？

所有的问题都没有答案，我二叔满脑子都是问号。他对我说："傻正，你去打探打探，一定要揭露，一定要破除他的法术！"他的意思是，将我安插到敌人身边，现在应该是发挥作用的时候了。

我那个怯弱的二叔，年纪越大胆子就越小，他已经不敢拿起年轻时候的劁猪刀去找破爷拼命。他能做的，是拿起打鸟的气枪，将魂庙前面的两只灯笼打下来。灯笼应声而落，在地上开始燃烧起来。灯笼疯狂的燃烧了一会儿，就剩下一堆黑色的灰烬。我二叔愣了一下，似乎想起了什么。

然后，我的二叔，他长长呼出一口气，得意洋洋收起鸟枪，踏着胜利的脚步朝村长林发达家走去。他要去告发破爷的种种恶行，包括他以后竞选村长的种种可能。

11　事情总要有个定性

我二叔知道林发达村长兼任村书记及村委会主任，具体这些职务是怎么回事，他也没弄懂。林村长在任上究竟干了多少年，大家都差不多忘记了，反正很久以前，他就叫林村长，仿佛生下来，就是林村长。

林发达以前鼓励种植速生林，现在鼓励大家拆迁。种树赚钱已经太慢，卖地拆迁操持建筑材料生意才是王道。林村长喜欢月光，他的名言是：月光白花花，其中有大把银子。所以村民背后也叫林村长为"大把银子"。

我二叔跟林村长一直不和，有一次大把银子竟然打起了陈氏宗祠的主意，想要拆祠堂里的浮雕去卖钱，美其名曰拆卸保护。半步村里头陈是大姓，许多姓陈的老头到祠堂里绝食抗拒。我二叔陈大同也义不容辞成为首领与林村长对峙。这件事最后以饿死两个老人告终。死了人林村长也不敢硬来，就这样不了了之。

然而我二叔放眼整个半步村，能跟破爷对抗的，也就只有村长大人。无论怎么说，村长还是自己人，破爷是外人，敌人的敌人就可以成为朋友，关键时刻大丈夫应该搁置争议，一致对外。

林村长在办公室里接见了陈大同，耐心听了他的表述，村长若有所思，仰着头一直看着天花板。我二叔顺着他的眼光朝天花板上望去，上面空空如也，连一个蜘蛛网也没有。当我二叔将眼神从天花板上收回时，他吓了一跳，村长将脸伸了过来，鼻子就要碰到他的鼻子了。

村长说："那你是说，破爷同志在搞迷信活动？"

我二叔一愣，随即点头如鸡啄米。

"就是嘛！事情总要有个定性的嘛，举报有功！举报有功！"

"村长英明！"

村长又问："听说你儿子是自己着火死的？这人好端端的，怎么会着火？"

我二叔很快就领会过来，赶紧接话："迷信活动，说不定是什么邪教！"

"事不宜迟，赶紧动手。先抓起来教育再说。"

我二叔觉得有道理。抓人，把以前伟大正确的破爷抓起来，这真是大快人心之事。村里有一所废弃的小学，以前用来关牛羊，后来腾出来，专门用来关闹事的村民，美其名曰学习班。半步村谁都知道学习班，谁都害怕学习班，学习班就是林村长最具威慑力的王牌。计划生育做得不好：学习班！土地纠纷谈不拢：学习班！抗拒拆迁：学习班！

我二叔还知道得更多一点。根据村民二牛子的描述，在学习班里面，镇里还有一个精神科医院，关进去，基本就废了。

我二叔开始幻想着破爷被林村长关进学习班的样子，破爷会愤怒吧？咆哮吧？精神失常不就正好送进精神病医院治疗吗？两个疗程下来，目光呆滞两眼无神，三魂七魄估计就剩下一缕游丝了。

村长带着派出所的两个民警，直奔停顿客栈而来。午后风大，路旁的树叶都沙沙作响。我二叔胡思乱想，但脚下不敢停下来。他跟在胖嘟嘟的林村长身后，忐忑不安，十分紧张。他既担心破爷听到风声跑掉了，又担心自己这样的告密行为遭村里人唾弃，毕竟破爷那台神秘的魂机，甭管怎么说还是治好许多树皮人的。“这些人虽然交了钱，接受了盘剥，但是对破爷那是心服口服，要是发现破爷被我老陈陷害了，我以后还怎么在半步村混下去。”我二叔越想越不对劲，他开始用袖子擦汗。难道这步棋走错了？还有没有得悔棋？

初夏的天气让人全身都黏糊糊的，我二叔对林村长说：“我走得快，我先去打探打探。”

林村长一笑，点了点头。

12　他们喜欢开玩笑

停顿客栈的大厅里，破爷十分忙碌。大厅里弥漫着一种竹子的香味，满地都铺满了竹篾，破爷正在糊灯笼。那两个被我二叔打下来的灯笼只剩一点残骸，搁在大厅的中央。我的未婚妻图美雅在一旁也忙得不亦乐乎，又是递糨糊，又是帮忙破竹篾。我在楼上看着，感觉他们更像两口子。

我二叔冲进了停顿客栈，气喘吁吁，他看到破爷，也看到灯笼，呆住了，像个做了错事被逮住的小朋友一样涨红了脸，说不出一句话来。

破爷却抬起手来，对着大厅一侧的厕所一指：“别慌，厕所在那边，上完厕所出来，我有话跟你说。”

我二叔想起不久前破爷重新回到半步村的情景，想起他也是这样急急忙忙冲进厕所的。于是脚下生风，进了厕所。上完厕所出去有话说，要说什么话呢？我二叔拉开裤子的拉链发现毫无尿意，又将拉链拉回去了，但就这一开一拉的瞬间，他决定就躲在厕所里，不出去了——相对于大厅，厕所虽臭，但让人感到安全。

“抓，抓起来！”随着林村长的一声大喝，让民警二话不说就把破爷撂倒，然后用手铐拷起来。

“等等，等等，这……这是干什么？”破爷在地上举着枯瘦的小臂，晃着手铐，一脸无辜。“你们抓错人了吧？”

“罗寡妇一早就说你不是个好东西，抓的就是你！”

“这道上的，哪个不知我破爷是良民……”

“有人举报你搞迷信活动，我今天是来教育教育你的！”

“怎么也得让我抽根烟！”破爷从地上爬起来，他自己走到大厅的角落里，看林村长没反对，他就在沙发上坐了下来。然后他用眼神示意图美雅给他点了一支雪茄，吸了一口，整个瘦弱的身子往后一倒，就黏在沙发上。

“抽完了没有，抽完带走！”

破爷冷笑一声，转过头去，对图美雅说：“把口袋里我的手机拿出来，帮我拨通甄市长的电话。”

“哪一个甄市长？别让她打电话！”民警赶紧冲过去，夺走手机。

“东州市甄有力市长，今儿个除非你把整个停顿客栈的人都灭口了，不然就单你把破爷我拷在这里这一条，我就能让你爬着出这个门，甄市长他儿子的命是我救的，你还不过来给我开手铐。”

林村长低声问那民警：“哥们，他手机里真有市长的电话？”民警点了点头。

林村长擦了擦额头上的汗：“别以为你嗓门大我就怕了你，这村子还是我说了算，我想要谁拷着，谁就得拷着；想要给谁解拷，就给谁解……去啊，还不给他把手铐拿下来！”

破爷揉了揉解放了的手腕，脸上一扫刚才的怒气，和颜悦色，伸出手掌说了一声“请”，邀请林村长在沙发上坐下，然后，悠悠然开始沏茶。良久才说：“不过我倒觉得，这一切仿佛曾经发生过……我说林村长，你有没有这样的体验，你做完一件事，然后发现你很久以前也曾经做过这样一件事。比如说，你今天会来这里喝茶，跟我说什么话，你刚才的眼睛看着窗外，我吸了一口雪茄。这个情景，好像就曾经在什么时候发生过。”

“有时候是会这样。”

“啥迷信活动？科学本来就是一门迷信啊，迷信呢，何尝又不是一门科学？”

林村长十分配合地大笑起来。

破爷接着说：“魂机，魂机，所谓的魂，其实就是你的记忆。就刚才我说的，很多陌生的瞬间，我们总会猛然惊觉曾经发生过。这种感觉你没有过？”

“有过，这又怎么样？”

“这是你大脑的记忆碎片整理期，就跟一台电脑是一个道理，总需要碎片整理，整理完之后，有许多多余出来的记忆，其实没有用的，魂机就是利用这个原理，将一些人的大脑进行一个整理，然后删除没用的记忆。但其实啊，也没所谓有用没用，所有的记忆都是可以卖钱的。”

“你以为我不懂电脑，你就拿电脑来糊弄我……”

“林村长，我们的林村长，我不得不打断您的话……或者这么说吧，你今天正让人用手铐拿住了你的朋友，你潜在的生意伙伴，我知道这样一来，我一定会吃些苦头，也得花些银两，但这不是咱的主要方向，咱的方向是在一起合伙赚钱上面，比如说上个月市里才批下来的莲花山工程……”

“咳咳，咳咳……”林村长一阵咳嗽，将破爷的声音都掩盖下去。

破爷也心领神会，不敢往下再说：“林村长，今天您既然都来了，带你瞧瞧我的破烂玩意儿，或许您对这东西怎么赚钱，会比较感兴趣！”

林村长又大笑，声遏行云，然后说了三个字：“生意人！”

破爷说：“谁不是生意人？”

13　你们也可以试试

陈大同的本意是两虎相争必有一伤，他可以来个坐山观虎斗，没想到两只老虎居然合作了起来。他在对半步村的命运的深沉担忧中又增添了深深的自责。

破爷和林村长的合作非常成功，这是我经过反复观察得出来的结论。但我二叔并不这么看，他躲在厕所中听到的是另一个版本。

他听到破爷问村长："你最近做梦吗？"林村长说他总是梦见在抓鱼。

"这中间一定有玄机！"我二叔说。

我二叔说，破爷开始给林村长灌输他的理论，"在你的记忆中，其实你早就已经活过一次，只是时间是线性的，我们并不知道上帝已经切换了频道，"所以，魂机的作用是寻找到新的秩序。

"林村长，您信什么？"破爷问。

"我姓林……哦，你是说相信什么……我信钱，只信钱，或者说信生意。"

破爷一拍大腿："这就对了！"他又拍了一下林村长的肩膀。（我二叔在描述这个情景的时候，啪啪鼓了两下掌。）破爷低声说："有了钱，就啥都有了，不然，咱卢妹妹也看不上咱，哦，不对，不是咱，是您。"卢妹妹就是卢寡妇，林村长一听脸色又变了。

"信息时代，小道消息太重要了。"我二叔总结说，"破爷之所以治得住林村长，靠的全是情报，我就说他那天带了那么一帮人马都哪里去了，看来是潜伏在村里的各处，摸底呢！傻正，你小子什么时候也给我提供点有用的情报！"

"有用的情报是有的，那就是在魂庙中，林村长带走了一沓钱。"

在魂庙中，破爷掀开了魂机的"红盖头"，得意洋洋地开动了机器。林村长对这么一部机器赞不绝口，认为是新发明新创造，在全国都首屈一指，应该报到省政府，申请一笔科研经费。但破爷做了一个

“不行”的手势。破爷说，“咱的目的是在利，是在钱，虚名有什么用？”

林村长连连点头称是，紧紧握住破爷又瘦又干的手：“相见恨晚，相见恨晚啊！”紧接着，林村长开始询问破爷的计划，如何赚钱，怎么营利，有什么运作模式。

“这是个焦点问题。”破爷沉吟片刻，“既然村长您问了，我也只能如实回答，但您得答应我，一定要保密。”

“保密！一定的！”林村长眼神里全是诚恳，“这是商业机密，一定要保密！”

“我眼下这第一步棋，是用魂机治好树皮人的病，这只是魂机的一个小小功能，如果靠这个赚钱，我还不如开个诊所，或者开个小医院，犯不着倾注我这毕生的积蓄来鼓捣这么个玩意儿。那么——”破爷清清喉咙，“接下来我想做的是，购买记忆。”

“购买记忆？”

“没错，先买，再卖，买卖买卖，这不就是利润了吗？现在魂机已经升级完毕，它就像是古董店加废品收购站，你最珍贵的记忆，你可以拿来卖给魂机，魂机会根据不同的质量给钱。同样的，你不想要的记忆，也可以拿过来，卖给魂机，魂机照样给你钱，甚至可以在你的要求下，帮你删除一些不必要的记忆。这个世界上，记忆是最宝贵的，储存起来之后，日后可以制成各种游戏和虚拟世界。”

林村长的眼睛瞪得老大，他绕着魂机转了一圈，伸手去摸摸：“哎呀，没想这铁家伙，是既懂得北冥神功，也懂得化功大法呀，神奇，太神奇了！哎呀，你说得对，这科学也要跟迷信相结合嘛！不过——你这让我怎么相信呢？”他看了看背后两名民警，民警也识时务地笑了起来。

“我早知道村长不信，所以，你看我都开机了，村长不妨躺到床上去，小睡片刻，待会还可以拿酬劳。”

魂机在青蛙嘴巴里吐出一张小铁床，金灿灿而又黑黝黝，像是青铜制作而成，看起来很古旧，造型也很舒服。

“我躺上去，睡一会儿，就可以有钱拿？”

“对，你只想着你要分享的记忆就可以了。”

身边的民警开始表示怀疑，一直在问破爷，这个机器对人的身体会不会有损害。破爷说不会的，这个是俄罗斯最新研制出来的新产品，再过几年，就会在全国各大医院推广开。“你去医院拍过片吧？就那么简单，照一照，不会少胳膊，也不会少腿。”

“不必啰嗦，在半步村，还没人敢拿我怎么样！”铁床有巨大的诱惑力。林村长已经开始挪动身体，将他肥胖的身躯放到铁床上去。铁床被他压得出现微小的弧度。魂机开始发出洗衣机一样的轰鸣声，缓缓将林村长吞了进去。大约过了二十分钟，又将他缓缓吐了出来。只见林村长脸上挂着笑意，手里拿着一沓钱，还在睡意朦胧之中。两个民警将他晃醒，他十分舒服地伸了个懒腰，然后建议两名民警：“你们也可以试试，做白日梦，还有钱拿。”

14 我做出了重大牺牲

魂机收购记忆的消息在半步村中不胫而走，魂庙第二次成为全村人关注的焦点。大家都知道林村长在魂机中睡了一觉，拿走了一沓钱；还有许多有名有姓的人也睡了一觉，拿走了一张或几张钱，数额不等。

于是，魂庙前面再次排起了长龙。上一次是为了救命，这一次是为了钱。钱也是命根子啊。钱和命，是半步村的人们一辈子最纠结的两件事。活着，并且有钱花，这就是所有的信仰。在时间的长河里，在许多机器面前，这个真理都没有改变过。除此之外其他的一切，都可以烧掉，也可以毁灭掉，再凄厉的悲剧我们的眼睛都不会眨一下，更别提什么眼泪了。

“一定要出大事了！哪有这么好的事情！”我二叔更是忧心忡忡，他认为半步村的危难已经达到一个顶峰，他应该挺身而出。一天，他拿着两只麻将牌，反复摆弄着，发出咔嗒咔嗒的声响，像个赌徒；一会儿又双眉紧锁，像个国家领导人；抽着闷烟，时而抬头望天花板，时而低头沉思，像一只烟斗。

一直到下午三点，我二叔下了一碗面，匆匆吃完，这才晃悠着往门外走。他走在山路上，垂头丧气，像一根直立的香蕉。他穿过石狗阵，所到之处含羞草慌忙夹紧了身子。他在我二婶的坟头边坐下，却并没有说话。他在我二婶的那堆石头前面一直坐到落日西沉，虫鸣之声此起彼伏，方才幽幽对我二婶说了一句："要另辟蹊径啊，细花，这一次我要对不住你了。"

然后，他趁着夜色，往卢寡妇家走去。

他想清楚了，瓦解破爷和林村长的联盟，必须从卢寡妇入手。只有出奇制胜，才有一丝希望力挽狂澜，阻止一场灾难的发生。

所以，今晚他豁出去了。

第二天早上天蒙蒙亮，我二叔鬼鬼祟祟回来了。我问，"怎么样？"他脸色铁青，十分虚弱地说，为了革命事业，他做出了重大牺牲。然后吩咐我煮水，他要洗澡。

"那婆娘厉害，不过我计划好了，必须一周才出效果。每天早上，给我煮好热水，我一定要洗干净。"

"你太久没擦枪，会不会走火？……不会？那估计是生锈了。"

"别瞎说！只是需要调整调整。"

第三天早上，他脸色发白，说："棋逢对手。"

第四天早上，他的脸色才开始恢复正常。第五天早上，他回来的时候，脸上笼罩着一层红润的光晕。我问，怎样？他说，渐入佳境。

卢寡妇以养蜈蚣制药材为生，家里阴暗潮湿，住满了各种奇怪的生物。她每天下午都会将风干的蜈蚣拿出来晒太阳，我每次看到她时，她都是站在一堆蜈蚣中央，像《西游记》里面的蜈蚣精。她见到我，总对我笑，但我认为她的样子十分恐怖，即使笑起来也是。

我问他，"为什么是卢寡妇？"他挥挥手说，"你不懂，十几年前的那场大火啊，太凶险了，反正，这婆娘厉害。"

真难为我二叔了。

但我二叔仿佛渐渐喜欢上了这样的革命事业，他第四天夜里又出去了，但很快就摸黑回来了。我问为啥？他悄声说，林村长在她屋里。

“她屋里那么脏，你们怎么也像蜈蚣一样……”

“不，”陈大同打断我的话，“她很爱干净的。”

“林村长在她屋里，那你所做的努力，算是成了还是没成？”我问。

“待明晚我去瞧瞧。”我在二叔的语气里，读出了一种被抑制的兴奋。

但不用到晚上，次日一早，卢寡妇也去了魂庙，躺在魂机里，取回了三张钞票。

“悲哀啊！”我二叔边吃饭边叹息道，“这女人没骨气，怎么也爱钱！我还巴望着她能对付破爷，但这……这……”他被饭噎住了，喝了两口汤。

那天晚上我二叔在灯下端坐着，什么事也不做。但我知道他内心正在矛盾挣扎，他想出门，却又无法说服自己。

一直到半夜里，门被推开，卢寡妇钻了进来：“傻坐着干什么，我在家里都等你半天了！死鬼！”她一进门，就脱掉了外衣。又对我说：“傻正，你出去，到外面乘凉去，没叫你，不准进来！”

15　上一个来卖魂的人究竟是谁

“破爷经济不行了，他快破产了，他的钱都给了魂机和选票。他的手下都这么说，他们辞职不干了，破爷手下没人了。”我的小舅子图高帅悄悄对我说。“你应该抓住这个契机，去买一束玫瑰花送给我姐姐吧！”

“一束玫瑰花几多钱？”

“五十。”

“哇，那可以买多少个馒头啊！”我愤然道。

我的小舅子摇了摇头，发出一声长长的叹息。这个少年老成的孩子显然对我感到十分失望。

"你倒是帮我打探打探，破爷是不是有可能当上副村长？"

"不是副村长，他竞选的是村长，和林村长一起竞选村长。"

"啥时候投票？"

"选完了呀，你还不知道吗？"

"我没拿到选民证啊？"

"有没有人给你发五块钱？"

"好像有……这就算了吗？"

"当然算了，拿了钱就算，破爷的选票统一让半步村小学的学生帮忙填写了，写完直接交上去统计，每人发五块钱补贴。但我估计没戏，强龙不压地头蛇，跟林村长斗，都没啥好果子吃的。"

这个卑鄙的人确实在一步一步往上走。据说有人去抗议，但都没有用。我以为这个时候，破爷应志得意满，正在陶醉。但真正陶醉的是我二叔陈大同，他很高兴。他说："看着吧，破爷得焦头烂额了，林村长要对他下手啦。"

果然不出所料，整整一个早上，破爷都待在魂庙中没有出来。他身边铺开放着那张巨大的机械电路图，里面密密麻麻的线和点，跟中国地图上的公路收费站一样复杂。破爷满头大汗，他正在救人。有一个村民进来卖魂，结果把自己给关在里面一天了，出不来，大青蛙的嘴巴无论如何都不肯打开。巨大的魂机发出类似刻录机运行的轰鸣声，仿佛整座魂庙都在旋转。

这个村民在魂机中发出各种骂声，以及焦躁的呻吟声。破爷尝试了各种办法，都无法撬开青蛙的嘴巴。他看到我，对我喊："傻正，快把你二叔喊过来。"

我一愣："我二叔？"

"你二叔很聪明，他一定有办法！救人要紧，快！"

为了不要让在外面围观的人进来影响施救，魂庙的门一直紧闭。但魂机吃人的事已经传开，顷刻间舆论哗然。

破爷在危急时候想起了我二叔，这让我感到奇怪。但这仿佛都在我二叔的意料之中，他很快就答应前往。在破爷弄电影院的时代，我二叔也热衷于鼓捣各种废旧电器，现在很多人家里的电视机坏了还会让他去修。我二叔从陈氏宗祠赶往魂庙，他听到了呻吟声，听了破爷的描述，顷刻便忘记了所有的恩怨，拿起魂机的说明书研究起来。我二叔胸有成竹，在浏览完魂机的运作原理之后，他点了点头："这机器真是厉害！"

然后我二叔拿着螺丝刀在魂机的各处敲敲打打，若有所思。破爷将眼睛望着他，总希望他能说出点什么来。良久，我二叔才说："少了一个零件，被人拿走了一个零件。"

破爷眼睛瞪得斗大："不可能，这怎么可能！"

"必须查清楚，是谁拿走了零件，必须知道上一个来卖魂的人究竟是谁！"

"我去查监控器！"破爷瘦弱的身体在风中一晃，就飞奔上了停顿客栈的二楼，在那里，不但可以俯瞰魂庙中的一切，而且有一台隐蔽监控器会将所有情况都记录下来并传到客栈二楼的电脑里。

"卢寡妇！"破爷尖叫一声，"是她！一定是她！我怎么就没有想到呢！"

16　辣得直流泪

要是有人死在魂机里面，那么关于寄魂的一切计划，将毁于一旦。所以，身穿长袍的破爷还是往卢寡妇家里走来，他敲门入内，看到卢寡妇正在喂蜈蚣。他对着卢寡妇笑，缺了一颗门牙的大嘴巴发出呵呵的笑声。

"说吧，什么事？"

"那我就直说了，我要拿回我的东西，有什么条件？"

"我也想拿回我丈夫的命，你拿得回来吗？"据说卢寡妇的丈夫，就是死在破爷开的美丽湾里面，如何死的，是个谜。

"但当年你那一把火，也把我全都烧成这样了，我们这还不能扯平吗？"破爷撩起长袍的下摆，露出了烧伤的腿，"我现在只能穿长袍，穿裤子两腿就会发痒！"

接下来是沉默。两人都不说话，只有呼吸，以及蜈蚣吞食的声音。

破爷打破寂静："我知道放火的不止你一人……"

卢寡妇将喂蜈蚣的脸盆重重摔到地上，破爷就住嘴了，望着她。

卢寡妇捡起脸盆，到里屋去，装了满满一盆风干了的蜈蚣，倒在破爷面前；又走了进去，装了一盆朝天椒，倒在蜈蚣干旁边。她对破爷说："你要拿回你的东西，也行，但得干活。"

"干什么活？都依你！"

"这里有两百条干蜈蚣，我要你在每条蜈蚣嘴巴里都塞一颗辣椒籽，再将辣椒汁涂在蜈蚣的脊背上，要不多不少，有一条不合格，你这辈子就别想再见到你的宝贝零件了。"

破爷点了点头："你说话要算数。"

"算数。"

破爷撩起长袍的下摆，蹲了下来，左手拿起一条蜈蚣，右手捣碎了一颗辣椒，取出辣椒籽，塞到蜈蚣嘴巴里，然后用捣碎的辣椒均匀地涂满了蜈蚣的脊背。蜈蚣被晒干以后，根本就找不出什么嘴巴，所以每塞一颗辣椒籽，都要花费不少时间。辣椒很够劲，很快就把破爷辣得直流泪。

卢寡妇坐在饭桌旁边，端着茶碗慢悠悠地喝着。

"这样整我，你就会感觉快乐吗？在那里喝茶看我流泪，我知道你这样很过瘾，但我那边还有个农民等着你的零件去救命。"

"快不快乐是我的事，你也可以找我死去的丈夫商量去，但你最好别说话，也不要停，只要你拿回零件，他死不了。"

破爷不敢再说话，只能埋头苦干。一个半小时过去了，破爷开始流鼻涕。但他也终于将两百条蜈蚣全部处理完，整整齐齐叠成一堆。

他抬头望着卢寡妇："这样行吧？"

卢寡妇点了点头。

破爷艰难地站了起来，慌张地问："厕所在哪里？"

卢寡妇指了指天井的西南角，破爷便一边撩起下摆，一边解开裤腰带，飞奔而去。

破爷尿频尿急。

卢寡妇嘴角突然浮现出冷冷的笑意，她听着破爷尿尿的声音，听着破爷十分仔细的冲厕所的声音，然后看着破爷如释重负地走了出来。她笑着，伸手往饭桌下面一探，摸出一个黑油油的圆环，丢给破爷："你的东西，拿去救人吧。"

破爷接过，但他来不及笑，他的脸慢慢变色。因为他感到下体又痒又痛，热辣辣地痛，他突然想起刚才满手都是蜈蚣和辣椒汁，然后没有洗手便匆匆进了厕所，当他手持尿尿的家伙时，蜈蚣和辣椒的汁便涂在他的关键部位上。这一想，他心中一凉：这女人何其奸诈！

"下回上厕所之前之后，都记得要洗手！你去吧，脚步快的话，还可以赶在晕倒之前，把机器零件送到魂庙去救人。"

破爷脸色发青，他什么也不说，掉头大踏步跨过天井，夺门而出。

17　你能这样想就好

破爷把零件送回魂庙，魂机中的人被救出来了，他昏倒在魂庙前面。他是仰着脸摔倒的，直挺挺地往后仰过去，而他裤裆中的竹笋也直挺挺地立起来，将长袍撑得老高。

在半步村简陋的诊所里，图美雅坐在病床边，不停抽泣着。我站在旁边，仿佛是一个局外人，唯一能做的事是看破爷干瘦的脸，听破爷粗而重的呼吸，也不知说什么好。

"他会不会死？"图美雅突然冒出这么一句。

我没有回答。

"他是不是要死了，我怎么感觉他要死了？"她提高了音量！"傻正，你说话啊！"

"要不咱先把婚结了，给破爷冲冲喜？"我低声说。

"傻子！你就是一个傻子！啥叫爱情，你懂吗？"

我摇摇头："那你懂吗？"

这一问把图美雅问住了，她也摇摇头，无比沮丧地说：“其实我也不懂。”

诊所的玻璃晃动了两下，薛神医提着输液瓶走了进来。图美雅又问：“他不会死吧？”

神医一笑：“你想听真话还是听假话？”

“都听！”

“真话是他现在没事，假话是他万寿无疆。”

图美雅听明白了，高兴得站了起来，脸上绽放了美丽的笑容。我也陪着她笑了笑，她却瞪了我一眼：“呆瓜！整天就只懂得结婚结婚，结你个头啊！”她屁股一扭，走掉了。

她走后不久，破爷就醒了过来。他看了看周围的环境，然后看到了我，再看到手上的输液管，伸手去摸摸胯下，一笑：“幸好，还在，我以为切掉了。”

玻璃门晃动，瘸腿的薛神医又一次推开玻璃门走了进来，跟他一起进来的还有午后的阳光，刺眼、嚣张、无所忌惮的阳光。

“醒了，”薛神医走到墙角的洗手盆洗手，“帮你消炎止痛，应该没什么大碍。相反，我倒担心你手臂上的红斑……傻正，你到外面去站一会儿，我跟破爷说说话。”

“不必了，让傻正留在这里吧。”破爷挥手制止。

薛神医走了过来，捋起破爷的袖子。在破爷的前臂，赫然有数片鲜红色斑，黄豆大小，边缘色深，中央色淡而萎缩，像个盘子。

“这个多久了？”薛神医道，“你自己知道这是什么吧？”

破爷嘴角露出淡淡的笑：“红斑狼疮，傻正，你看，长得像一朵花，跟了我两年了。”

“这个严重吗？”我当然知道红斑狼疮意味着什么，我舅公就是得这种东西死掉的，但此刻我得装傻。

“不严重，皮肤病，就是顽固一点。”破爷转过头来目光炯炯地看着我，“我死不了，我是来拯救你们的。”

薛神医摇摇头，像一只手摇鼓：“别骗自己，这不是红斑狼疮，这是树皮人病。”

“结果是一样的，你就让我把它当成红斑狼疮吧。”破爷又是惨然一笑。

“你不是有魂机吗？”

“人总是要死的，你让我在黄泉路上跟我的父母怎么交代？说破爷英雄一世最后自己弄了一台机器把自己的小鸡鸡给搞掉了？你不觉得这很滑稽吗？再说，我当年砍了那么多树，现在变成一棵树，也算是还愿吧。”

薛神医长长呼出一口气：“你能这样想就好，我的意思是，没有意外这病要开始发作了，你会变成一棵树。”他走出去，玻璃门又晃动了两下。

“傻正，你过来，不说树皮人，说小美。小美啊，不错，你别浪费了她。她就像一团火，一匹野马。你顺着她，由着她，她有一天会乖巧地回到你身边的。”他凝望着天花板，“我刚才梦见跟老刘打扑克牌。你知道吗，那一年，我只有二十九岁，光着膀子跟老刘一伙人在打扑克牌。那是我人生多么欢快的一次，我居然拿了七条二！整整七条老二！他们还蒙在鼓里，我将手里最后一对牌甩出去的时候，哇，哇，你不知道我有多激动，比娶老婆生孩子还激动！我从来没那么得意过，真的，仿佛一辈子的好运气都集中在那一次，集中在那七条二上面！”

“老刘是谁？”

“是谁已经不重要了，第二天，他就被大火烧死了。没有一个人愿意承认放火，问过了所有的人，每个人都撒谎。谎言，是最大的罪恶。这个世界上，还有什么东西值得你相信，你说呢？”

18　他为何而来

在诊所里躺了两天，破爷已经能够完整地撒一泡尿，他脸色苍白，独自走回魂庙。

喝完图美雅为他炖的鸡汤，破爷像以往那样斜躺在停顿客栈大厅的沙发上抽雪茄，来自栖霞山的夜风从门口吹进来，又从铝合金玻璃窗吹出去，破爷和他的雪茄还在，没被吹走。

“把陈大同给我叫下来。”他对我说。

陈大同睡眼惺忪，却又不好发作，他又一次在破爷对面坐了下来，又一次像个来面试的大学生。

“陈大同，我问你，魂机呢？”破爷望着天花板。

“我……我……”

“我问你，魂机到哪里去了？!”破爷突然像一只狮子，咆哮着，然后猛烈地咳嗽。

“我……我……”

我二叔陈大同依然紧张得说不出话来。

傍晚时候，夕阳还没完全隐没，破爷回到魂庙，他一眼望去，庙门大开，香炉还在，围墙还在，魂庙还在，就唯独少了魂机，那只巨大的铁青蛙，不翼而飞。魂庙中空空荡荡，电线凌乱，就像被洗劫过的圆明园。东州人开玩笑总说：“别显山露水小心你们家的金蛤蟆跳走了。”言下之意是炫富可能会招贼，金蛤蟆就是金银财宝的意思。这一次，魂庙里的铁蛤蟆难道也自己跳走了？丢了魂机的破爷扶着大香炉失声痛哭，哭声凄楚吓得我二叔赶紧拉着我们都撤到楼上去，我二叔说：“当年大火烧起来，破爷没流一滴眼泪，现在丢了个破东西，就在那里哭哭啼啼，真没出息，所以啊，这人越老就越感伤脆弱，经不起风雨的。”我二叔边感叹边倒了一大杯荔枝酒独酌去了，酒一下肚就倒在客栈的房间里呼呼大睡，什么事都不理了。

所以现在被破爷叫到楼下来，他显得扭扭捏捏，十分窘迫。

“问你话呢，你说话啊？”

“魂机被林村长抬走了，他说魂机出事估计也没人敢再使用，里头都是青铜和黑铁，应该值点钱，所以……所以就帮你进行保护性拆卸，昨天半夜里让人来搬走的，我有帮你拦截了一下，但来的都是大汉，我也拗不过他们，只好让他们搬上车，大卡车运走了。那机器也神奇，断了电，还嗡嗡作响，好像还在运作……”

破爷木讷听着，神情有点呆滞。那是他半生的心血，虽然我和我二叔都不知道他将魂机运到半步村究竟是为何，但我们都知道魂机对于破爷的重要性。

破爷喃喃地说："完了，完了，一时疏忽落他手里，魂机一拆就全完了。"

我二叔深吸了一口气，在破爷如此落魄的时候，他方才感觉自己跟他拉近了距离，于是陈大同说："你这样一个倔老头，拉着一个巨大的铁疙瘩来到这破落的山村，不为名不为利，难道你想学雷锋做好事？这魂机搜集那么多记忆，装神弄鬼究竟想做什么？"

"魂机也不奇怪，这是一台特殊的机器，除了能治愈树皮人，魂机最大的功能是对特定区域，比如半步村，对这里面每个人的记忆都建立了储存档案，并进行善恶分析。我费尽心机，让每个人来卖记忆，刚好已经完成了半步村记忆的建档工作。"

"有啥用？"

"你不懂，对于这个由谎言支持的世界，一台具有记忆储存功能及善恶分析功能的机器，就相当于一个上帝，有了它，我们就能够建立半步村的新的信仰，古人说头顶三尺有神明，古人又说人在做天在看，所以古人心存畏惧，很多恶念也因为敬畏而消散；而眼下科学消除了迷信，神明也不信了，恶人无所畏惧，便更加横行霸道。魂机就是利用科学的原理，修复了被科学伤害的旧伦理旧系统，它收集完记忆之后，就成为无所不知的上帝。"

我二叔摇摇头，继续摇摇头："一块铁疙瘩，即使它知道有人通奸，有人贩毒，有人行贿，有人出卖集体利益，又能怎么样？它能像李逵或钟馗一样提着大刀阔斧前去兴师问罪吗？它不行，它跟庙里头的塑像没有什么区别，什么也做不了。"

"不是这样的，魂机连接了村里所有的大喇叭，它能将每个人内心最龌龊的想法公布出来，比如林发达，魂机能将他内心关于莲花山工程的黑幕广播出来，或者公布到网络上供人查阅。"

"那你怎么不早点公布，早就可以开广播跟大伙说！"

"魂机刚运作完信息采集的初级阶段，还没有发挥它最大的功能。而且魂机不是以公开他人隐私为目的的。它的主要目的还是制约。什么叫制约？还比如林发达，他若是能每个月到魂机处报到一次，接受魂机的记忆体检，一个月来没有犯错，没有巨大的恶意，没有厚颜无耻的谎言，那么就意味着记忆检查通过，魂机就会为他保密，不会发布关于他的任何信息。也就是说，魂机不是为了揭发过去，而是为了监管未来。有了魂机，半步村就有救了；只是如今，叫我该如何去寻找魂机呢？"

"关于魂机的这些秘密，你们要保密。"破爷不再说话了，显得十分无助，空气似乎都完全凝固下来，我和二叔，图美雅和图高帅，我们中没有人敢再说什么。过了一会儿，破爷朝我们挥挥手说，你们上楼吧，我要休息一会，我太累了，太累了，都别来打扰我。他瘦小的身体蜷缩在沙发上，就这样倒下睡了。在这一刻，我突然发现他的睡姿像个孩子。

19　魂机也不是什么好东西

大家都知道，所有的秘密在传播的过程中，总是被交代要保密，但越保密这消息就走漏得越快。在碧河边洗衣服的女人嘴里，从这一天开始就反复流转着一些关键词，比如莲花山工程、记忆买卖、信仰、卢寡妇通奸、绯闻等等。所有人都不屑一顾，但所有人都心存好奇。有一些醋坛子比较大的女人，已经开始偷偷存钱，准备等破爷的魂机开始贩卖记忆，就去把丈夫劣质斑斑的记忆买回来，作为以后吵架的资本。

更关键的是，大家都知道魂机其实也没跑远。大卡车拉着它绕着半步村走了一圈，但没有一家废品站敢接收它。首先是太大，拆卸麻烦；其次是不知道这究竟是什么玩意儿，打开会不会有辐射；另外，这毕竟供奉在庙里的，也给村里人治过病，人们即使不信神鬼，但毕竟还是相信运气的。最关键的是，大家都知道这是破爷的机器。瘦死的骆驼比马大，虽说破爷现在比较落魄，但万一翻身当了村长，或者跟林村长言归于好，情况逆转，谁要是现在站错队伍，以后生意也不好做。

魂机最后被放在石狗阵里头，青蛙立于狗群犹如鹤立鸡群，高出半截，十分威风。破爷第二天赶到石狗阵时，他看到魂机上面贴了封条，村委会门口守门的矮胖子大叔搬了藤椅坐在那里守着，藤椅后面撑了一把五彩缤纷的遮阳伞。

“不能动，林村长说了，这机器被没收了，他要拍卖。”大叔拦住了破爷。

“拍卖？”破爷瞪大了眼睛，“魂机是我的！”

我这个时候发现破爷其实也蛮可爱，他气急败坏的样子让我想起了我二叔，严格上说是人们口中我二叔年轻时候的故事。岁月、年龄，这些对孩子来说充满激情和期待的东西，对于一个老男人来说，就是一个又一个笼子。流逝的时光让一个个雄赳赳的男人，慢慢变得气急败坏，最后就如我二叔这样软塌塌，安稳地从这个笼子钻进那一个笼子，偶尔发发臭脾气，其他时候安安静静。

但图美雅不这么看，她说，“破爷是故意气急败坏的，他内心十分清楚，魂机最终会回到魂庙，因为魂机这一个腾挪，广告效应已经达成。”破爷说，“魂机一定会回来的。”

林村长对于拍卖这件事，其实也只是随口说说。他贴出公告，宣布拍卖，但他人已经不在半步村，因为莲花山的项目已经开始动工，他忙得不可开交，大概都忘记魂机这回事。当时把魂机运走，也只是想吓吓破爷别想打竞选的主意，把魂机卖成废品仅仅是一个恶作剧，他知道破爷自己会买回去，至于什么贩卖记忆，他听了哈哈大笑，认为是天方夜谭。

只有我二叔最不知趣，他专门跑到公路上拦住林村长的车，说：“破爷已经没钱了，拍卖也没人买。”林村长又好气又好笑，说，“破爷不是有停顿客栈的股份吗？没钱也不要紧，把停顿客栈拿来换魂机，刚好。”

“这怎么行？停顿客栈是我老陈的命。”陈大同咧着嘴笑，但内心一阵发冷。如果林村长看中他的客栈，这客栈还能保得住吗？

为此，我二叔在我二婶的坟前坐了一个下午，沉默着没说一句话，在太阳西沉的那个瞬间，他突然想明白了："莫不是他们俩联合起来讹我?!"把停顿客栈卖出去，魂机回到破爷手中，这破爷跟林村长重新合作起来，陈大同不就出局了？

"诡计多端！诡计多端！"我二叔喃喃说道，"破爷一定是在演戏。什么魂机惩恶扬善，通通在演戏！"

我二叔离开我二婶的石头坟的时候，郑重其事地在坟前烧了一炷香。他在村子里转了一圈，就去找卢寡妇。他见到卢寡妇，劈头就说："寡妇，有人要抢我的客栈。"

卢寡妇白了他一眼："朋友来了有好酒，敌人来了有猎枪，你不是还有打鸟的气枪，一枪嘣了乌龟王八蛋，有啥子好怕的？"

我二叔登时语塞，一切大问题大事件，一旦到这个婆娘嘴巴里，仿佛都不再是问题。

"倒是那台魂机，留着终究是个祸害。"卢寡妇接着说，"你只要把它弄没了，就不会有拍卖，没有拍卖，就没人来抢你的停顿客栈。破爷来半步村，从来没有什么好事，种树放电影养骚娘们，你说哪一件是好事？这魂机也不是什么好东西。"

"可这魂机这么大，我要把它推进碧河，它还露出半截呢！"

"大块头当然没人敢动，小零件是可以卖钱的。魂机现在搁石狗阵里头，荒山野岭，没什么人看管，你只需要把它拆成一块一块的零件，我敢打赌一夜之间就会被偷到千家万户，人手一块，消失在人海。前不久十几公里外的高速上一辆拉土豆的卡车侧倾，把土豆撒了一地，不用两个小时半步村人就能把土豆搬到自己家厨房里。"

"那守门的矮胖子叔叔呢？"

"你放走他家猪圈里那两头坏脾气的公猪，他一个晚上都有得忙的。"

卢寡妇说完，发出一阵猛烈的咳嗽。也仿佛只有在咳嗽声里，才能感受到她的年龄，以及那些年月里发生的往事。

20　一棵会说话的树

我并没有告诉任何人，破爷马上就要变成树皮人了。我曾独自走近石狗阵里的魂机，矮胖子叔叔张开大口在睡觉。我将耳朵贴近魂机，它依旧发出一种旧唱片转动的闷响。

破爷在停顿客栈二楼最边角的那个房间里，跟所有得了树皮人病的人一样，他深居简出，不再言语。图美雅平时帮忙打理客栈的生意，多数时间都泡在破爷的房间里，打牌，聊天，嗑瓜子。表情阴郁的图高帅在这段时间里成了福尔摩斯，他将观察到的所有情景都如实转播到我耳朵里。他似乎总能够在一种窥探中发现某种快感，这种以正义为依托的快感正控制着他，让他能长时间贴着门板偷听，甚至将摄像机放在破爷房间窗台上的花盆下面。

"录到了！录到了！"他尖声尖气地喊着，激动挥舞着摄像机，"你看，我录到了罪证。"

他将摄像机递给我。他见我在沙发上半闭着眼睛，并没有打开的意思，于是帮我打开了，还把屏幕对着我的眼睛："你看！"

视频里，图美雅十分风骚地挑逗破爷，但破爷只是咯咯地笑，并没有主动干什么。在图美雅一次次的进攻下，破爷才让图美雅脱掉他的鞋。破爷说，他的下面已经感受不到快感，能让他达到高潮的地方，在脚底。

图美雅轻轻地抚摸着破爷的脚底，破爷斜躺在床上，绷紧了身体，发出了快乐的喘息声。图美雅一遍遍地问，"是这样吗？是这样吗？"破爷用更加欢快的喘息声来回应她。就这样，破爷在脚底抚摸中达到了高潮。图美雅一件衣服都没脱，就安静地伏在破爷的大腿上睡着了。

"姐夫，你别哭啊，咱有罪证，可以找破爷算账！我现在认识一些村里的哥们，可以找人揍他！"

"你懂个屁！去看看客栈的酒柜里还有没有酒，我今晚请破爷喝酒。”

图高帅很兴奋地找酒去了，他将之理解为鸿门宴。他问：“想埋伏多少兵马？其实他那瘦瘦弱弱的样子，我一个人就能把他扳倒，捆在椅子上任你发泄！”他两眼放射出迷人的光彩，对某一个情景充满了想象。

“他用魂机救了你，你不感激他？”

“他是为了赚钱，就像你给钱买面包，你也不用感激商店让你不会饿死吧。”

我语重心长地告诉他要严肃一点，但图高帅说他父母正准备将他送去台湾学魔术，魔术是一个最严肃的活儿。他兴致勃勃正想跟我讨论魔术，我找了个借口把他撵走了。

在破爷的房间，我们两个人喝完了一斤多荔枝酒，微醺，破爷拉着我的手，拍了拍，说：“傻正，傻正老师，这酒好！”又说：“跟小美一样好。”

“找一些人，把魂机抢回来，先接上电源，把你的树皮人病治好再说，你点个头，我明天就让人去搬。”

破爷缓慢地摇着头，打了一个饱嗝，伸出两只手指，在空中挥动着：“我爱生命但更爱鸡鸡，虽然这东西现在也没啥用，但只要它还挂在我的胯下，我就感觉自己是个男人，这很重要……我要是发病，你听我说，你就将我埋了，我去看了，魂庙后头，刚好有一块肥沃的土地，你将我头朝下埋下去，看明年春天能不能长出一棵像我一样瘦的树来。”

我用所有现世的美好来打动破爷，但破爷无动于衷。他的世界，停留在树木、轮回、未来世界、死亡体验之中，仿佛他现在已经不是一个人，而是一棵树，一棵会说话的树，对土地有着深深的迷恋。

甜美的荔枝酒鼓动着他的回忆。他话锋一转，谈起了他的初恋。“那一年，我在房间里看书，我靠着被子斜躺在床上。我在读《基督山伯爵》，复仇的故事，完美复仇的故事，你知道那有多动人心魄。正当我沉迷其中之时，总感觉有点不自在，仿佛有什么盯着我看，我一抬头，只见门上有一只眼睛，把我吓坏了。我住的是单身宿舍，门把之前坏了，刚换了一个地方装门把，门上就留下一个圆孔，一直没填上。在圆孔里，有一只女孩子的眼睛，她一直在门孔中看着我……”

21 莫不是想来偷魂机的

正当我和破爷在停顿客栈酣饮的时候，矮胖子叔叔爬上栖霞山去追赶他的两头公猪，而我的二叔陈大同正在石狗阵中拆魂机。

其时，天空缀满繁星，每一颗星星都如一只慈祥的眼睛望向人间。四野静谧，沃野在星光之中显得宝相森森，无比庄严肃穆。我二叔陈大同左手拎着扳手，右手握着铁锤，像一个借着夜色行凶的屠夫，逆着山风的方向朝魂机走去。

我二叔抬头望去，巨大的青蛙以天幕为背景，呈现出一个墨绿色的轮廓。周遭鬼气浮动的大石狗，形同玩具。我二叔感觉这只巨大的青蛙，将要俯下身来，伸出它的四只脚，踩在四角的石狗头上，腾空跃起，在山摇地动中跳出半步村。

正浮想联翩之际，陡然间，我二叔陈大同心中一惊，眼前的魂机，仿佛受了感应似的，竟然晃动了一下。再看时，四野无声无息，魂机竟又稳若泰山，纹丝不动。距离魂机还有十多米远，但我二叔已经感觉到魂机中有一只无形而巨大的手掌，正笼罩在他的头顶。

我二叔陈大同呆呆地后退了一步，停了停，又后退了一步。这时，魂机又一次像感应到什么，晃动了两下，大地深处，发出咯吱的两声闷响。这一次，我二叔身不由己扑通跪倒在地，拜了三拜，口中念念有词：“您千万别怪我，您吃了那么多人的魂，也应该知道我在想什么。我这一辈都是给人欺负的命，年轻时死了老婆，前不久死了孩子，现在就剩这间客栈养老。他们一唱一和就想把它霸了，我也没办法呀……”

这时，魂机又晃动了两次。我二叔料想魂机已经生气了，咕咚咕咚磕了三个头。咕咚咕咚只是他心里的声音，土地绵软，磕头如栽葱，其实并没有任何声响。我二叔在心里默念着如来佛祖观世音菩萨。就在他默念之间，魂机再次晃动，而这一次，在一声轰响之后，大青蛙突然矮下了半截。

然而就在这时，在魂机后面发出了几声咳嗽，便听见人压低声音说："那边好像有个人……"陈大同意识到自己成为一个外来者，他站了起来，突然感到浑身充满了力量，显然他已经生气了。自己好不容易引开了矮胖子叔叔，却发现有人捷足先登，已经开始对魂机动手了。

星光朦胧之中，陈大同看到两个人朝他这边走来，手里都拿着明晃晃的东西，如果没猜错应该是刀。居然动刀，那就不客气了。我二叔将铁锤扔在地上，右手往屁股后一捞，鸟枪已经在手里。他快速将鸟枪在手里折了折打了气。然后高声喊："拿刀的，站住！我有枪！别看是鸟枪，这可做过实验，我这枪能将铁罐子饮料打穿，打穿你们的肠子应该没问题！"

两个人果然站住了。一个男人的声音喊："陈大同？"

陈大同开始后悔一口气说了太多话，泄露了身份，他赶忙将手里的螺丝刀也扔进了草丛里，两只手紧紧握紧了枪杆："谁？是谁？"

"真的是你！"对方显然都放松了下来，"自己人，别紧张，先把枪放下来，别走火了。我们是亲家呀！"

来人正是我的岳父岳母。他们发现对面是陈大同，便肆无忌惮，转身对身后的人说："赶紧挖！天明之前要挖好，愣什么愣！"

我的岳父岳母竟然成了包工头，这让我二叔大为意外。

"亲家呀自己人，来得正好，反正见者有份，不瞒您说，我这听说魂机被没收放在这里，料想没那么快就会被搬走。这荒山野岭的湿气太重，放久了不好，想搬回城里去嘛，又担心这太张扬。这不，我就叫了几个建筑工，把这魂机底下先挖空，先把魂机埋起来，再一块块拆下来运出去，到城里再组装起来。"我岳母说。

我岳父接着补充："我们这也不是为了钱，怎么说，这机器治好了我们高帅的病，我们还是感激的，对这机器呀，有感情……"我岳母在旁边扯了扯他的衣袖，我岳父就不吭声了。

我岳母笑眯眯地看着我二叔："陈大同，那你这三更半夜的，来这儿干什么来着？莫不是想来偷魂机的？"

我二叔支支吾吾说："不……不是，破爷让我来看看……来看看。"

我二叔认为只要魂机不要拿来拍卖就好，被谁偷去都无所谓，所以当晚魂机的确被埋进了土里。只是我的岳父岳母也没有料到，埋进土里的魂机却依然能发出声响，在夜深人静的时候尤其清晰，这如何能瞒得过矮胖子叔叔那双老鼠一样灵敏的小耳朵。矮胖子叔叔在石狗阵中转了一圈，就发现了地下的通道，还发现了我二叔遗落在草丛里的铁锤和螺丝刀。他大概猜到是我二叔做的，却不便明说。

22 我谁都拯救不了

我岳父岳母去偷魂机的事，破爷自然是一清二楚。我二叔去拆魂机，第二天破爷也已经了然。破爷将我叫到他房里去，他说："傻正老师，你应该结婚了。"

我说，想，没钱。

他哈哈大笑起来，说："你去把你岳父岳母找来，我有办法给你钱。"

我的岳父岳母很抱歉地坐在破爷前面。破爷说，他将在魂庙给我们举办婚礼，宴请全村的人。

"那需要很多钱，"我岳母说，"傻正没钱。"

"你们天黑之后，叫上那一帮人，将魂机拉回魂庙，就可以让傻正和阿美到客栈门口去收钱了。"

我岳父岳母当然知道那一帮人是指谁，他们红着脸照办了。我二叔也很配合，他再一次把矮胖子叔叔家的猪给放走了。矮胖子叔叔也很配合，他第二天中午才将猪赶回自己的猪圈。

总之，魂机回来了。接上电源之后，这只巨大的青蛙兴奋地运作起来，发出清脆有力的响声。整个半步村也沸腾了，那些斗嘴的夫妇，那些猎奇的人们，手里攥着钞票来了。他们就像排队去看一场盛大的话剧，他们就像等待考试金榜揭晓的考生，着急地等待着某种真相。他们来时都无比急切，回去的时候有的人兴高采烈，有的人骂骂咧咧，有的人大打出手，有些人黯然神伤。没有人知道半步村这一天究竟有多少只瓷碗花瓶被吵架的人们砸碎在地；没有人知道这一天半步村究竟有多少对夫妻离婚；没有人知道多少暗恋的人们大胆表白，没有人知道多少人大动干戈或言归于好。

我也没有想到，在收摊的时候，最后一个来交钱的人，竟然是我岳父。他鬼鬼祟祟地说，想买我岳母的一段记忆。图美雅断然拒绝，她将她妈妈喊了下来，老夫老妻又吵了一架。

我岳父岳母在大厅里鬼哭狼嚎的时候，破爷裹着厚厚的大衣在客厅里抽雪茄，他望着天花板发呆，突然热泪在眼圈里打转。我二叔在一旁很诧异，问其原因，破爷怅然长叹：“今晚，怕有人会自寻短见。”

我二叔说：“不会的，我这对亲家坚强得很，没那么认真。”

“我不是说他们，我是说卢寡妇，她性子烈。”

魂机里究竟藏了卢寡妇多少秘密往事，我二叔并不知道。陈大同在夜风中狂奔，一口气跑到了卢寡妇家，但已经太迟了。太阳下山之前，卢寡妇已经将自己挂到了屋梁上。我二叔看到桌子上放着笔和纸，但白纸上一片空白，只有眼泪滴过的痕迹。他在脑海里还原了卢寡妇自杀的情景：含泪对着白纸想写下一点什么，但最终什么都没有写。

我二叔陈大同跑回客栈，准备找破爷理论。但破爷将自己关进了房间里，拒不见客。

第二天一大早，破爷让服务员给我捎来一句话就出门了，让我将魂庙的门打开，让愤怒的人们进去。

“哪来愤怒的人？”

“破爷说等一下就会有，想结婚你就得顶着。”

我是顶不住的——不只是有，而且有很多。愤怒的人们不仅仅砸了魂机，还叫喊着要找该死的破爷。他们上楼找破爷时，他带着图美雅到东州市区买嫁衣去了。所以，我也莫名其妙挨了一顿揍，被打得鼻青脸肿。

魂机被拆得七零八落，那号称能抵抗七八级大风的魂庙也被砸得东倒西歪。

事情平息下来之后，破爷将我和图美雅、陈大同三个人叫过去。他将钱堆放在桌子上，分成三份，两份小的，一份大的。他将大的推给我，说，“这是结婚用的，要隆重。”剩下两份，一份给了陈大同，让他去给卢寡妇办葬礼，“选块好的地”。另一份，他给了图美雅，“帮我办后事吧。”

他去魂庙清理被打砸过的魂机，一部分零件已经被人顺手拿走了。“我谁都拯救不了，我连我自己都拯救不了。”他喃喃地说。

23　我也是一个道具啊

破爷怀着一颗必死之心在停顿客栈住下来，他将自己关在房间里，有一阵子他买了两本关于《易经》的书在研究，后来又迷恋围棋，整天闷在家里摆棋谱，饭也懒得去吃。魂机废了，客栈又冷清了下来。也有一些到石狗阵里去拜祭的香客，偶尔会问起这里的寄魂之事，但已经很少有人能讲得清楚。

中秋一过，破爷的病情日益严重，他房间里烂香蕉的气味也越来越浓，连楼下客厅也隐隐约约可以闻到。客人有时也因此抗议，但图美雅总能够很完美地将烂香蕉的气味归罪于万恶的老鼠。

立冬过后北风一日紧似一日，破爷面容枯槁，已经失去一年前从黑色轿车中下来的风采。他已经连续低烧了半月，整个身子被包裹在长袍之中，就仿佛一个被揉成一团的风筝。

连续的低烧击垮了他的意志，在一个深夜，他让图美雅叫醒我，吩咐我第二天去石狗阵里将魂机挖出来，他要自己给自己治病。我十分难过，告诉他魂机早已经挖出来，现在正放在魂庙里。第二天醒来，我问起魂机治病之事，他又沉默不语，只是不停朝我摆手，示意我莫再提及。

在一个风和日丽的午后，破爷突然十分轻松地从床上爬起来，他拍了拍长袍上的灰尘，用一把椅子当拐杖，走下楼来。他慢悠悠地绕到魂庙后面，当着我的面解下裤子，撒了一泡尿——他用他的尿在地上画了一个圆圈，并告诉我，他死之后，就将他埋在这里，他希望自己能长出一棵木棉树。“每年都能开灿烂的花，像燃烧起来一样。”他望着天空。

林村长得知破爷的病情之后，曾来看过他一次。他带着电视台的人来的，记者还扛着录像机。林村长握着破爷的手，十分温和问及了病情，还给破爷送了水果、食油和大米，外加一个大红包。图美雅在一旁很高兴，但她马上就很生气。因为新闻录完之后，林村长说只有水果可以留下，食油和大米要作为新闻道具带走，大红包也要收回给下一个病人用。破爷说，“要不连同我也带走吧，我也是一个道具啊。”

破爷出殡那天，天下起了蒙蒙细雨，非常冷。一个穿黑衣服的女子撑着一把黑色的大雨伞从公共汽车上下来，在破爷的灵柩前面站了很久，她既不上前说话，也不下跪拜祭，只是默默流着眼泪。所有人都被她的泪水所感染，但没有一个人敢询问来意。黑衣女子哭完之后就走了，没有留下一句言辞。

但破爷并未如他生前所认为的那样，会被头朝下埋进泥土之中生根发芽，而是被送进火葬场的火炉里烧成骨灰埋进那个挖好的土坑的。破爷几乎成为半步村最后一个树皮人，半步村的人们为了安全起见，还是反对栽种而主张火葬。

人们想起破爷的好，那是若干年之后的事。人们陆续归还魂机的零件，凑在一起，残缺的地方用水泥粘连，立在魂庙里。那时我的小舅子已经从台湾学成归来，是一个十分优秀的魔术师，他来到半步村的第一场魔术表演就是在魂庙中进行的。他说魂机已经没有以前光彩夺目，经过岁月的侵蚀之后变得更加稳重。在废弃的魂庙中被蛇鼠寄居过的魂机长了一层绿色的苔藓，没有人知道它光辉和愁苦的过去，就如没有人知道魂机中埋藏的记忆险些便转化为集体的恐惧，转化为一种改变谎言世界的动力。

总之，破爷还是被十分妥帖地安置到土地里。第二年，土里并没有长出什么树来。第三年，终于好不容易长出一颗树苗，本来以为是木棉树，却不料是一棵杨桃树，大概是谁吃杨桃的时候不小心将种子丢在这里，被破爷滋养着甜蜜生长。

你所不知道的

一

我总以为每个快乐的胖子前世都是一只缓慢爬行的刺猬，他用幸福包住了痛楚，只为了不被打扰。离婚之后第 59 天，我接到矮胖子叔叔去世的消息，终于控制不住汹涌的泪水，一个人坐在藤椅上嚎啕大哭。一只硕大的老鼠快快乐乐越过门槛进屋来，被我的哭声吓了一跳，退了回去。

第二天，我买了一瓶糯米酒和一盒高丽参，坐上西宠去往东州的火车。一路上山丘和电线杆交替出现在窗口，重复的风景与我刚好隔了一层玻璃。平时我们只知道绿色养眼，可只有在火车上你才知道绿色成为一种新的烦躁：草和树，漫山遍野都是草和树，也只有草和树。

“你会弹吉他吧？”我这才发现坐在我对面的是一个女孩子，大学生模样，脖子上挂着白色耳塞，她笑吟吟望着我。

我想礼貌地笑一下，却发现脸上僵住了，于是用手抹了一下脸，重新挤出一个笑容。

“我看你手指那么长，适合弹吉他，左手的手指还有茧，没猜错吧？”她看起来有很强的交流欲望，也难怪，这么闷的火车，时间显得多余，此时有个聊天的人，再好不过。

我看了看自己的左手，是的，茧还在，只是那把吉他已经被撂在墙角落满灰尘，已经很久没摸了。

“你好酷，不爱说话？喜欢汪峰的歌吗？《春天里》，很好听！”她扬起手里的耳塞，俯过身来，似乎我如果不拒绝，她就决定塞到我耳朵里来。

“不好意思，我是在菜市场卖猪肉的。”我淡定地说。

“哇，你的声音真的很有磁性，可惜是卖猪肉的……”看来这一招奏效，她应该不再说什么了吧。“如果是卖牛肉的就好了，我喜欢吃牛肉，牛肉火锅，牛腩炖萝卜，都是我喜欢的……”没办法，看来遇到一个话唠。

“我话是不是很多？”

“不会。”怎么不会呢，吵死了。

“你不用骗我，她们都嫌我太吵，不愿意跟我一起走。哦，她们是指我的朋友，她们人都挺好的……”

我的耳朵嗡嗡作响，眼前只看到她嘴唇开合不停说着，但已经完全不知道她在说什么了。窗口的玻璃上划过几滴雨，似乎想将玻璃斜斜切开，但很快便被冷风吹干了。

“你猜我多大？”她问了两遍，我才听清楚。

“我猜不到，你又不是一棵树，如果是一棵树，倒可以切开看看年轮，跟切猪肉一样。”我本意是吓唬一下她，没想到她鼓起掌来，说终于听到我说了这么长的话，而且又这么幽默。

受不了，我假装上洗手间，躲到过道里抽烟。天空依旧是阴沉的，我深深地呼出两口气，但胸口依旧闷着，这样下去会折寿的。突然听到背后有“咔擦”的快门声，转过脸去，那个耳塞女孩正拿着手机给我拍照——

“别动，我再拍一张。”应该承认她身材不错，虽然长相平平。“你继续抽烟啊，很酷啊这样。”

我继续抽烟。她又问：“你去东州干什么呀？”

“你有完没完！”我猛吼了一声。许多人探出头往这边看过来。

她的笑容僵住了。眼神开始暗淡了下去，慢慢低头，眨了眨眼睛，转身走了。

我也为我刚才的怒火感到不安，但现在是不可能回座位了，面对面坐着，多难堪。我在过道里又连抽了三支烟，胸口依然闷着。她也没有什么恶意，大概是火车太枯燥，大概是我凌乱的头发和邋遢的外表吸引了她，实在不应该对她发火。想起座位上还有糯米酒和高丽参，虽不贵重，但是带给矮胖子叔叔的，丢了那就更郁闷。

我还是往座位走了回去，低着头，我准备就这样低着头，眼睛尽量不往对面的座位看。但不小心还是瞥了一眼，空的，她不在了，看来跑开了，跑开了就好。我舒了一口气，摸了摸，糯米酒和高丽参硬硬的还在。

我答应过矮胖子叔叔，要给他买糯米酒和高丽参。去年我带女儿回去看他，给他买过高丽参补胃，但后来他告诉我，药店的人切开时发现是假的。“有一股萝卜干的味道。”他说。

我心中一直很内疚，当时卖药的大妈问我：“高丽参有一千多，五百多，两百的，一百的，二十块的，要哪一种?”

我当时没带那么多钱，心想二十块的高丽参一定不能要，没准是泥巴做的；买两百的吧，砍完价，一百二十块拿走，但没有想到买的是萝卜干。

矮胖子叔叔的胃一直不好，糯米酒和高丽参都养胃，只是太迟了，太迟了，人都快下土了，他又如何知道他一直惦念的阿施终于给他带礼物来了呢。

“喝杯水吧。”

正当我浮想联翩之际，对面不知什么时候又坐着一个人——她回来了。她用水壶的盖子倒了一杯水，推到我面前。

“抽烟要多喝水。”

我点了点头，接过水：“刚才不好意思。”

“没事，习惯了。”她看着窗外，拼命眨着眼睛，眼圈红红的，“谁都有不开心的时候。”

我专心喝水，才想到这水壶只有一个盖子，应该是她平时喝的，于是把盖子放下。我想对她说点什么，却不知道从哪里说起。我大概真的病了。

“汪峰的歌好，我喜欢他的《硬币》。”我觉得应该幽默一下，“还有他的《蓝莲花》。”

她果然中计了：“《蓝莲花》是许巍的好不好?!”

她也发现自己反应太过强烈，调整了一下，平静地说：“不过你能知道汪峰已经不错了……其实卖猪肉也没有什么不好，北大毕业的还有去卖猪肉的。”

她真的相信我是一个卖猪肉的。

“我们家老王以前……”她突然停住，不说下去了，“我这样是不是很幼稚？很没有深度？她们说我总是没长大。”

“这样挺好的，没什么不好。”这样回答以后，又好像不太妥当，但又什么都说不上。

下车时，她要我的手机号码，我给了，同时告诉她，我有手机强迫症，正在戒，经常关机。就这样分头走了，我不记得有没有回头朝她挥手。一般这种萍水相逢的人，彼此留了电话，反复说以后常联系，但通常都是不联系的。东州这么大，我相信自己是永远不会碰到她的。

二

苗姑姑站在祠堂的阴影里，背着光，那感觉仿佛是整个祠堂都成为她的背景。如果连同躺在祠堂里的矮胖子叔叔也考虑进去，这样一个背景就显得压抑而沉重。

然而祠堂里热火朝天，一点都不压抑，也不沉重。按照半步村的风俗，葬礼有严格的程序，人们似乎有意用十分繁琐的程序来减轻内心的悲伤。半步村的红白事，都在这个祠堂里操办。祠堂左边的墙上挂着婚庆使用的红绸丝带，右边是葬礼用的麻绳和抬棺材用的扁担，窗台上红蜡烛和白蜡烛交错摆在那里。对于这样悲喜杂陈的状况，半步村的人们都认为是理所当然。

天井的中央摆着方形的桌子，桌子围着四条板凳，许多人围坐在那里，穿拖鞋的人干脆把脚放到板凳上，边说话边用手指抠脚趾甲。他们都是来等吃饭的，和办喜事一样，办丧事也是要请客吃饭的，不过吃的时候多了一个礼节，必须整齐站着吃完第一碗饭，不能发出声音。还没有到开饭时间，祠堂里充满了陌生而又熟悉的东州话。我看到两个叫不出名字的亲戚在吵架，都愤愤然，看样子是为了一条猪尾巴。拜祭矮胖子叔叔的，除了一个猪头，还有一条猪尾巴。猪尾巴代表一年的好运气，所以有必要争抢一番。

苗姑姑将我迎进祠堂的时候，有人便接过我的行李，同时将我的糯米酒打开了，周围都是围在桌子边上聊天的人，由于无所事事，几个回合便将酒都干掉了。接着是我的高丽参。

"阿施啊，这是高丽参吧？可以拆开吗？"

我转过头去，这哪里是在征求我的意见，分明是在告诉我她们已经拆开了。或胖或瘦的女人们围在一起，这个闻一闻，那个也闻一闻，都说这高丽参不错，她们像变魔术一般，高丽参很快就都不见了，剩下一个铁盒子，"哐当"一声被扔到了屋角。

苗姑姑看她们拿了我的东西，便高声埋怨了两句，又转头对我说："阿施呀，你也别见怪，这里谁都爱占点小便宜，东西带到祠堂就好，你叔叔会知道的。"我点了点头，我也是个农村人。

"人啊，活着的时候说不怕死，都是吹牛的，真要死了，挣扎着想活下来，但就是做不到。"苗姑姑口中说着这么沉重的话，但嘴角还带着笑意，露出那口金牙。"去，去看看吧，这种病，他们都不愿意接近，你也别靠得太近。"她回头对我说，我看到她用无名指撩了撩耳边的头发。

我往大厅里走。矮胖子叔叔的棺木停在厅堂里，已经第三天了。厅堂中弥漫着一股类似烂香蕉的甜味。我轻轻揭开覆盖在矮胖子叔叔身上的彩色锦布，看到一个有点蜡黄的柿饼。他身上的脂肪仿佛都不见了，那么圆鼓鼓的一个人，如今却显得很——也不是瘦，那些肥肉似乎都变成水，被一层蜡黄的皮裹着，似乎针一刺，便会流出五颜六色的汤水来。

我盖上锦布，眼中掠过一丝惊恐，想起了一部日本电影叫《入殓师》，如果能让一个入殓师给矮胖子叔叔处理一下，那该多好。

半步村的人都说，我来到这个世上睁开眼睛见到的第一个人，其实是矮胖子叔叔。我妈带着身孕来到半步村，人们还来不及了解她，她便因为难产死掉了。矮胖子叔叔是这么对人们说的："我以前以为孩子像猫狗一样要过些日子才睁眼，没想这小子一出生，便睁着乌溜溜的眼珠子瞅着我，眼睛半天一眨也不眨，你说有多神！"

我七岁那年，苗姑姑阴差阳错开始她人贩子的营生。传说苗姑姑要嫁给矮胖子叔叔，但始终没有。人们问及此事，矮胖子叔叔总是摇摇头说，没有的事。问话的人便会傻笑起来。这样傻笑的次数多了，矮胖子叔叔有时也黯然神伤。其时碧河的上游建了一个印刷厂，河水变黑发臭，鱼都浮在水面，翻着白肚皮。矮胖子叔叔每天清晨撑着小渔船，荡开晨雾捕鱼去，但总是空手而归，日子陷入困顿。但苗姑姑的事业却在此时达到顶峰，她的那口金牙就是那时候镶的，金灿灿，成为她的商标，江湖人称"苗金牙"。她更爱笑了，满口灿烂，似乎已然忘记那个在她肚子里死去的孩子。我曾经坐在门槛上，看着苗姑姑在门口走来又走去，对着肚子里的孩子说话。直到有一天发现肚子里的孩子已经死去两天，苗姑姑竟一夜白了头发。苗姑姑活下来，但仿佛变了一个人，她走出村子，接来了第一单贩卖孩子的生意。富有起来的苗姑姑，直接监管了矮胖子叔叔的生活，间接监管了我。

我关于半步村的记忆，是从矮胖子叔叔"呲"的一声划亮火柴开始的。每天早上，他都会点燃喇叭一样的手卷香烟，蹲在门槛上，像一只嚣张的大鸭梨，将早晨微弱的光线都挡在屋外，我在门口刷牙，透过他的肩膀望进去，屋内有一种神秘的黑。隔壁守寡多年的苗姑姑从门帘后面钻出来，在门口树底下洗脸，他们有时会聊几句，有时什么都不说。这个情景重复多年，我都分不清是记忆，还是梦境。

三

烧了很多纸车、纸房、纸女人之后，矮胖子叔叔被火葬场的工作人员装进了一个铁盒子里。我总担心他会不小心撑破自己的皮肤化成水，所以一路上只要车子晃动，我的心也就随之晃动。我不敢懈怠，留心观察铁盒子会不会渗出水来。但没有，矮胖子叔叔将他自己包得紧紧的，一如他的一生。

这辆特殊的车子载着我的亲人开往熊熊烈火。火葬场的人一点都不和善，在骨灰盒上狠狠地宰了我们一刀。架子上各式各样的盒子一字排开，从几百到几万不等，让我想起高丽参。同行的人都将目光投向我，征询我的意见，我一言不发，买了一个价位倒数第二的陶瓷罐子。这罐子除了上面的福寿字样，其实跟路边摆摊五块钱一个的陶罐子并没有什么不同。

在火炉的小门打开那一瞬间，我感觉那不是台机器，而是一只大兽，正张开嘴巴，一口将矮胖子叔叔吞了进去。里面的火苗正贪婪舔着墙壁，它们会一口口咬开矮胖子叔叔的尸骨，吃干净之后又会若无其事舔着舌头，就如猫吃完一条鱼，我们吃掉一只烤乳鸽。

火葬场里的石凳上，坐着一些等待骨灰的人，其中有些人还在讨论骨灰如何被这里的人偷偷变卖去当肥料。有钱人谈论着如何在火葬之后买一块地风光大葬。不时有凄厉的女人的哭声划破寂静。我没有哭出来。骨灰盒盖上之前，管炉子的老头好心地递出来一块白色的头盖骨，示意我们盖在最上面，起保护作用。我总疑心那老头对于那些灰烬并无法十分清楚地进行辨认，其实人与人只有这个时候才真正平等，骨灰与骨灰，真的没有任何不同。

我想象着矮胖子叔叔庞大的身躯被塞进那个小小的陶罐中会不会很痛，也想象着他确实是完整地被我们带回来了。陶罐被放在厅堂最里面的案几上，三柱香的烟气笔直地冲向屋顶。矮胖子叔叔已经无法在世界上留下任何痕迹，他被摆放在那里，和活着的时候一样乖巧。

人群散去，烧饭的大鼎也被收拾了起来。陶罐要供奉七天才悄悄下土埋葬，我责无旁贷地肩负起“守七”的任务。碧蓝的天幕之下，祠堂寂静无声，暗角处有嘶嘶的虫鸣之声。我关掉手机，将几只木凳子拼在一起，躺上去便睡了。

四

睡觉前必须关掉手机，否则我睡不着，我总感觉有人会打电话给我。更准确地说，我总觉得四岁的女儿盈盈会打电话给我。医生告诉我，我这是手机强迫症。

离婚第三天，我去幼儿园看盈盈。我喊她，她也看到了我，可她不再像以前那样扑过来，只是远远地木木地看着我。

“盈盈，过来。”

她摇摇头：“妈妈说你身上有毒。”我靠近她，她往后缩，眼睛里满是恐惧。我只能站住。“爸爸没毒，爸爸没毒，盈盈过来。”我向她伸出双手。她哇的一声哭了：“妈妈说你就是梅毒，妈妈给我看了图片，梅毒很恐怖。”她一哭闹，所有的小朋友都围过来，有的抬头呆呆看我，有的对我傻笑着。

我走出幼儿园，打电话给刘蓉蓉：“你对孩子说了什么了?!”

“我自然有我的办法，我绝对不会允许不干不净懦弱无能的人碰我女儿的!”说完她啪的挂掉电话。

我试过几次，盈盈每次都用一对乌溜溜的眼睛看着我的手，仿佛我的手上面长满了蠕动的虫子，一碰到她就会整个给融化掉似的。每次她都是尖叫一声，转身就跑，背上还有一个比她身体还大的书包。“别跑，别摔着!”但她没有听见，像摆脱一个噩梦一样离开我的视线。

我总感觉盈盈有一天会明白过来，她会给我打电话，因为我是她爸爸。也许她的新爸爸会欺负她，这时她会给我打电话，因为我是她爸爸。也许她总有寂寞难过的时候，她会给我打电话，因为我是她爸爸。

五

我醒来的时候，案台上的香烛已经燃尽，古老的祠堂漆黑一片。这是南方湿润的夜，空气里微微带着一丝寒冷的腥味。站在天井中央，头顶明亮的星星让我疑心自己正漂泊在无边无际的大海上，但这座古老的祠堂并不是一艘大船。如果将这里的门窗封闭起来，它更像一座囚禁时间的监狱。十年过去，周围的房屋都在衰老，从崭新变得斑驳，唯独这祠堂保持了它一贯的矜持、羞涩和特立独行，几乎完全独立于时间之外。

我打开手机，信息提示有 5 个未接电话，来自一个陌生号码。接着来了一条信息："猪肉大哥，我忘记问你的名字。今晚我心情很坏，翻遍了手机通讯录也找不到一个说话的人，想听听你磁性的声音，你却老是关机。开机给我回电话。陈小路。"

想了想，才想起火车上那个话唠，当时我并未将她的号码存起来。与我现在乏善可陈的生活相比，那个女孩子完全生活在另一个世界，但这时候我真的不想听到来自另一个世界的声音。

可是这时，手机响了，陈小路打电话来了，铃声在这一片死寂中显得十分刺耳。陈小路的声音十分兴奋。她说看到信息提示我开机了，赶紧打过来，没想到凌晨我还没有睡。又说她现在在家里上网，十分无聊，接着询问我身在何处。"半步村？半步村我以前去过！离东州市区不远！你们镇上有一条很出名的街，叫十二指街，有很多好吃的……"她兴致勃勃，让我感觉电话的那头是一台永动机，而不是一个人。

"东州市区离这里还是蛮远的。"我有气无力地说。

"三十多公里，不远的，现在的路都修得不错，我知道的。"

说到这里，我就后悔自己引出了这个话题，因为她说明天想来看我，让我带她去十二指街吃小吃。"那里的烙饼是全东州最出名的！"

我想此时在她眼前，早就浮现出各式各样香气腾腾的小吃。我表示不行，我很忙。她开始央求，喋喋不休。有那么一瞬间，我想起我前妻也是这样晃着我的手臂不断央求我陪她逛街。

这样乏味的僵持是让人难受的，看来只能有一个人妥协了，并且那个人必须是我。我抚摸着小木凳，心想出去吃吃饭晚上回来守夜应该也不碍事，便答应了她。她在电话那边，像打赢了一场战争一样欢呼了起来。

约好了时间和地点，她就挂了电话。四周恢复了平静，我蜷缩在木凳上，心中一片灰色的寂静。陈小路是充满活力的，而我灰心丧气。换言之，陈小路是正常的，而不正常的其实是我。我脑海中浮现出陈小路的笑脸和腰身，突然胯下大动，性欲勃发，是的，人生至此，一切都理所当然。我走向墙角，握住把柄，在尿缸里撒了一泡大尿。黑暗中，我仍然能感觉到它雄赳赳气昂昂的样子，不觉舒心一笑。

这一天凌晨，我竟然做了一个甜蜜的性梦，仿佛回到了青春期。在梦里，陈小路被我用红绸布牢牢捆住，她的肌肤那样滑，不捆住她我什么都抓不住。可惜捆好之后，我又一泻千里。虽然有点沮丧，但对于一个病人来说，这种久违的快感还是令人激动的。

苗姑姑叫醒我时，阳光已经十分刺眼。她怕我着凉，为我送来一床被子。我以为睡过头。一看时间是早上九点，距离陈小路约定的时间还有一个半小时，还好，时间充裕。从这里到十二指街，有六七公里，骑单车半个小时可以到达。但很快，我发现时间其实很紧，因为苗姑姑在我对面的木凳上坐下来，看坐姿，她准备说很多话。

如我所料，她让我说说离婚的事。她说："现在你叔叔也已经走了，这事我要管。"她把"这事我要管"几个字说得铿锵有力，似乎有不容置疑的威严。我有点恍惚地应对着苗姑姑的提问，直到她让我复述完所有细节。

我只能转移话题："姑姑，这一行太辛苦了，你就没考虑收手吗？"

"我早就想收手了，但半步村太穷了，这里的人也穷怕了。这里的土地不适合耕种，也快给贪官卖光了。不做这个，你帮大家寻条活路啊？再说，我们不做，别人也会做。”

“我是说你。”

“做这一行的，谁的命还是自己的？”她顿了顿又说，“接下来做一单大的，赚够养老的本钱再考虑。”

我沉默了。

“盈盈怎么可以判给她呢？应该把盈盈接过来！”她又扯回这个话题。

我没有接话，只是看了一眼手机。苗姑姑站了起来，两手按在我的肩膀上，然后从她脖子上解下一条银色的项链，上面挂着一块玉，雕刻着的弥勒佛，永远笑吟吟的样子。她把项链戴到我的脖子上，我刚想拒绝，她却脸色凝重地说：“这是我出狱那年，你的矮胖子叔叔送给我的。我早就想着把它给你的，别嫌难看，它灵验得很，能保平安。”

她又絮絮叨叨说了一些话，最后说：“我下午要出一趟远门，说不好什么时候才能回来。有一个孩子你帮我看着，性格内向，但挺老实，好几户人家都没对上眼，有的说是自闭症，有的说是弱智，看来是笔亏钱生意。外头风声有点紧，我们都得挪窝，孩子你帮我看几天，反正你在这儿也没事，我待会儿叫人领过来。”

“弱智？会说话吗？”

苗姑姑笑了，说：“据他们说，这孩子很好玩，就只会说三个词——爸爸、哈里路亚和阿门，哭的时候都哈里路亚哈里路亚说个没完，哈哈——”

她边笑边走，到了祠堂门口还回头跟我挥手作别，也没问我是否答应，一个转身就走了。我想起被瓜分掉的糯米酒和高丽参，不觉一笑。半步村的人大概都这样，他们可以随意入侵你的空间，对你的生活像手机一样随意设置，并认为是理所当然。

六

很快有个戴草帽的女人带了一个男孩过来，七八岁模样，说叫小丁，甲乙丙丁的丁，我猜大概是编号，也没细问，只问她借了一辆单车。

小丁突然说："爸爸！阿门！"

我愣了一下，他居然说话了，我只能甜甜应了一声。

"见面就会叫你，你们挺投缘的。"戴草帽的女人匆匆离开了。我站在院子里，看看单车，又看看孩子，时间已经临近十点，眼看要迟到了，来不及细想了，我把孩子抱上后座，骑上单车出发了。

南方初冬的田野，稻谷刚收割过，留下一片片三两寸的稻茬子，像满地爬行的刺猬，又如大地被寒风吹起的鸡皮疙瘩，此刻，令人酥软的麻痒之感传遍全身，整个人更像是一个快要痊愈的伤口。空中飘来细雨，有时如粉末，有时如蚕丝，老天将雨下得十分吝啬，完全无法匹配我此时爽朗的心情。

在弯弯曲曲的田间小道上，我不禁放声高歌。这种快乐，似乎感染了后座的小丁，他嘻嘻地傻笑着。"哈里路亚！哈利路亚……"他的声音如此空洞，但又充满了简单的欢乐。

胸前有一个东西晃荡了一下，一摸，是那块弥勒佛玉佩，我内心突然有一种踏实的感觉。

老地方咖啡馆，十二指街的情侣圣地。我三十岁，衣衫被雨打湿，在我身后是一个眼神空洞的孩子小丁。我要去见一个比我小十岁的女孩，90后女孩，而我总觉得应该发生点什么。

陈小路坐在靠窗的一张桌子后面，低头玩手机，看样子她来了很久，却没有打电话催我，这一点很好。走近了我才看到她手上拿的是iPhone4，她看到我，马上朝我喊："哇，好有型，停，就站那样别动！"

她举起手机，给我拍了一张照片，然后对我说："哇，绝对犀利哥，我要发一条微博！”接着低头鼓捣了起来，应该是在发微博。我微微一笑，边把小丁抱到椅子上坐下，边说：“你把我当乞丐啊？”

“哪敢！”她抬起头看看我，又看看小丁，脸上现出疑惑的神色：“这个是……你小孩？”

我想这个比较难解释清楚，于是干脆点点头：“我孩子，他有自闭症，不爱说话，反正在旁边坐着，也不碍事。”

“哦——”陈小路表情夸张，装出恍然大悟的样子。“我还以为你没结婚呢，没想到孩子都这么大了。他叫什么名字？”

“你叫他小丁就可以。”

“那你姓丁吗？我都还没问你叫什么名？”

小丁突然说：“爸爸，哈里路亚——”

我和陈小路都一愣，然后陈小路笑着说：“伶牙俐齿的，怎么说他不爱说话，很可爱的嘛！”

我苦笑道：“他就会说这个，瞎说的……我不姓丁，我姓施，你可以叫我阿施，朋友都这么叫我。”

“那丁就是他的名了，施丁，施丁。”她突然大笑起来：“你怎么这样给你的孩子取名字，听起来像死定死定，笑死我了。”

这我倒是没想到，只能跟着笑起来：“可以叫施小丁，就不会有谐音了。你连我姓什么都不知道，就敢跑这么远来见我，就不怕我是个坏人？”

“你是我第一次坐火车第一个坐在我对面和我说话的人，女孩子直觉都是很准的，你跟我大伯一样，都是杀猪的，我大伯人很好，你应该也是。我都是靠直觉做事，考虑太多很累人的。你真的是杀猪的吗？一到周末我在家里就闷得慌，什么时候去看你杀猪？”

我笑道：“你真信我是杀猪的？”

陈小路愣了一下，便叹气道：“看来我一早就上了你的当！现在的大学生，咋就这么笨呢？我说都是大学盲目扩张惹的祸，网络上有人说，郭靖一傻子，江南七怪加洪七公，八对一，就把他培养成大侠；王重阳武功天下第一，一个教多个，所以教出全真派一群废物。”说得我们都笑起来。

笑完，陈小路低头看着我，她模仿着我的语气：“你真信我是大学生？”

“不是大学生那会是什么？用这么潮的手机……”

“我就不能是人家包养的二奶吗？”

我不禁重新打量她，虽然穿得很运动，但全身上下都是名牌。现在大学生被包养确实也不少，我怎么也那么单纯，从来没从这个角度来看问题。如果她是二奶呀小三呀，那我不是成了小白脸？

“怎么？看不起被包养的？”她很严肃地说，还用手指第二指节敲了敲桌面，还真猜不出她是真严肃，还是假装严肃。

我正想接话，但感觉手机好像响了，我掏出手机看了看，没有电话也没有信息，又将它放回去。

陈小路挑了挑眉头，说：“嫂子查岗了吧？我们聊得这么开心，下次把嫂子也一起带出来吧，那就更开心。”

“那就不开心了，我们离了。”

陈小路的笑容凝住了：“离了？真的假的？”她看了一眼小丁。

“是真的。”我说。“如果现在有富婆想包养，我是会考虑的。”

“为什么离？小三？”

“我们这种人哪有钱养小三，小三养我还差不多。”

“不过离了也好，离婚是需要勇气的。不合适还在一起，那多痛苦。很多人还不是为了脸面一直在维持一个婚姻的空壳，既虚伪又懦弱。”

她这话似乎另有所指，我想追问，但终于忍住没说，却问：“你是开摩托过来，还是坐公车？”

陈小路说：“坐汽车过来。没事，这个你不用担心我。”

“那我们逛逛吧，带你去吃小吃。”

“好啊！小丁——”陈小路伸手去拉小丁的手，“小丁，我们走啦，我们去逛街！”

却不料这个时候，小丁抓起陈小路的手，放到嘴里咬住不放。陈小路大叫一声，脸都变形了。我大惊，伸手钳住小丁的脸颊，这才让他松开口。陈小路痛得眼泪都掉出来了，我抓出她的手，手指上有清晰的齿痕，暗红色的血从伤口渗出来。我说赶紧去医院吧，陈小路大口喘着粗气，口里却说："没事，没事。"

"走吧，我的车就在外面树下。"我抱着小丁就往外走。

陈小路跟在后面出来了，我让她在门口等我，我去取车。陈小路见我推着一辆自行车从树底下出来，脸上呈现出一种十分惊讶的表情，这时我才明白，她一直以为我说的"去取车"，应该是开汽车，没想到竟然是自行车。

她看看小丁，问我："三个人，怎么办？"

"我先带你去医院吧，小丁放这里，没事，他不会跑远的。"

陈小路犹豫了一下，拿起电话："老王，过来，咖啡馆门口。"

两分钟后，街角开过来一辆宝马，司机下车来。陈小路向我介绍："老王，我们家的司机。"老王对我鞠躬问好。我才明白她坐车来是这么回事，也明白我和陈小路在三十多公里是远还是近的判断上为什么存在差异。

我的单车被卡在宝马的后尾箱里，单车太大放不下，露出一截。我说不好吧，别弄坏车，陈小路摆摆手表示不碍事。我们上车，老王帮助我们将小丁抱上车。上车的时候老王对我说："施先生，您的孩子好像在发烧，您摸摸。"

我伸手去摸小丁的额头，很烫，果然发烧了。

七

碧河医院不久前曾医死了人还见了报，电视台也进行了暗访，名声很臭，但里面的人还是跟苍蝇一样多，任何一个窗口都排长龙。无论是医生护士都跟杀手似的黑着脸，不是对着你大吼大叫，就是问而不答装聋作哑。

看到这个情况，老王拿出手机，打了两通电话，过了十分钟，一个戴着黑框眼镜、穿着白大褂的胖医生就跑出来了，脖子上还挂着一个口罩，他解释说刚做完手术，所以来迟了。陈小路上前去很懂事地鞠了一个躬："副院长好！"老王慌忙在旁边提醒，叫吕院长，不用说副。吕院长对着陈小路上看下看，连声夸奖，说这闺女长得标致，仿佛别人没有发现的优点他都能发掘出来。有院长开道，一切顺畅，不到半个小时，陈小路的手包扎完毕，小丁也躺在 VIP 病房里面打点滴。小丁还算配合，只是他似乎对一切女性，包括护士都心存戒备，显得十分慌张。不久，他用嘴咬着袖子，才慢慢睡去。

老王非常识趣，借故退到走廊外面坐着。我和陈小路并排坐在床沿上，看着沉沉睡去的小丁。

"你见过并蒂莲吗？"陈小路突然问。

我被这个陌生的词汇镇住了，呆呆看着她。灯光下，她咧开嘴笑，并张开了自己的嘴巴，仰着头，扬起右手食指，点着雪白的牙齿，用模糊不清的喉音说："看，看那两个牙，并蒂莲！"我终于看清了，她在一个牙齿背后多长了一个小牙，紧紧挨在一起。原来这就是并蒂莲，我有点恍然大悟。但这时我发现，为了看清并蒂莲，我几乎将整个身体向她倾压下去，紧忙将身体抽回来。

陈小路坏坏地笑了："我就知道你酷酷的，这么严肃，其实是紧张。别老是那么纠结好不？"

"纠结也是一种病嘛！"我们都笑了。

笑完之后，我内心突然像电脑蓝屏了。我看着眼前这个眨着眼睛的陈小路，她像是一只系统特别的手机，与梦里牢牢捆住的那个女人完全不同。

为了证明自己不纠结，我感叹道："在东州，病人这么多，看病如果没个熟人，还真不行。"

"这个世界到处都是病人。"她伸手去探了探小丁的额头，"做你的孩子一定很幸福，小丁虽然不会说，但我从他眼神里能感觉得到。"

这话让我想起我的女儿不断往后缩的情景，深深吸了一口气，不再说话。

她说："逐渐在退烧，没刚才烫了。长得不像你，大概像他妈妈——哦，对不起，我说错话了。"

我摇摇头，表示不碍事。陈小路又说：“我一般出去见朋友，都不愿意让他们知道我有司机接送，这不好。”顿了顿又说：“你不会看不起我吧？怎么不问我们家做什么的？”

我说我不问，你也可以不用告诉我，不过老王那宝马挂警牌，大约也可以猜到。

“开警车的，可不一定就是警察，就像骑白马的可不一定是白马王子，可能是唐僧！”

她说，她的所有朋友都好像很忙，父母也很忙，她一个人经常空荡荡的，只能对着狗说话。“我有时也怀疑司机老王在密谋绑架我。”她看了看走廊的方向，“说了你可能不信，你别看他表面温和，内心坏着呢！”

“所以你喜欢跟我这种外表酷酷内心紧张的人做朋友？”她笑笑说，“这种人比较安全。”又说，“如果有一天我被绑架了，你要来救我。”

这时我感觉手机好像响了，赶紧摸出来看，却什么电话都没有。陈小路见我如此神色慌张拿着手机，便说：“你接电话吧，我去趟厕所。”

我深深吸了一口气，想起那辆宝马后面还搁着我的破单车，于是到走廊找老王，提议他将我的单车放下来，可以带陈小姐先走。老王递给我一支烟，又十分客气给我点上。对我说：“施先生，现在走陈小姐一定是不愿意的，等孩子打完点滴，送你们回去。”

我正想说明没必要再送，老王伸出一个手掌制止我，他说：“施先生，老王还要说一句不该说的话，我们小姐心智单纯，董事长一直不太放心，所以也希望施先生把握好分寸，别让老王为难，我这样说也是为你好。”说完笑吟吟看着我，又递给我一张名片，告诉我遇到什么麻烦可以找他，会尽力帮我。

我接过名片，看了一眼，名片上什么都没有，就只写着“老王”两个字，下面一行电话号码，这大概是我见过的最简洁的名片。与那些写满头衔的名片相比，这样的名片倒是十分个性，我不禁露出一个欣赏的笑容。

“大家既然认识，就是朋友。”说着拍着我的肩膀，呵呵笑着。陈小路刚好从病房中走出来，笑道：“你们俩聊什么呢？这么开心！”

老王说：“我给了施先生一张名片，让他有困难好找我。”

“他有我的电话，干嘛要打电话给你。不过有困难找老王，江湖谁人不识王定涛，老王的名片藏好还是没有错的。”她乐呵呵地说今天很开心，虽然没吃上十二指街的小吃，但过得很特别。那一刻，她的话让我心中一酸，感觉自己真的成了一只特别的小白鼠，穷人的自卑感油然而生。

于是我不禁脱口而出：“你们城里人看我们乡下老鼠都觉得特别。”

“别提老鼠，那么恶心的东西。”陈小路露出害怕的表情。

“乡下是好地方，小时候我还吃过老鼠肉呢。”老王哈哈大笑，我也只能跟着笑起来。

冬日天黑得快，小丁打完吊针，落日已西沉，我一直让陈小路先回去，但她果然坚持送我们回去。“就当你带我识路，下次我可以自己来找你。”她又说，“男人做事，不可以犹豫，走啦。”她这次不敢再去碰小丁，让老王抱着，出了医院。

陈小路又夸小丁几句，又试探着伸手摸摸他的头。小丁看着她，又看着她手上包扎的白色纱布，突然伸出手去，轻轻碰了碰那些纱布，眼神里有一种沉沉的哀伤。

我担心老王不认识偏远的半步村，但老王说他来过：“我们有几个公司员工也是半步村的，只是施先生常年在外，怕都不认得。”

“不认得，不认得。”我随口说。

我们朝着半步村进发，车灯在黑暗中打出一条光的隧道，随着道路高低起伏，这条隧道也上下摇摆，仿佛不是车在向前推进，而是光柱想将车牵引进去一样。我不知道前面的光是将我引向光明，还是将我引入另一片黑暗。夜的黑，夜的冷，都被隔绝在玻璃窗之外，陈小路突然伸出手拉住我的手：“施哥哥，以后你的手机不能关机，这样我才能随时找到你，在家里，很无聊的。”我看着她手上包扎着的白色纱布，说：“对不起，还是连累你受伤了。”我隐约从车的后视镜里看到老王锐利的眼神，赶忙放开她的手，内心十分不是滋味。我什么时候成了一个巴结权贵的穷人了，你们再有钱，老子也不稀罕！心里这么想，脸上也就凝重起来。

陈小路忙问：“怎么了？有心事？”我赶忙说没有。于是车里又安静了下来。

汽车摇摇晃晃开进了半步村，可以看出老王不愧是老司机，对通往半步村祠堂的路十分熟悉，路上他并没有问我这些小路该如何拐弯，却都走对了，十分流畅就进了村子。多年过去，半步村的灯光依旧那么昏暗，狗吠声此起彼伏。陈小路的车在祠堂前面停了下来，车灯打在祠堂的砖墙上，祠堂的空地都一片亮堂。老王下车来，还像之前那样将小丁从车上抱下来。陈小路一边夸我们的祠堂很宏伟，一边又说了些依依不舍的话，说一定要自己一个人来找我。

我们挥手道了别，我看陈小路上了车，我也抱着小丁转身走向祠堂。可这时，陈小路却又溜下车，小跑着跟了上来：“这是祠堂，不像是你家呀？我也进去看看，好不容易来一回，总得看看你住的地方。”我反应不过来，呃了一声，陈小路已经欢快地进了祠堂。跑进天井的时候，光线太黑，眼睛还没适应过来，陈小路绊了一下，险些摔倒，晃了几步才站稳。老王从外面一个箭步就越过门槛，神情十分紧张。

既然来了，想看就看吧。我摸索着打开屋顶垂下来的昏黄的灯泡，屋里亮了起来。厅堂之内，在两个板凳中间搭了几块木板，算是一个床铺，上面放着一个木枕头，还有早上苗姑姑拿来的被子。我将小丁放在床上。

陈小路眼光却没有落在我的床铺上，相反，她看着矮胖子叔叔的骨灰罐子、香炉、成叠的冥币和案几上的糖果祭品发呆，又看看我，像是在征询什么。我也不答话，径直走向案儿，点了一炷香，插到香炉里。陈小路走过去，十分虔诚地对着矮胖子叔叔鞠了三个躬。

在东州的丧葬习俗中，“守七”期间打扰亡灵是被视为大不敬的，夜间冲撞了香炉更会带来不吉利。陈小路虽然是城里人，但对这些地区风俗必然还是懂的。

“你睡这里……守……火车上……很抱歉……我不知道，不知道你……你是回来奔丧的。抱歉抱歉。”她居然也对我鞠了一个躬，然后她又环顾四周，显得有些窘迫，惴惴不安地退出了厅堂。

“抱歉抱歉。”她又说：“那我先走了，回头我再找你。”

看着她惶恐退了出去，我内心十分复杂，甚至有一丝快意，却什么也说不上来。老王一直站在天井中间等着她，他等陈小路走到他面前，然后跟随其后，两个人一前一后出了祠堂的门。出门的时候，陈小路迅速回头又瞥了我一眼。他们上车走了。祠堂前面又重新恢复了黑暗，四周依旧一片死寂。

八

陈小路一直吩咐我别关机，她随时可能找我。老王要我把握分寸，他的意思大概是别再联系。手机提示电池电量不足，这时我才发现，就在我去十二指街的这段时间里，祠堂里的老鼠将我的充电器电线咬断了。

我从行李袋里摸出卡佛的小说集，对着昏黄的灯光，静静阅读。小丁吃了药，早已沉沉睡去，不时发出几声尖利的磨牙声。祠堂四周总有虫子的鸣叫，它们似乎不分季节，只要夜深人静，便拼命高歌。

看了两个短篇小说，困了，我上床睡觉。半夜里有一个年轻人来叫门，说是家里他父亲即将大去，来取丧葬用品；约莫过了两个小时，他又来叫门，说老人缓过来了，情况似乎不错，将东西还了回来。半夜被叫醒，自然不大乐意，但死生乃是大事，我脸上不敢露出半点倦怠。却不料，天还没亮，那个年轻人又来了，这回哭丧着脸，将丧葬的东西全部取走。我隐约听见不远处传来嚎啕的哭声，心知村里又有丧事。冬天一来，上帝总是忙于收割魂命，而体弱的老人首当其冲。

第二天一早，我被手机铃声吵醒，拿起一看，什么电话都没有。我似乎听到盈盈躲在什么地方，正咯咯笑个不停。手机提示电池已空，自动关机了，我终于松了一口气，仿佛和什么东西断开了一样。

祠堂里又热闹了三天，我的手机关了三天。祠堂很吵，全村的人似乎每天都往这里跑，在这里吃饭聊天。想来也是，村子本来就不大，论起来都是亲戚，丧葬是大事，自然是都要通知前来吃饭的。男人都围在桌子旁边，聊着各种话题；妇女们则运行丧葬的程序，有板有眼；孩子们绕着桌子追逐玩耍，大叫大嚷。

许多人过来找我搭讪，料到我叫不出他们的名字，于是都主动介绍自己，并详细分析了两人之间的亲戚关系如何亲密，但我都没有记住。桌子上的话题我搭不上话，女人们的事情我也插不上手，所以我到厨房去帮忙烧火。

几天下来，我大概把握了他们的热门话题。比如新一任村书记从几年前就通过涨价的方式，将每张选票的价格涨到十块钱；再比如，年底到了，合作医疗卡上的钱必须消费掉，有很多经销商搬了一些乱七八糟的药物来村里摆摊，并说买药的钱可以从合作医疗的经费中扣除。

听到这样有趣的话题，感觉十分新奇，我突然想起把这些跟陈小路聊起来，她必定兴高采烈，喋喋不休。念及此，我不禁往厅堂之内望了一眼，那里有我的手机，此时正处于关机状态，陈小路会不会一遍又一遍拨打我的手机呢？盈盈呢？小丁此时正站在厅堂的门槛上，也朝我这望来，眼神中空空如也。我朝他招手让他过来，他没有动，口里重复说着“阿门阿门”，只有音节而无意义。我垂下头不再看他，往炉灶里塞进一团稻草，火焰被稻草一压，瞬间暗淡了下去，冒起了白烟，但很快就激动燃烧起来。

这时，那个半夜来借东西的年轻人到厨房里来，给厨师及其门下三个弟子都派了烟。他也给我点了一支烟，并叫我舅叔。我被这样的称呼吓一跳，但他跟我解释了辈分和关系，我似懂非懂中也只能接受这个称呼。

叫我为舅叔的这个年轻人姓林，他让我管他叫小林。人群散去，老人火化之后，小林也搬进了厅堂，开始“守七”。小林很热情，而祠堂里也确实空荡荡，所以小林提议帮我把充电器接上：“老鼠咬的，我能接好。”我委婉拒绝了他的好意。他手里反复捏着充电器的电线，显得有点失落。

“你做什么工作的？”我其实也不是想知道他的工作，只是为了表达我的善意。

“在东州市区给人家收债。”

“收债？”

“就是讨钱。”小林露出非常干净的笑，“借了钱，就要还，还不起，就要我们去讨。”

“怎么讨？”

“打啰！都是看涛哥眼色，涛哥说打，就打。有时怕惹事，也会把人抓去泡水，冬天泡冷水，夏天泡热水……兄弟们先打，我都是站在外围喊，等他们打完，我就作势补上两脚……有时也会让我先上，涛哥知道我胆子小……凶一点就没事，他们理亏一般都不还手的……”

我脑海中浮现小林打人的样子，但画面十分陌生。这样一个瘦瘦弱弱的男生，打起人来，会是怎么样？

“闭着眼睛使劲打，等涛哥喊停就停手。”小林的描述开始进入状态，对他来说，工作就是工作，没有什么可犹豫的：“他们嫌我胆子小，说丧事办完，帮我另外在东州市区找份工作，保安保镖什么的吧，涛哥说会帮我。”

九

小丁是个左撇子。这是小林发现的。小丁爱玩蜡烛。这也是小林发现的。小丁到外面的窗台上将白蜡烛和红蜡烛都搬进厅堂，他用左手，一根一根地搬。当时大家都忙，没有人去注意他。小丁将蜡烛分成红蜡烛和白蜡烛，按照长短和大小排列好，然后坐在厅堂的角落里，用蜡烛砌出不同的形状，他砌好之后又推倒它们，乐此不疲。

生气的时候小丁还吃红蜡烛，这依然是小林发现的。黄昏时候，厅堂之内光线昏暗。小林刚给他老爹上了香，跪下祈求老爹保佑自己中彩票。他闭上眼睛，将刚买的双色球彩票夹在两掌掌心，虔诚祈祷。当他睁开眼睛时，小丁正坐在案几下面吃蜡烛，蜡烛的细屑沾满了他的嘴唇和下巴，看起来似乎是鲜血淋漓。小丁大叫一声："哈里路亚!"小林吓得险些尿裤子。

"苗姑姑到底什么时候回来，快把这孩子处理掉，这样神出鬼没挺吓人的。你看他还在咬蜡烛！舅叔，您的充电器没准是他咬断的!"

"处理？怎么处理?"

"弄瘸了卖去当乞丐，或者……"小林没有说下去。"听说这次苗姑姑是去帮您把女儿接过来?"

"接盈盈过来?"我大吃一惊。

小林也很惊奇："您不知道？西宠那边也有我们的人，都是老手，您放心，很安全的……我还听人说，苗姑姑走时还交代了，让人帮您物色相亲的，到时老婆女儿都有了，您就安心住下，以前她怎么照顾矮胖子叔叔的，现在就怎么照顾您……"

我感觉自己的生活马上就要被设置，我眼前似乎浮现出前妻刘蓉蓉跪在我面前，流着泪求我将盈盈还给她的情景，说不出是什么感觉。她会跪着，把头埋在我的两腿之间，把眼泪鼻涕留在我的裤子上；或者威胁我，她会报警。

小林又压低声音对我说，"村里有人在说你几天前，坐着警车回来了，你跟警察有……有什么……大家都让我暗地里盯着你，舅叔咱也不是什么外人，您和我说说。"

这什么意思，还来套近乎。我瞪了他一眼："你这不是来盯梢，是来套话的吧?"

"不敢不敢!"小林赔笑着说，"我们农村人都好奇，而且你知道，这……"他指着屋角的小丁："这些也不是什么见得光的事，有一回不也被人卖了，苗姑姑还给抓了起来。"

"那只是普通朋友。"我一字一顿地说。

"舅叔您别多心，大家也只是开开玩笑，您别放在心上。有人说是一女孩，就都逗着说是来半步村寻找失散多年的弟弟……您这充电器啥型号，要不我去给您买个新的？”

我沉默了。我内心突然感到烦躁不安。我摸了摸苗姑姑送给我的那条弥勒佛项链，眼望着矮胖子叔叔的骨灰盒发呆。

这一夜我并没有睡踏实，小丁磨牙的声音，小林吹哨子一样的呼噜声，如两根绑在我心上的绳子，一拉一扯，似乎纠得紧紧的，当凭空里又一荡便又醒过来。断断续续的睡眠让我像睡在大海上，又仿佛睡在汽车上。陈小路的宝马车就这样驮着我，重新回到黑暗的小路上，老王前面开车，还笑笑问我结婚的事。车灯的光柱依然在厚重的黑暗里延伸，车也好像不是第二次在祠堂门口停下来。

但车还是停下来，老王抱起小丁，如抱着一团空气。就在这时，黑暗里突然有手电筒晃动的光，一群人围了过来：“蹲下！手放在头上，别动！蹲下！别动！”那声音是如此清楚。

除了小丁被解救之外，我们都被制服了。和我在电视上看到的情景一模一样，只是现在录像机镜头正对着我们，还有一名记者在不远的地方对着另一个镜头解释这一切。祠堂前面变得越来越亮，紧接着，我看到苗姑姑的金牙在灯光下闪耀着，模糊中，她正被押到我身边，也蹲下了。记者边将镜头和灯光对着她，边对着话筒说：“以苗某某为首的人贩团伙现已全部抓获……”我这才想起苗姑姑说她要出一趟远门。

老王正在我背后跟一名警察解释，我只听到许多句“自己人”，然后我和陈小路就可以站起来。苗姑姑回头看着我：“阿施，我刚看你是坐警车回来的？”

“是……”我控制不住自己的嘴巴。

“你和他们都是自己人？”

我突然意识到问题的严重性，心里很着急，很想挣脱什么，所以说：“不是的，你听我说……”

“你做得好啊！你是不是渴望我死掉，就没人管束你了？”苗姑姑咬牙切齿。她来不及再说什么，就被押上了警车。

陈小路在我旁边一直在说着什么，但我脑袋里只有嗡嗡的回声。

我低下头，却看到胸口那条白银项链不知什么时候跳到衣服外面来，圆润的弥勒佛正慈眉善目对着我笑。

我醒来的时候，小林正晃着我的肩膀："舅叔，您没事吧，舅叔！"

"没事，我怎么了？"

"您刚大喊大叫，看，您这一头都是汗。"

我侧头看去，小丁还在我旁边磨牙，似乎想咬断什么，却永远咬不断。我不知道他来自哪里，也不知道他最终会去往何处。月亮清冷的光照在古老的地砖上，天井里那棵枯死的桑树还在，笼在月光里，仿佛马上就要漂浮起来。祠堂外面是一阵又一阵的虫鸣。

十

半夜恶梦没睡好，又起得迟，睁开眼睛，小丁和小林像兄弟一样并排坐在门槛上吃油条。大油条足有一尺长，他们往同一个方向歪着头，吃得津津有味。

见我醒来，小林就站起来，说："舅叔，昨天我说话不当，吓得您做恶梦，我刚才去买早餐，顺便帮你买了个充电器。"看我惊奇的眼神，他又说："我对照过你的旧充电器，型号没错，能充得进，喏，我已经帮你的手机充电，开机了，好像有短信……不用客气，舅叔，你这样看着我，让我怪不好意思的，千万不能给钱，这是我真心诚意送给你的，反正都是亲戚嘛。"

他将我略带愤怒的眼神解读为惊喜和感激，这让我不知道怎么才好。"那谢谢你。"我只能这样说。没有猜错，陈小路三天多时间给我打了不下二十个电话。还有一条短信，我笑笑打开了，表情却僵住了："施哥哥，你怎么又老是关机，我正想什么时候再带男朋友一起去看看你，那天夜里没看清，料想风景一定独好。"信息末尾还落款"陈小路"，仿佛担心我没有储存她的号码。

我心中一片冰冷。是啊，这样有钱的女大学生，怎么会没有男朋友呢？这年头大学生不谈恋爱，都成怪物了。我这是怎么了？我在想什么？

我颓然坐在那里，一动也不动，看着手机屏幕上充电标识一格一格在跳动。她手机上一定显示我收到信息的提示，那么也一定知道我开机了，会不会像上次那样马上打电话过来？想到这个，我只能将手机放到木凳上，仿佛它很快就响起来。陈小路要是打电话过来，我跟她说什么呢？说我很忙？说这里的选票费？她如果发脾气怎么解释？

但十分钟过去了，手机并没有如我所料响起来，我渐渐感觉有一块石头卡住了我的喉咙，只得长长呼出一口气。我似乎自己给自己编织了一个圈套，自己勒紧了自己的脖子。一切，不过是一个离婚老男人的痴情梦，胯下充血之后的荒唐壮举。又一转念：大概这种对待感情的心理机制，也是造成离婚的因素之一。

“苗姑姑说她什么时候回来？”

“她没说，她这次想办一件大事，估计比较麻烦。”小林答道。

“守七期满，矮胖子叔叔葬哪里？是不是葬在莲花山？”小时候参加过一些下葬仪式，都是葬在莲花山。

小林一愣：“他们没告诉你，现在不能土葬了？莲花山的土，都卖给人家去填高速公路了。”

“那怎么办？”

“放万灵堂呀。”

在我的一再要求下，小林答应带我到万灵堂去看看。万灵堂是一间低矮的瓦房，立在山坡上，有简单的围墙，还有一扇木门，挂着一把锈迹斑斑的锁。小林费了九牛二虎之力锁还是打不开，最后他火了，飞起一脚将木门踹开了。也是他这一脚让我感觉这个斯文的小伙子真有可能去帮人追债打人。

万灵堂里中冷风飕飕，但阳光充沛，光线中有一种耀眼的白让人很不舒服。墙上钉了一排排架子，架子上密密麻麻陈列着瓶瓶罐罐，风格各异，色彩多样。

“这不是都快摆满了吗？清明没有人过来扫墓？”

“不知道，应该有人定期来清理，反正一直都没有满。清明，在祠堂里拜拜也就可以了。”

我不禁打了一个冷战。死时轰轰烈烈的葬礼，死后却如此冷冷清清，连一个葬身之所都没有，仿佛连葬礼都是为活人而表演的仪式，而死去的人仅仅是道具而已。

小林看出我的焦灼，说：“这附近像样的山丘都给卖去填高速公路，工程需要很多土，早几年很多人都在转移祖坟，有钱的都转移到城郊的墓园安葬了，没钱的有的搁这儿，有的就找个地方乱葬。不过乱葬被抓到也是要罚款迁坟的，舅叔，这人一死就那么回事，您也别较真。就连这盒子里的骨灰，是否真的就是矮胖子叔叔的，还不知道，一个炉子里烧的，又不只他一个，你说从那小窗口递出来，没人看见……”

我脑袋里嗡的一响，这些我从来都没想过：“你的意思是说，我们农村人，死了以后还跟活人一样往城市的方向挤？……城郊的墓园要多少钱？”

“这个不清楚，一平方米好几万吧，你可以让苗姑姑问一下涛哥，苗姑姑跟涛哥交情不错，涛哥门路广，兴许能打个折。”

“这么贵，我现在没钱。”

“舅叔您就别哭穷了。”小林觉得我说没钱是在开玩笑。“几万块钱应该难不倒你们城市人，但农村人就觉得没必要，反正逢年过节祭拜的时候烧一炷香，矮胖子叔叔闻香而来，吃饱回去，要到墓园里干什么，里头冷冰冰的，挤得跟城里的公车似的。”

十一

回到陈氏祠堂，天色已经昏暗，想起明天矮胖子叔叔就要到那阳光灿烂的万灵堂去，我心中十分不爽，但又想不出更好的办法，只能蹲在门槛上抽烟。

这时，我注意到好像丢了什么东西，猛然才发现：小丁不见了。

“兴许出去玩了。”小林并不着急。

“不对，他从来不离开这个祠堂的。”我正想解释他这个特点，但小林的电话响了，他走出祠堂去接电话，他对着电话那边喊着什么，对着天空指手画脚像是很生气。他讲了几句，就气嘟嘟地走了。

我喊了几声小丁，没有任何动静，巨大的祠堂像棉球吸水一样把我的声音全都吸收得无影无踪。

太安静了。我随手拿起案台上小林早餐剩下的油条，十分认真地吃起来。真的太安静了，我十分清楚地听到自己咀嚼食物发出的声音。

一阵摩托车的轰鸣声由远而近，在祠堂门口，嗵嗵两下就熄火了。

有人踩着高跟鞋从外面进来。我抬起头看去时，陈小路也正歪着头看我，脸上挂着一种似笑非笑的表情，但最终她还是笑开了：“哈哈，你是反应慢半拍呢还是真的这么淡定，你不感到惊喜吗？我又来了，突然吧？你看看，酷吧？”

陈小路在我面前转了一圈，她换上了高跟的皮靴，黑皮裤，上身穿着挂满铁链饰品的皮夹，扎着马尾，背着书包，还画了一点淡淡的眼影。

“你给点反应好不好？人家想着要来见你，化妆打扮都用了一个上午，最后敲定这一身才配得上你酷酷的样子。你看还骑着摩托跑了这么远，我容易吗？”

我站起来，用衣角擦去手上被油条沾满的油。陈小路看我在擦手，赶紧掏出纸巾来：“给，怎么能用衣服擦呢？”我将满嘴的油条吞下去，才说：“你自己骑摩托来？老王呢？男朋友呢？”

“你是想问老王呢，还是想问我男朋友？我告诉你，老王呢，他最近身体不好，请假在家休养；至于男朋友嘛，我学会开摩托车，还留着他干什么，昨天就甩掉了。你上次不是问我是不是开摩托过来，我这次真开，怎么样，勇敢吧？”她笑起来，露出一个酒窝，她甩掉一个男朋友就跟换一部手机差不多，我转念一想自己离个婚是否显得过于苦大仇深，都是活着，怎么陈小路就活得这么轻快呢？

我正想问她过来干啥，她却已经按捺不住，将背上的书包甩到我的床铺上，打开，像个圣诞老人一样，一样一样往外掏东西：西装、领带、皮鞋、袜子、剃须刀……这么小一个背包，怎么可能装得下那么多东西，简直让人目瞪口呆。

“你这是干嘛？想包养我？”

“这冬天的天很快黑了，我也没时间跟你说太多，你到时又会嫌我话多……这里是西装和领带，都给你准备好了，你后天穿上西装，到我爸的公司去面试。你上次不是说你还没找工作吗？估计你现在也没有什么计划，反正我已经帮你安排好了，你就穿整齐一点去就行，不吭声也可以通过面试的。”她拿起鞋子在我脚上比划起来，担心自己鞋子买小了一码，又交代说：“你也别厌烦穿西装，公司规定比较严，没打领带要扣钱的，一天五十块，整整齐齐戴上好。要不你现在试试衣服是否合身？”

“我长这么大，就结婚那天穿西装皮鞋打领带，你现在叫我……”

“不碍事，你要是不好意思，就等我走了你再试……啊呀！小丁！你吓死我了小丁！”陈小路用手拍了拍胸口。

我循着她的眼光望去，只见小丁不知什么时候站到案台上，手里还举着一只瓶子，正看着陈小路，仿佛随时都可以将手里的大瓶子砸向陈小路的头顶。我也吓得头皮一紧，赶紧将小丁手里的瓶子夺下来，递给陈小路，再将小丁抱下来：“这孩子怎么总是乱跑，力气还这么大，那瓶子多沉啊？”

小丁发出了空洞的笑：“哈里路亚！哈里路亚！”

“这泡的是什么酒啊？怎么有点像萝卜？”陈小路随手将酒瓶子放在案台上。

这时，小林匆匆忙忙从外面跑进来，人还没到就喊：“小丁找到了吧？”他突然这么关心小丁，让我大为意外。小林进了厅堂才看到陈小路，他对她微微一笑，然后低声凑到我耳边：“苗姑姑回来了……阿施舅叔你这有客人……可能不太方便。”

小林前面半句话说得很小声，后面半句话说得有点响，我猜陈小路至少听见“有客人可能不太方便”，所以她赶紧拍了拍她的书包，背在背上，戴上皮手套，笑嘻嘻对我说："那我就不打扰你了阿施舅叔，我后天再给你打电话。"

说完她往外走，我说送送她。外面停着一辆摩托，像只怒目圆睁的大螳螂，昂着头伏在门口的大石鼓旁。陈小路说，本来打算让我骑着摩托带她出去兜风的。跟上次一样，她走的时候总是很匆促，似乎她每次的到来都像一只充满了气的气球，每次离开就如漏气了一样，落荒而逃。显然她还不习惯她的高跟鞋，启动摩托也歪歪扭扭，没有想象中那么帅气。

望着她的背影，突然想起很小很小的时候，矮胖子叔叔教我唱的歌谣："欲去草鞋共雨伞，欲来白马挂金鞍。"大意是小时候出门经商做官，行李简单，事业有成之后，荣归故里。现实的反衬总令人徒生落寞之感。

这时手机又响起，陈小路来电，她用很低的声音说："你会不会觉得我这样来找你很无聊？"我听到电话那头风吹的沙沙声，告诉她开摩托不能打电话，就把电话挂了。

十二

我回到祠堂，小林用一种十分惊恐的语气问我："阿施舅叔，你到地窖里去了？你怎么把苗姑姑的孩子搬出来？你故意想气她吗？"

一连串的问题问得我昏头昏脑，但从小林的眼光中我很快知道他在说桌子上那瓶酒。我凝神细视，看到酒瓶中那个萝卜，突然想起苗姑姑肚子里曾经有过一个死胎，不禁打了一个冷战："这……这这，小丁……小丁搬出来的，我也不知道从哪里搬来的。"

"苗姑姑就快来了，赶紧……赶紧搬回去！"

我还真不知道往哪搬。小林在祠堂的角落一根柱子旁边的一只破橱柜下面挪开了一只破箩筐（原来柱子是可以活动的，估计是被小丁搬开的），我从洞口看去，隐约看到下面有台阶。我从来不知道祠堂里居然有地窖，看楼梯的材质，应该是后来才修建的。

小林说，赶紧放进去，我给你把风。我抱着那只玻璃瓶子，现在感觉它已经不是一只瓶子，而是棺材，或者骨灰盒一类的东西，内心有说不出的惊恐。地窖里伸手不见五指，我打开打火机，沿着楼梯猫着腰往下走，寻找这只瓶子的安身之处。这时我才发现，地窖里是一条窄窄的通道，通道两边都是四方形的笼子，用铁栅栏隔开，上面都有巨大的锁头。这里简直就是一个被废弃的微型监狱。在这浑浊的空气中，我猛然间明白这对于一个人贩子团队意味着什么。在通道的尽头，我在打火机微弱的光芒之中，看到了一只长方形的木匣子，郑重其事地立着。我将瓶子放进去，刚好合适，我长长地舒了一口气。

正当我弯着腰往外爬的时候，祠堂里响起吵杂的人声，然后就听见地窖的洞口“哐当”一声什么东西盖住了。我心中猛然一惊，黑暗中听见苗姑姑熟悉的声音在询问小林我的去向，小林撒谎说刚出去了，可能买烟去了吧。苗姑姑“哦”了一声，又询问床铺上的西装领带，小林说不知道，像是朋友送的。苗姑姑咳嗽了几声，问，小丁呢？

听声音，像是小林将小丁从案台地下拖出来，边拖还边让小丁别动。但小丁大喊大叫：“哈里路亚！哈里路亚！阿门！阿门！”像是遇到什么恐怖的事。

“哎哟！”小林一声大叫，“你还咬人啊你！”

我想顶开洞口的破箩筐出去看个究竟，但终于还是忍住了。

接着只听到嘈杂的扎挣的声音，还有粗重的呼吸声，像是小林在逮住小丁。然后小林说：“绑好了。”

他们将小丁绑起来想干什么，我突然想起小林之前似乎说过，会将小丁弄成残废再送到东州市区的公园里去乞讨。我猛地用力往上一顶：“住手！你们想干什么？”

祠堂里站着五六个人，都错愕地看着我。小丁的双手被绑在后面，脸朝下俯卧在地板上，他把屁股翘得老高，像是要挣扎着站起来，口里喃喃说：“阿门阿门……”但他没有力气爬起来。

然后我看到苗姑姑。苗姑姑穿着宽大的大衣，看到我，将右手的一把铁钳递给小林，将手背到背后，朝我笑了起来，露出了她的金牙。我本来应该十分愤怒，但看到她的笑，有点残忍的笑，以及笑容里那十分柔和的眼神，内心不禁涌动起一种软绵绵而说不清楚的情愫，低声叫了一声苗姑姑。

“我们没想要干什么，阿施。”苗姑姑接下了我的问话。“我们需要小丁两根手指，就小指和无名指，不会影响他以后的生活。我知道你一定会反对，但相信姑姑，我们确实急需两根手指。”苗姑姑将“急需”两个字说得很重，我望着小林手中那把黑色的小铁钳，又看着地上茫然的小丁和他背上的那双手，似乎感觉到小丁的两根十分刺眼的手指在一种不可抗拒的力量中即将离开他的身体。

两根断指意味着什么？我捏紧了手掌，感觉到双手都在发抖。

“舅叔，你看这小子。”小林指着地上的小丁，“别说截他两根手指，就是截掉他一只手，他也不会知道的。”

小林说这话的时候，似乎很正常，但是站在苗姑姑背后三四个人的脸色都变了，有人还不停向小林使眼色。这下倒是小林茫然了，他并不知道自己说错了什么。

苗姑姑伸出她的右手，在空中挥了一下：“你们也不必避讳什么，让小林说吧，截掉一只手就截掉一只手，也没什么。”苗姑姑缓缓将她的左手从背后伸出来，在她的前臂的位置，袖子赫然折陷下去，苗姑姑的左手手掌不翼而飞。

我在这一瞬间发现自己好像活在电影里，脑袋“嗡”地一声巨响，眼前有些黑：“手呢？手呢！”我一声咆哮，看着苗姑姑背后那三四个人，但他们都低着头。

“手掌还在涛哥的冰箱里。事情没办好，当时寄存在他那里，但过了规定时间我们还是把事情搞砸了。现在也不急着拿了，留着，让我日后死的时候能得个全尸。你刚从地窖里出来，你也看到了吧，到时我死了，记得让我的孩子也跟我一起走。”半步村的风俗中，去世时候肢体不全是非常忌讳的。

“那可以再植，可以接上的！”我眼中闪过一丝希望。

“傻孩子，过了时间啦，过了两天就接不上了。愿赌服输，也没什么可以抱怨的。在江湖混久了，身体就不是你自己的了……你现在还会反对我取两根手指吗？”苗姑姑晃动着她的左臂，苍白的嘴唇微笑着。站在我面前的似乎不是一个人，或者不是一个肉身，而仅仅是一股气。

苗姑姑见我没有回答，她转身说：“把小丁放了吧，我先要跟阿施好好谈谈。你们先出去，都出去。哦对，去把那女的叫过来。还有，车子不要跑远，一会儿事情处理完了，我还要回医院处理伤口。”

十三

“小林打电话给我，说你去万灵堂看了……是不是想帮你矮胖子叔叔找一块墓地？”

苗姑姑在我的床铺上坐下，我知道她会从矮胖子叔叔开始聊起。但我切断她的话，我更想知道的是她的手掌是怎么回事。我急于知道真相，我想知道苗姑姑究竟遇到什么巨大的困难。

“涛哥是小林的涛哥吗？他为什么要害你？”

“他只是一个中间调解人，我将手掌寄放在他那里，说好五个小时内将小孩接过来，但火车上还是出事了，结果一天没找到孩子，两天没找到孩子，我的手也就废了。”

我慢慢听清楚了。苗姑姑卷进了一起绑架案，对方要求绑架一个孩子，没办妥就要“收回地盘”。

“那为什么要受对方的制约呢？井水不犯河水不就好了？”

“你从西宠来，我就跟你说西宠。西宠有一个小村子，名字你可能不知道。但西宠有一个村子因为微博曝光就给端掉了。做我们这一行的，不被曝光上头就有人罩着你，一旦曝光了，人家就会剔骨疗伤，把你切掉，跟得了癌症切掉器官差不多，翻脸就不认人了。现在微博厉害，而对方控制着许多内部信息，他随时都可以派记者把我们端掉。微博太厉害了，以前罩着我们的大哥说了，这个他没办法，新事物，控制不来。”

“那就妥协？绑架的事，以前我们不是从不插手吗？”

“你有更好的办法吗？阿施，你也不想把你叔叔放到万灵堂对不对？但我知道，你现在身上没钱了对不对？你叔叔的骨灰罐子你都挑最便宜的对不对？一块墓地你都买不起对不对？这个社会就是这样，手里没钱就什么事都做不了，手里没资源你就心有余而力不足。你要生存就得妥协，就得遵守游戏规则！”

说着苗姑姑猛烈地咳嗽起来，我拍了拍她的后背，她摇摇头说：“没用的，阿施，我这手一切掉，很快就可以去找你那矮胖子叔叔了。但我必须把这档事办好，我知道一定有高人在背后捣乱，我们也一定有内鬼，不然怎么可能一个孩子都在我们手里弄丢了呢？”

“那现在要小丁的手指去做什么？”

“小孩的手指都差不多，家属一见到手指就会发慌，就会马上把钱拿过来。你知道，断指太久了就接不上了，家属也懂这个的。只要家属愿意配合，我们就能绕开警察拿到钱。”

这时小林在外面探头探脑，苗姑姑挥手让他进来。他却笑起来说：“那姑娘可以带进来了吗？”

苗姑姑点了点头，也笑起来。她似乎一下来了精神，脸上重新焕发了神采，她说：“阿施，姑姑我可好久没买卖花姑娘了，这次是为了你破例的。那姑娘不错，要不你西装穿上？”她看我床上放着西装，就伸手提起来要帮我穿。我慌忙拒绝了，坚决不穿。

这时一个矮个子姑娘低头弯腰走了进来，她似乎感到祠堂太大，自己全身都显得多余，双手时而抓着衣服的前摆，时而抓着后摆，走近时，我才听到她急促的呼吸和低低的抽泣声。

苗姑姑用右手一把将她拉过来，介绍说：“越南妞，边境的，会说中国话，我亲自验的货，是个处女。”

我一听就乐了，“噗哧”笑了起来：“姑姑，你验货？你不懂行情，现在的处女膜都可以人造的。”

那姑娘一听神色更为慌张，双手在胸前摆动起来，用奇怪的腔调说：“不是的，不是的，不是人造的！只要你们不打我骂我，你们要怎么样都成。真的不是人造的……”她突然蹲下大哭，泣不成声。

她的哭声把我的笑容僵住了，我心里突然被什么撞痛了：“苗姑姑，你带出去吧，我真的不需要女人。”

苗姑姑正想说什么，但我把手搭到她的肩膀上，晃了一下，用恳切的语气对她说：“我是说真的。”

苗姑姑又露出一个苍白的笑容，点了点头：“好吧，等你真的累了，你才会想结婚的。如果还有盼头，哪个男人愿意挑枷锁？”说话的时候苗姑姑看了一眼案台上的矮胖子叔叔，将那越南女孩带出去，我看着她的背影，想起矮胖子叔叔蹲在门槛上看苗姑姑刷牙的样子，心头一酸，却一句话也说不出来。我知道苗姑姑所说的盼头，是指陈小路，但那又何尝不是一条令人厌倦和绝望的路呢？

十四

第二天晚上，小丁的手指还是被铁钳切下来了。

我在祠堂外面痛苦地抽着烟，整个祠堂都充塞着小丁的惨叫声，在惨叫声中间，小丁空洞地叫着“爸爸、哈里路亚、阿门”三个词语，把我的心都叫碎了。听得出是小林动的手，这家伙笨手笨脚，只懂得叫小丁“别动”和“住嘴”，半天指头还切不下来。旁边的人说他太没用弄得满脸是血，他还喘气说“骨头太硬铁钳咬不住”。我蹲在墙角吸第八根烟的时候，他往外走出来，寻找洗脸的地方。他看到我的烟头一明一灭，居然还跟我打招呼，叫我舅叔。我再也按压不住心头的怒火，一拳就将他撂倒，揍了一顿。小林没有还手，只哀求着连声说对不起。

我回到祠堂，苗姑姑正让人用冰盒装了断指，并反复吩咐对外不能透露任何消息。小林洗脸回来，苗姑姑瞪了我一眼，对小林说：“你舅叔打你了？”

小林摇摇头：“没有，我自己撞柱子了。”

苗姑姑伸手拍拍他的后脑勺：“性格多好的小伙子，哦，对了小林，这两天如果跟涛哥通电话，口风要严一点，关于今晚的事，千万不能说漏嘴！”

小丁昏死了过去，倒在地上，地板上全是血。苗姑姑说：“打过麻药，也给他包扎了，睡一觉就没事。”

“伤好了，我想带他走。”

苗姑姑看着我的眼睛，判断我是认真的之后，她点了点头：“你想清楚了，他是个次品，终究会连累你。”

他们走了之后，我将小丁抱到床上去。他软绵绵的像全身没有了骨头，在我的臂弯中就如同夹在筷子中间的粉丝，一个劲儿往地板上溜。

不久，我感觉不太妙。小丁发高烧了，并且手指伤口的纱布开始往外渗血。看来必须去医院，我借来一辆破摩托，将小丁放在后座，又用布条将他绑在我背上，嗵嗵哒哒开往碧河医院。夜风阵阵，但我背后像背着一个火炉。我内心一片空白，不知道自己在做什么。曾经在一本书上看过这么一句话：“愿意的人，命运牵着走；不愿意的人，命运拖着走。”我此刻仿佛就是一个被命运拖着走的人，不知前路在何方。

浑浑噩噩来到医院，送往急诊室。医生说要马上手术，我说好。他说要签字，我说好。他说你是那孩子的父亲吧，我愣住了，只能点头说是。然后他说，那好，赶紧先去交钱，交了钱就开始做手术。

“交什么钱？”

“两万吧，如果没带那么多，一万也行。”

我目瞪口呆，是啊，竟然没想到要带钱。我摸出信用卡，决定去试试，但收钱的护士用一种很奇怪的眼光看着我，告诉我这张卡已经过期，要去银行换卡了：“先生你这张卡是不是很久没用了？”

我靠着墙壁，望着天花板，然后不自觉地摸出手机，打开通讯录，映入眼帘的号码正是陈小路的，按字母排列，陈小路，第一个。我倔强地往下查看，一个个名字像幻灯片一样切换着，查了一遍之后，屏幕重新停在陈小路那一页。我咬咬牙，拨通陈小路的电话。

“稀客啊稀客，第一次主动打电话给我，还是在深夜。大帅哥难道不怕我误会你有什么企图？”

“我……我想跟你借点钱……”

“你开玩笑还是真的？真的吗？……多少？怎么给你？转账？”

“你不问我用来做什么的？”

陈小路笑了：“像你这种死要面子的人我见得多了，即使问了，你会说吗？”

“小丁住院，要做手术，需要……一万还是两万……你有吗？”

“你在哪？”电话那边的语气急促起来。“碧河医院？你在几楼？你等会儿，我马上到！”

挂了电话，我将额头顶住墙壁，再也克制不住自己的眼泪，呜呜大哭起来。大厅里人来人往，每个人都看我一眼，但似乎对医院里的哭声又司空见惯。我正在众目睽睽之下嚎啕大哭，我在心里对自己说。

这时，身后有人在拍我的肩膀。我没有抬起头来，我估计是有陌生人想过来安慰我。陈小路没那么快到，而周围只有陌生人，所以我决定置之不理。

但后面的人继续拍我肩膀：“施先生？你是施先生吗？”

我回过头去，后面站着一个胖医生，戴着黑框眼镜，有点眼熟，却一时想不起来。

“我姓吕，我之前见过您，老王刚给我来电话……”

“吕院长！”我终于想起来。

吕院长笑起来：“哎哟施先生，真是抱歉，上次忘记留下您的联系电话，下次来医院一定要找我，这是我名片，多多指教！”吕院长让我直接签了字，他说已经交代医生马上手术，让我不必担心。

“你的孩子伤势有点重，又有延误，我们会尽一切努力让他康复，您放心！”

吕院长说这附近工厂多，机器切断手指是常有的事，断指见得多，小手术而已；又寒暄了几句，就匆匆而去。看到小丁已经进了手术室，我坐在走廊的椅子上，长长舒了一口气，仰起头来，不久便沉沉睡去。

十五

我醒来时，陈小路坐在我对面，双手支着下巴，歪着头对着我傻笑。

“没想到你这么会睡觉，这么脏的地方你也能打呼噜……放心啦，别东张西望了，老王在病房里看着小丁，我够义气吧？负责在这里守着你，我都看了你一个小时了……从来没看你看这么久，感觉很神奇！”

我揉了揉眼睛，站了起来。

“对了，刚才有人跟我通风报信，说你在大厅里哭了。我理解做父亲的心情，看到自己的孩子伤成这样，哪个不心疼呢？但不要紧，会好起来的。”

我无法解释刚才为了什么而哭，只能对她一笑：“谢谢。”

“哎呀，跟我还客气起来了？”她挽住我的手臂，我正想躲开，她说：“别那么小气嘛！就这样，走啦！”

我们走进病房，老王正在窗口抽烟，他看到我们，十分职业地微笑起来，向我点头问好：“您好施先生，令郎出了这种事，您其实可以直接给我打个电话，没必要惊动我们小姐的，我就能处理好。”

“老王！”陈小路娇嗔薄怒：“你这话啥意思？出了事当然要先找我，还找你？”

“我不是这意思……”

我赶紧解围：“不好意思，老王，我把您名片落在家里……祠堂里了。”我感觉把那祠堂叫家似乎有点不妥，赶紧改口。

老王笑了，似乎猜到我将他的名片早不知丢到哪里去了：“明白明白，只是您的孩子怎么伤成这样，他的两根手指呢？如果能找到手指，兴许还能接得上。”

手指是找不到的了。我支支吾吾回答着，找了许多理由，总算把老王的问题搪塞过去。

“究竟是被什么伤到的？”

“锄头。”我本来想说镰刀，但觉得现在不是割稻谷的季节，用镰刀有点不合时宜：“被锄头伤到的，这不是要锄草吗，就不小心……”

陈小路笑起来：“你也要去锄草？我以为你不会劳动的。”我也就附和着笑起来。

陈小路为我付清了所有的费用。我问她多少钱，她不肯说，只说下次请她喝咖啡就好，还说她帮我更改了面试时间，交代我小丁出院的时候就通知她，她会开摩托过来带我们回家。然后，她才在老王的一再要求下离开了医院。那个时候，天色已经蒙蒙亮，东边出现鱼肚白，一个充满希望的早晨已经开始。陈小路打了一个哈欠，同我挥手作别。

小丁还在沉睡之中，我只能继续在病房里打个盹，眼睛一闭一睁，已经早上九点钟。这时电话响起，小林来电。小林说：“舅叔，赶紧回来，苗姑姑快不行了！”

十六

我交代护士帮忙看着小丁，那个小个子护士竟然很乐意。小护士说，“你们家是信教的吧，这孩子整天喊着‘哈里路亚’，怪可怜的。”一些事情是她不可能知道的，我只能无可奈何地点了点头，出了医院，骑上破摩托，赶回半步村。

小林在祠堂门口等我，一见到我就对我说：“她什么话都不说，躺在这里，说等你回来。”小林怕我不懂，又补充说：“苗姑姑随身都带着药的，她说她不打算再入狱，如果遇到不测，她就服药。估计她早上已经服了药了。她没说话，也就没人敢问。”

苗姑姑躺在祠堂里我的床铺上，奄奄一息。祠堂里站了许多人，看到我回来，他们脸上都带着一种等待已久的神色。我走近床铺，苗姑姑仰起头露出她的金牙，用口在呼吸：“阿施，阿施你终于回来了，好啊，回来了。那一年，你妈妈生下你，就快死了，痛得一直在哼哼叫喊，她对我说，苗嫂子，求求你行行好，帮我买一个冰棍吧，我很想吃。结果，我买来冰棍，她只吃了一口，就死了。还有你可怜的矮胖子叔叔，他在等你啊，他一直喊着想见你，可惜没见上，这回我可以帮他见见你……”苗姑姑露出一个诡异的笑，仿佛从地狱里冒出来的笑，让我毛骨悚然。

我以为说完这个，苗姑姑就要死了。我紧张得紧紧握住她的右手。

“取家伙，把小林的腿打断！”苗姑姑突然拉了一下我的手，借势坐起来。

大家都茫然不知所措。小林却很无辜地笑笑说：“苗姑姑，您开始晕乎了，我是小林啊，打断我的腿干什么？”

“哼哼，哼哈哈，我们，我们失败了，两根手指被涛哥取走了，以后，你们都改行吧，去种地，去卖菜……涛哥为什么能知道，你们说说，这里是谁通风报信的？我就一直怀疑有内鬼，我还没死，我清醒着呢！”

所有的眼光都集中到小林身上。小林吓得脸色发青，慌忙辩解：“没有，我没有，我从昨天到现在，都没有联系涛哥，我啥都没说，你们相信我！”

祠堂里的人开始嚷嚷起来，群情激昂：“这里所有人就你跟涛哥关系最紧密，还有其他人吗？”

小林突然看向我，眼神里有十分复杂的成分。我摇摇头，我想告诉他，不是我告密，我也不认识涛哥。但他还是看着我，恶狠狠地瞪着我。

这时，苗姑姑嘴角流出一丝鲜血，昏倒过去。我探探鼻息，还有呼吸。

小林喊了一声：“苗姑姑！”我从他的声音里听出他对苗姑姑的关心是何等真切。我对大家说，小林很关心苗姑姑，兴许是其他人告的密，证据不足，不应该惩罚小林的。

这时小林看看苗姑姑，又看看我，突然咬牙说：“就是我告的密，怎么样？按规矩来吧。”

旁边已经有人准备好了扁担，一扁担就往小林双腿扫去。小林惨叫一声，瘫倒在地。扁担再次举起来的时候，被我拦住了，我提高了声调：“刚把小丁的手指剪了，现在就来打折小林的腿骨，这村子都怎么了，苗姑姑现在都这样了，大家能不能省点力气啊？扁担放下，都给我出去！”我这一吼，果然起了效果，他们都看着我，嘟囔着挪动脚步，退下了。

人们散去后，小林才慢慢爬起来。我叫他别动，他笑着说：“没事舅叔，我装得很痛，其实应该还没断，他扁担过来，我就跳起来卧倒了。但我还是没有出卖你，告你的密……我这一下算是替你挨的，小丁的事，咱算是平了。”他瘸着腿站起来，腿骨没断，但伤得也不轻。

“你说清楚点！”我一听就来火了。“什么叫替我挨的？你是说告密的人是我？”

小林胸有成竹，他走近我的床铺，在席子底下抽出一张名片：“你有我们涛哥的名片，你还说你不认识涛哥，我没冤枉你吧？我可以替你挨打，但舅叔不能虚伪！”

我看那张名片，正是当日老王给我的。我突然脑海中闪过陈小路的一句话：“江湖谁人不识王定涛。”

“王定涛？”我喃喃地说，“我只知道他叫老王。”

“涛哥，就是王定涛，还有第二个涛哥吗？”

这时候电话响了，是陈小路打来的，她在电话里兴奋地告诉我，老王找到了小丁的断指，现在医院正在帮他做断指再植手术。陈小路说，“你放心，老王今天一早就赶往医院，他会把一切都办得妥妥的。”

灯盏照寒夜

她走进来，一把揪住我的耳朵："你需要自己对自己说话。"

我的耳朵被揪痛了，我感觉自己应该站起来了，所以我站起来。我看着她，说："你揪我耳朵?"我感觉这样说的语气似乎不够强烈，于是又重新说了一句："你刚才揪我的耳朵?"

但她的手还揪着我的耳朵不放，也没有退缩的意思。她瞪着我看，我也就瞪着她看。结果她手上一用力，我就被她提了起来，脚尖都离了地。

她终于开口："是的，你不应该回来。"

我伸脚朝地上蹬了蹬，但就是靠不到地。看来她真把我提起来了。耳朵要被揪坏了，那可就听不了音乐，于是我用我的手，抓住她揪着我耳朵的那只手，以此来减轻耳朵的受力，防止受伤。她的手像一个丫枝，我像一只猴子吊在上面。

她大吼一声："废物!"把我甩向墙角，我的头不知撞到什么东西，咯噔一声响，眨了两下眼睛，才看清楚我所在的位置。又想我应该爬起来，地上有点冷。于是我就爬起来，站着。

"你不应该回来，你回来了就必须写作。"她对我说。"在这个地方，你不写，你不自己对自己说话，就只能被揪耳朵。你说，你存在，就是为了给人家揪耳朵吗?"

我连忙回答："不是的。"

"那就好，那就回你的桌子上去，去写你的东西!"我看到她的食指和拇指又扬了起来，做了一个揪耳朵的动作，心里一惊，赶紧坐到桌子前面去，把电脑的子流线插到我的屁股上。

电脑的子流线插上屁股的感觉很不舒服，但为了不被揪耳朵，我只能这样做了。

她看我已经端正地坐到桌子前，满意地环顾四周，房间里并没有别的什么东西，于是她就走了，门被重新关上，屋子里黑了一些。

我坐在椅子上，微弱的电流通过我的电脑，把我想到的每一个情节都带走，并自动形成文字。我在想，我真不应该回来。我看着桌上的电脑屏幕上，已经把我刚才想到的这一句话也打了进去，“我真不应该回来。”桌子上放着一块牌子，上面写着：著名小说家傻正。牌子上还有颁发单位和日期。最下面是电话，还有一句话：本公司竭诚为你提供最新潮的感觉服务。

我把屁股上的子流线拔下来，一阵舒服。电脑因为创作中断，发出了嘟嘟的叫声。我没管它。我走到窗前，推开窗户，这个城市，好凄凉的夜。外面一片黑暗，什么都看不到，但我感觉到有飞鸟，在空中飞舞。但只是飞舞，这些生灵已经不知道鸣叫了。

读者对我的评价很高。第二天有读者到公司来找我，要求见我一面，老板同意了，他没有理由不同意。他带她上了楼，来到我那间黑暗的房间。

这是一个腼腆的小姑娘。她走进我的房间，一进房间她的眼睛就没有离开我。

“你就是傻正？”她弱弱地问道。

老板跟在她的身后，一见我没有回答，挥起巴掌：“顾客问你话呢！”我头上挨了一下。老板又对小姑娘鞠了一个躬：“他已经很多个月没见生人，有点……呵呵……你知道的。”

“你别打他！”

“不打……不打！”

“我能单独和他聊聊吗？”

“当然当然……”

“耽误他创作时间的费用，我会承担。”

“当然当然……”

老板就出去了。

这个腼腆的读者，又看着我，说：“你懂得说话吗？说汉语？”

我说：“能，我用汉语写作。”

她似乎很高兴。她说：“难得你还用汉语写作，很多作家早就抛弃语言了，他们只会用电脑，直接用电脑和读者说话，直接传递感觉，甚至直接复制回忆卖给读者。”

“他们赚的钱比较多。”

“但他们比较贱。”她笑了。

我也皱着眉头一笑：“我不见得有多高贵……你也看到了，他们打我，但我怕痛。”

“不，他们用这里写作，你用这里写作。”小姑娘瞪大了眼睛，先用手指了指头脑，表示他们的写作，又用手指了指心窝，表示我的写作。

我对她这个动作表示感激，正想说什么，但被她打断了：“一分三十秒，你们公司的创作时间很贵，我没有多少钱，买不起那么多，但我会常来看你的。”

话一说完，她一溜烟地跑下楼去，不见了踪影。

我站在房间的中央，感觉空荡荡，怅然若失。

“我真不应该回来。”我喃喃地说。

管事的女人又进来了，再一次伸出了食指和拇指：“你需要自己对自己说话。”我下意识就跑回桌子上，把子流线插到屁股里，开始工作。在我的故事里，此时正是寒冷的冬季，落魄的秀才在桥头卖对联。

管事的女人这一次没有过来揪我的耳朵，她对此做出解释：“我其实也不想揪你耳朵。”她接着又说：“谁会老想着揪别人耳朵，揪了你的耳朵，我又没有赚一只耳朵，所以你要听话，多写一些，多为公司制造一些产品，自然就会有读者来看你——你不知道，刚才那位小姐付了双倍的价钱，说起来你会羡慕的，她可是一位妓女！”

“她是妓女？”

“羡慕吧？这样的职业你一辈子想都别想，别说你是个男的，就算女的，像我，要登记当妓女，那要考试，要等多少年啊！”她一脸神往之情，关了门出去了。

我低下头，我想到妓女，我的屏幕上就跟着出现“妓女”两个字。这真是低劣的写作，没有什么速度，还要经过一段文字转化，用老板的话说：“你这人……没意思！”

是没意思，我的故事也在没意思中展开。故事的基本架构是：明永乐年间（1403 年），一个在湘子桥头卖字的书生，因涉嫌谋杀桥楼里的一个妓女，被杀头了。

湘子桥，位于潮州古城东门楼外，曾被著名桥梁专家茅以升誉为“世界上最早的启闭式桥梁”。它建于宋，初为浮桥，由八十六艘巨船连结而成，开始名为“康济”。后历代太守不断修建，筑建桥墩，改名“丁公桥”“济川桥”。至明代，遂筑成“十八梭船廿四洲”，更名为“广济桥”。假如你是永乐年间的潮州人，你对这个书生不会太过陌生。每天傍晚，你都可以看到他搬了一张只有三条腿的破桌子，来到湘子桥头卖字。桌子的一条腿坏了，于是他来到这里的第一件事，是去拣了几块砖头，垒起来当桌腿，将桌子固定住。接着他就从麻袋中取出笔墨纸砚，中规中矩地在桌子上摆好。又在麻袋中摸啊摸，取出以前写过的对联，一幅幅挂在桥栏上，作为生意的宣传。这些字写得不是太精彩，但也不难看，只有不认字的老太太啧啧称赞。这一点，和我的小说又有一点相似，可以用四个字概括：不尴不尬，乏善可陈。

湘子桥最热闹的时段，是在每天的早晨和夜晚——早有早市，晚有晚市。到了夜里，桥上楼台上的妓女就开始出来活动，出门在外的商人也就往这里挤，总少不了打情骂俏，酗酒闹事，争风吃醋。有了出远门的人，就有家信可以写；出远门的人闹出了事端，就有文书可以写；事端闹大了，又有人来请他写讼辞；闹得出了人命，就需要写悼词；打赢的起了脾性，把妓女赎回家，又有贺词可以写……

但这个冬天静得像鬼一样，整整一个月，书生只为人写过一封休书，生意惨淡，眼看便要家中无粮，袋中无钱，书生眉头紧皱，只看着一江流水，从桥下流过，一筹莫展。

这种境况，和我又有几分相似。

甚至我觉得，对于一个我现在这样一个职业——公司的小说家来说，我比一千年前湘子桥头卖字的书呆子要糟糕百倍。

这一日夜晚降临，湘子桥头寒风怒号。桥楼之上灯火很亮，桥上却人烟稀少。书生在桥头搭了一个小帐篷，在里面哆嗦着用火折点灯。这已经是他第四次点灯，风太大，灯火总是命若游丝，站也站不稳。

油灯终于又被点起来了，但就在此时，帐篷的门被撩起，一阵寒风扑入，灯又灭了。只隐约看见一条人影闪身而入，一个娇滴滴的声音说道："张公子，奴家冒昧，把你的灯火给吹灭了！"书生先闻到油灯熄灭的呛鼻味儿，再闻到一股很浓的胭脂香气，不由得打了一个寒战。摸索着把灯点上，这才看清楚来人是甲号桥楼的妓女，姓柳，经常来找他写家信，便一揖道："柳姑娘！"

"这寒冬腊月也没有什么生意，公子为何还搭着帐篷，在此逗留？"说完，柳姑娘在怀中一掏，掏出一包瓜子，递给书生："给！"灯光之下她笑容灿烂。

书生讷讷地接过，脸上一红，答道："实不相瞒，家中西墙已经倒塌，小生怕哪一日睡梦之中会被压死在里面，还不如带着帐篷来桥头露宿，明日也无须为早起担忧。"他话刚说完，灯又被风吹灭了

柳妓女边吃瓜子，边摸出火刀火折，帮书生点了灯。帐篷中一亮，书生又一次看到她那张俏丽的脸。但他此时还真不知要说些什么。他和我一样，讷于言辞。

我又心情浮躁地拔下子流线，走到窗前。这是白天，外面很亮，但我已经习惯了房间里的黑暗，对着刺眼的亮光，我什么都看不到。其实即使我习惯了亮光，外面一片浓雾迷茫，也必定是什么都看不

见。数月前我就是沿着这个窗口爬下楼去逃走的，我明白外面的情形。或者说，没有外面，房间之外还是房间，这个世界是由一层又一层的房间构成的，谁都弄不清楚，这最外面的房间是哪一间。

外面是白茫茫的一片，没有谁需要看清谁的脸，没有人阅读文字，没有人需要灯光，人们靠电脑和电波交流，脑与脑自由连通，所以这里的黑夜很黑，白天很白。

每个夜晚，站在窗前，我多么希望能看到一处灯光——我发誓，只要能看见一处灯光，看到一盏灯，我会奋不顾身地向着灯光奔去，而不像几个月前一样，在黑与白之间挣扎，最后饥饿又把我带了回来，回到这个房间里来。

不知从什么时候起，我已经丧失了谈话的欲望了。但我一直在等待。等待什么？我自己也不知道，但应该不会是等待一个人。

那个腼腆的小姑娘又来找过我几次，但我真不知道跟她谈些什么，她也找不到合适的话题来和我聊天。有时候，她只是上楼来，在椅子上静静地坐着，坐了一会，就慌慌张张地走了。

从别人的口里我隐约知道，她没什么钱了，老板对她的态度也渐渐恶劣。

这一次她又来了，我注意到，爬上楼她有点喘，鼻孔撑得很大，胸脯起伏着。她呼噜呼噜喘完了，竟然笑了起来，把手撑在膝盖上，眼睛笑得通红，嘴角一拉一拉，笑得有点断断续续。

接着她长舒了一口气，仰面坐在我的椅子上。

我总感觉她这几个动作，和平时有点不一样——这不是一个腼腆的女孩所具备的动作。

她仰着脸，在椅子上斜躺着，开始瞪着天花板，后来，又用一个手掌，把眼睛都盖住了。我想，她可能是刚才笑得过了头，把眼睛都笑痛了。她的眼睛那么红，藏在她的手掌下面。

“你不问我为什么笑吗？”

“你为什么笑？”

“我刚才去了一趟医院，出来的时候，看到路边居然有一朵大红花，开得好漂亮……不！不是漂亮，是好美！真的好美！”

我松了一口气：“原来是看到花，我没有当作家之前，是种花的，见得多了。”

她把盖住眼睛的手拿开，我看到她的眼睛照样很红，像两盏灯照着天花板。她说：“那你猜猜，我没有当妓女之前，是干什么的？”

“不会也是种花的吧？”

“不是种花，是养花。也不单是养花，我还是个作家，跟你一样，作家——现在都不叫作家了，叫感觉服务。后来……后来有了更高的追求，就当了妓女。”

“那你得到你想要的吗？”我问。

她突然坐起来，看着我说：“那你呢？你得到你想要的吗？”

我答不出来，我不知道我自己想要什么。只得说：“你……你今天超时间了，你应该回去了。”

“不重要了。”她的视线落在没有景色的窗口。她说：“那朵大红花好美。”

她依然在椅子上坐着，坐了很久，也再没说什么话。又坐了一会，就出去了，脸色有些颓然。

我总觉得有些反常，心里动了一下。但还是把子流线插到屁股上，继续工作——再不把任务完成，我就可能没饭吃了。桌子底下的抽屉里，我还藏了一个红薯，那是最后的救命粮食。

“那朵大红花好美。”

天气干燥，很多天没下雨。我咳嗽了，咳了两天，而且拼命地咳——这些天，我倒是对医院外面的那朵大红花感兴趣，花的样子最近老是浮现在我的脑海里，让我心神不宁，所以我想去看看。

老板说，去看病吧。

我点了点头。我本来想申请到自费的医院看病，但老板不肯。“一点小病，到免费的医院看得了。”我知道，在自费医院一次能看好的病，到了免费医院得看五次，如果遇到兽医，次数会更多。

但总算能够出来了。我在灰蒙蒙的空气里，绕着医院走了三圈，没有看到那朵大红花。

我彻底地失望了——那个小丫头骗了我。我是这样想的。

果然，那丫头真的再没来了。

明朝永乐年间，每一片土地上都在生产故事。在湘子桥头，一个糜烂的地方，这是寒夜，桥楼上人已经不多，但冷风肆虐，呼呼地吹着。在小帐篷里，姓柳的妓女是一个健谈的女孩，而书生却一直哈欠连天，睡意沉沉。后来妓女意犹未尽，说："公子稍待，奴家去去就来！"

书生在帐篷中抱着膝盖坐着，他很想一头倒下去睡，但心里又不踏实——妓女是他的老主顾，要是得罪了，那可不好办。帐篷上薄薄的布帘被掀起，柳姑娘走了进来，在浓浓的胭脂味中，竟闻到一股酒香，书生精神一振，睡意全无，定睛一看，果然，柳姑娘怀中抱着一个酒壶，右手还提着一个纸包。书生口水都流了下来，手在衣襟上擦了又擦："姑娘破费了，姑娘破费了，破费了！"

柳姑娘把纸包一打开，更是香满帐篷——这不是一只烤鸡么？"稻花香里说丰年，听取烤鸡一只，哈哈……"酒还没喝，书生已经兴奋得开始摇头晃脑，胡言乱语。

柳妓女看到一只烤鸡一壶酒就把书生高兴成这样，心头不禁一酸。

她又从怀中掏出两个酒杯。掏酒杯的时候，她故意把衣服往下一拉，露出胸口一片白皙的肌肤，但她发现书生眼睛只盯着烤鸡，竟对这个动作视而不见。

她斟了酒，举杯："公子，请！"

"请，请！"书生一举杯，一饮而尽，一股热流窜入体内，让他不自觉呵了一口气，皱了皱眉，耳边依旧风声大作，但听来已经是舒服无比了。

书生的酒越喝越多，话也越来越多，妓女的样子已经越来越恍惚。大风在吹，而他已经人事不知。

写到这里，我不知道这个妓女想干些什么，就如我不知道那个来看我的小丫头想干什么一样。我走到窗口，眼前依旧白茫茫的一片，我从白茫茫中看出去，仿佛看到一朵又大又红的花朵，正在恣意地开放。

她很久没来了。我不得不承认，我有些想她。她就如命运之神，忽喜忽悲，忽紧忽慢，忽腼腆忽……忽什么呢，一时也找不到恰当的词，总之让人琢磨不透。

年华似水，日子正在流走，只记得她最后说："那朵花好美。"

也不知她在什么地方，现在过得怎么样了。

也许是我太粗心没找到那朵花，也许是我们说的不是同一个医院。

书生在一片白茫茫的雾气中醒来，喝了太多酒，头痛得厉害，他睁开了眼睛，似乎对这个世界都不以为然。

这一天是阴天，书生花了很大力气，才发现这已经不是自己温暖的帐篷，而是监狱。

"你知道昨晚发生了什么事吗？"监狱里有一个问话的。

"不知道。"书生显得很诚实。

这是永乐年间，这一年的天气出奇地冷，很多人都在猜测，大雪就要从天空中砸落下来，但这个猜测最终还是猜测，没有雪，只有大风在天与地之间毫不费劲地运行。

"不知道？那你昨晚都干了些什么？"

"我不知道。我喝酒了，醉了。"

"喝谁的酒？"

"甲号桥楼上的柳姑娘……"

"她人呢？"

"不知道。"

"不知道？那好，我告诉你，她死了。"

书生心里咯噔了一声："死了？"书生抬起头，看着坐在上面问话的那个人："老爷，她真的死了？"书生看过去，老爷其实也和他一样地疲倦，眼里布满血丝，不难猜测，老爷也喝酒了。于是书生问：“老爷，你昨晚也喝酒了？”

“大胆奴才！竟敢用这样的口气和老爷说话！”师爷在一旁咆哮。

书生竭尽全力争辩，但老爷还是决定要把他拉出去，剁掉他的头。对此书生据理力争，说为什么老爷喝了酒还可以继续当老爷，我一个书生喝了几口酒就要被拉去剁掉头颅。

老爷道：“小孩子，我想砍你的头，随时都可以砍，不需要理由的。来人啊，拿酒来！”

书生睁着眼睛看一坛酒被抬了进来，心里充满疑问，但很明显他并没有猜到这个故事的结局——老爷把眼一抬，大喊一声：“给我灌！”

四个彪形大汉冲了过来，给书生灌酒。书生开始反抗，又哭又闹，但后来就没有了力气，变得很乖，再后来，他又笑又闹，瘫在地上，伸出手要酒喝。

再一次醒来时，书生觉得身体不是长在自己身上，他眯着眼看了看自己的拇指，果然，拇指是红的——他已经在供词上按了手印，认了罪了。

他摸了摸脑袋，还在。但很快就会不在了，书生想。

这些日子我再没有想到灯——我一直想着花。我这才发现自己已经很久没见过花了，也没有见过鸟，连蟋蟀也没有了。我写书生要被拉去剁头，并没有交代背景，比如，那妓女是怎么死掉的呀？是书生醉酒杀了她吗？是她自己逃跑的吗？是有人先奸后杀再诬陷书生的吗？……但我想这些都不用去讲它，我的读者会明白这一切，这个世界本来就模糊之极，谁都看不清楚，他们也不会要求我一定非得把每一个细节都交代清楚，他们只要知道书生最后的头被剁下来，在地上滚了几圈，就能高兴地拍手欢呼了。

头总是要被剁掉的，鲜血总要喷出来的——鲜血喷出来时像什么呢……像，像一朵盛开的鲜花。

用了这个比喻句以后，我心中又咯噔了一声：那个小女孩，到底看到了一朵什么样的鲜花，大红的花？

这一个推论让人心惊胆战，“那朵大红花好美。”我想起那个女人坐在我的椅子上说的最后一句话。那种眼神，仿佛她透过天花板，看到了书生的头被剁下来在泥地里滚动，鲜血同时在空中盛开一样。

但那毕竟是一千年前的事。头被剁掉时，很多人都围着看热闹；但头被剁掉以后，书生就再不被人提起。人们要买对联就会走远一点，要写什么文书，就会到西马路找黑瘸子。有人认为黑瘸子的书信写得要比书生好些。

在一个没有人点灯，也没有人种花的世界，我把子流线再一次插上屁股，故事静静从屁股流淌出来，书生、柳妓女、老板、读者小姑娘都适时地出现。

那个来看我的小妓女，果然病死在医院里，有人为我送来她的一方白色手帕，上面有她咯血画成的一朵大红花，此时，我对此并不以为然。老板还警告我注意病人的手帕可能有细菌，可别传染给公司里的人，于是那天夜里，我当着老板的面，把手帕给烧了。

手帕燃烧发出啵吱啵吱的声音，像一只蟋蟀在叫，让我想起童年书桌上那盏煤油灯。手帕的亮光照出了窗外，第二天新闻说，有两个人看到亮光，跳窗遁逃，脱离管制，至今下落不明。兴许，他们会逃到森林里，在寒夜，围着篝火饮酒高歌，乏了，就讲一讲明朝永乐年间的陈年旧事。

擒拿手

一

“你见过并蒂莲吗?”

我被这个陌生的词汇镇住了，呆呆看着小界。月光下，小界裂开嘴笑，并张开了自己的嘴巴，仰着头，扬起右手食指，点着自己的牙齿，用模糊不清的喉音说：“看，看那两个牙，并蒂莲!”在朦胧的月光下，我终于看清了，她在一个牙齿背后多长了一个小牙，紧紧挨在一起。原来这就是并蒂莲！我有点恍然大悟。但这时我发现，为了看清并蒂莲，我几乎将整个身体向小界倾压下去，紧忙将身体抽了回来。

这是1998年的夏夜，凉风从碧河上吹来，让我有点心烦意乱。这时桥头的那一边，响起了嘹亮的口哨声，我的同班同学关多宝率领着他的虾兵蟹将，都骑着单车，正向我这边扑来。我心中一阵发凉，这次要被他们逮个正着，关多宝一定会将我和小界在桥头独处的事情宣扬出去，让整个学校的人都知道——徐可然早恋了!

我对小界说，“咱们走吧!”

小界说，“走什么走，不用怕他们!”

关多宝果然在我们面前停下来。关多宝用一只脚撑在地上，人还坐在单车上；他的虾兵蟹将个头还小，有的脚还够不到地，所以只能跳下车来。

关多宝大叫一声："徐可然，过来！"

我被他这个阵势吓到，双脚不由自主往前迈过去。但小界一把拉住我："凭什么你说过去，他就得过去？有话就说，有屁快放，我们还有事要谈——"

我低声对小界说，"他们是来惹事的，别管他们。"关多宝在学校里四处宣称，他和碧河地区最大的帮派梅花帮关系密切，为了证明这一点，他还曾向初二年级的一位班主任发起挑衅，学校里顿时流言四起，那老师可能也有耳闻，竟然不敢接他的茬，处处避之，这让他在校内的地位更如日中天。

"书呆子，过来！"关多宝没接小界的话，他断定自己有足够的权力可以让我乖乖走过去，听他这个山大王调遣。

我感到胃里有点发紧，这次小界没拉住我，我呆呆走到他面前，看到他腰上别着一只黑色的 Call 机，十分显眼。我低声问："什么事？"

"把你的手指伸出来！"

"哪一个手指？"

"呆子！"他一巴掌打在我脑门上："中指！"

"哪只手？"我把两个手的中指都朝他伸过去。

"你奶奶个臀！反过来！"

我只能掌心朝下，伸向他。他猛地伸手握住我的左手中指，用力往下扳。一种剧烈的疼痛从指尖传到发梢，我大叫一声，双膝一软，险些就跪下了。

关多宝得意洋洋，他转头对后面的小喽罗说："看到没有，这是正宗的少林擒拿手！出来勾引良家妇女的恶徒被制服以后，一般都跑不掉，你要他干什么，他就得干什么！"

"叫他说自己是猪！"

"让他叫三声爷爷！"

小喽罗的建议其实非常缺乏创造力，但关多宝觉得这些建议都不错，于是对我说：“叫！叫三声爷爷！”他的手又用力往下压一压，我感觉自己的手指都脱臼了。他又说：“你叫不叫？”

夏夜，碧河上的风是那么清爽，但这时，豆粒一样大小的汗珠爬上了我的额头，簌簌往下掉。我感觉关多宝真的会把我的手拧断，他看我的眼神是那么凶恶。

就在这时，小界一声娇叱，我循声望去，只见她跑过来，扬起一脚，踹在关多宝的单车上。按关多宝的身高，一脚撑地，本来就有点困难，还伸出一只手来施展擒拿术，重心不稳，被小界猝不及防这一脚踹下去，连车带人一起滚落在地。小喽罗们惊慌失措，赶紧去扶。

关多宝摆摆手，表示他可以自己爬起来。没想到他刚爬起来，小界这第二脚就上去了，正中关多宝胯下。关多宝双手捂住关键部位，痛得在地上直打滚。

我在一旁，边捋手指边拉着小界：“我们赶紧跑吧！”

“不用跑，跑什么跑！”

我以为关多宝这时会大骂小界，谁知道他却指着我：“徐可然！你等着！”

小界两手叉腰：“怎么？还想打？就你懂少林擒拿手不成？你也等着，一个月后，就在这碧河桥头，我一定让徐可然把你打趴下！”

二

梁子就这样结下了。我有点后悔那晚为什么要和小界出去，她说出去聊聊，我为什么要答应她？我跟小界说，关多宝据说是半步村拳师童师傅的得意门徒，武功了得，我如何打得过他？别说是一个月，一年……十年都不行！但小界深不以为然，她举例说明两脚如何将之踹翻。我说这些都是运气，或者是好男不跟女斗。但小界说：“若说打架，我们力气都差不多，主要是气！”

我对“气”这么一个神奇的词汇又感到陌生，一下子就联想到气功，联想到电视里的烈焰掌、太极拳、九阴白骨爪和金刚不坏体神功。我睁大眼睛看着她，但她却笑了："不是气功的气啦，我说的是气势，就是你只要比他凶一点，他其实是打不过你的。他个儿不比你大！"

"但……但他会少林擒拿手！"

"这个不怕，我们找童师傅学擒拿手去！"

我的童年是一个武侠的时代。随着金庸的小说、李小龙的截拳道和李连杰的《少林寺》等武打电影的出现，各种气功师也纷纷出山。那是一个全民尚武的年代，收音机里时时可以听到打狗棒法和降龙十八掌如何精妙的小说连播，杂志的彩页上总有邮购龙泉宝剑、金丝软甲、流星锤、双截棍以及少林独门内功秘籍的广告。

我也曾和同学一起在书店里买了两本武功秘笈悄悄练习，但里面练功的时间地点要求十分严格，各种练功设施（比如火炉、铜鼎和铁砂）也是我所不具备的，所以我总无法纵身一跳跃上墙头，也无法一掌劈开一棵大树。我总疑心只要深山老林里面的高人愿意传授我几句武功秘诀，我总能够让自己的身体变轻，拳头变大，或者在一呼一吸之间能漂浮在空中。

我们得到消息，童师傅每月都有一个晚上是免费展示拳法，展示之后你要是觉得好，再交钱去学。这一天晚上，我和小界穿过冷风飕飕的田野，来到荒野中的一间小屋里。屋内一灯如豆，光线十分昏暗，但细看时，才发现屋内的墙角来了不少人，都是碧河镇的江湖人物，十多岁的模样，他们个个神情专注看着屋子中央。中央站着一个大汉，应该就是童师傅。童师傅光着膀子，身上一块又一块的肌肉跟泥巴捏成似的，显得十分不真实。他大汗淋漓，皮肤在金黄色的灯光下油光发亮。他正在专心演练一套拳法，只见他时而腾身跃起，时而出拳进攻，时而连连倒退闪避，时而俯身扫腿，每一拳都刚猛有力，我疑心如若被他打中胸口，特别是像我那样瘦小的胸脯，可能会打出一个大洞来。那天晚上，童师傅自始至终都打同一套拳法，既没有飞檐走壁，又没有空手夺白刃。但据说他的功夫十分渊博，传授功法的时候都是一对一教的，每个人教的都不一样。

小界这时也说，这拳看起来总没有电视上好看。

我便问："那咱学还是不学？"

"你要学啊，不学怎么对付擒拿手？"

"那你呢？"

"我现在都可以两脚踹倒关多宝，还学干嘛？"我一听，也觉得有道理。

那间小屋里依旧灯光昏暗，童师傅将门闩上以后，用一种神秘兮兮的语气询问了我和父母的姓名，之后又了解我的学习意向，我本来以为他会直接教我盘膝运功修炼真气之类的法门，没想他却开始教我怎么握拳头，并告诉我多数人握拳的姿势是错的。他讲解得那么认真，让我不好意思打断他，整个晚上，我并没有如愿以偿地飞起来，而相反，扎马握拳等最无聊的动作把我柔弱的身体折腾得痛苦不堪，第二天起床时，我都几乎走不了路。小界看着我走路的样子，哈哈大笑起来。

三

我和关多宝又相遇了，在童师傅家里。他捏着拳头向我走来，气势汹汹。我刚刚学会如何正确捏拳头，并没有勇气也捏着拳头向他走去。我十分担心他又对我施展擒拿手，急中生智，对他说："约好一个月，在桥头等你，所以，你现在不能打我。"

关多宝一怔。是的，电视里决斗都是这么做的。所以他举起双手，向我竖起中指。我的理解是，他在提示我曾被他捏过中指，没别的意思。

在童师傅那里学了三四天之后，我终于有了自己的师兄弟。我会抱拳叫一声，"师兄"；对方也会抱拳叫一声，"师弟"。这是好玩的游戏。混熟了之后，师兄就开始教我："每次学一套拳，要五块钱，太贵。下次你学完，就跟童师傅说，你没钱。"不过我确实没钱，我盘算过，我那点零花钱学不了多久。

"那没钱不是学不了？"

“你可以到家里拿几个鸡蛋给他，跟他说，反正就只能偷这些了，要不要随他便。我们都试过了，他一般都会拿。”

武侠热正在慢慢退去，童师傅的生意日见萧条。他在半步村其实名声不太好，除了悄悄教孩子学拳、偷偷收学费、耽误孩子学业等众所周知的理由之外，江湖传言，他有时会去偷东西。他会在深夜，去邻居的菜园里偷点青瓜土豆什么的，他功夫好，一般都不容易被抓住，村里人私下也有点可怜他，我就见过有人给他送竹笋，他给人家弯腰行礼表示感谢，头都快碰到地面了。还听说有一回，他生病了，跑进薛神医家偷药，本来两米高的围墙，他一个纵身可以跳出来，薛神医是个瘸子，是追不上的。但因为生病手脚乏力，他居然从围墙上又倒栽进去，被薛家的狗咬得半死，最后薛神医不但要给他治病，还要给他疗伤。这事很快传开，一代武师被狗咬，遂成笑料。

我将鸡蛋拿给童师傅，他真的收下了，但长长叹了一口气：“他们教你这么做的吧？”

我内心惴惴不安，点了点头。

四

小界对我说，你要问问童师傅，关多宝那招扳手指，该怎么破解。

我觉得有道理，于是有一次趁童师傅聊得开心，就顺便发问了。童师傅说：“这个简单，只要对方是一只手扳住你，你身子往下蹲，然后人绕着手臂转一圈，用这个旋转的力量，就可以顺利脱身了。”他让一个师兄和我演示一下，果然，按照他的办法，再加上我瘦而灵活，一个转身就破解了。关多宝此时也在旁边，他恨恨地别过头去。

我觉得为了打败关多宝，有必要再加强学习，于是就向童师傅提出要学少林擒拿手。童师傅呵呵笑着说：“这个要贵一些，你总拿鸡蛋来，是学不到的。”

我脸上一红，便低下头。

“不过，”他说，“我接下来有一件大事要做，如果你愿意帮忙，我是可以答应免费教你的。”灯光下，童师傅慈眉善目，又神秘兮兮。我一听，连连点头。于是，我便开始学习擒拿手，而童师傅对各个关节要害的手法拿捏，也讲得非常仔细。学完擒拿手，我觉得信心大增，觉得拿下关多宝应该不在话下。

这一天晚上，童师傅将我们都叫去，除了我和关多宝之外，还有三四个师兄。夜已深，我有点犯困，他们说话的时候，我有点恍惚，只听说要去盗墓。

“会不会有鬼？”一个说。

“那是没有的，反正都是我们半步村祖宗的东西，借来用用，总比埋在地下好。”童师傅不断在消除我们的恐惧。

我不记得走了多远的路，只记得路边青草和树叶上的露水湿透了我的裤脚和衬衫，凉风一吹，牙齿有点哆嗦。当然，我不愿意承认是因为紧张。

进入墓穴的通道，童师傅早已经挖好，他给我们每个人都分配了任务，谁负责照明，谁负责拉绳子，谁负责搬宝贝，安排得井井有条。虽然童师傅故作镇定，但我还是从他吞口水的动作里解读出一丝紧张。

我手中拿着一把铁锹，跟着关多宝后面往里面爬行，终于，接着微弱的光线，我看见墓室中间的一具方型石棺。按童师傅的说法，宝贝就在石棺之中，今晚的任务，就是打开它。

“我们只拿走一点点东西，祖宗也会理解的。”童师傅像是在说给他自己听。

按照童师傅的理论，我们只要用绳子拉断一只石棺的支架，石棺滚下来，自然砸开，我们拿了宝贝就走。童师傅还说，走的时候要把通道封死，确保不会有外村人来盗墓。他说的时候，仿佛石棺已经被砸开，我们就可以离开了一样。但是，事实上我们进行得并不顺利，而且我们谁也没有预料到，这个事件会改变童师傅的一生。

当石棺倾倒下来时，它十分坚固，也十分完整，并没有如童师傅所预料的那样，会轰然散开。此时，从石棺源源不断涌出墨黑色的水，这出乎所有人的意料。

“跑!”童师傅一声大叫。我们后面几个人便都退回通道里——我一直感觉他们早就准备逃出去。我和关多宝想逃已经来不及了，眼看墨黑色的水向我们脚边流过来，这时，童师傅使出擒拿手，一把将我们俩提了起来，一边一个，夹在腋下。我只感觉童师傅用一只脚跳出来的，跳了几步，他便瘫坐在通道里。

我们爬了出来，童师傅颤抖着说：“赶紧把绳子全部拉出来!”绳子拉到尽头时，我听到砰的一声，是石板落地的声音，通道被堵死了。随后，童师傅又让我们用土将通道掩盖起来。

离开时，童师傅一只脚已经走不了路，我们几个少年轮流撑着他，让他可以用一只脚跳出来。大概走了一半路程，童师傅终于倒地不起，我们谁也没有力气可以背起这个如此壮硕的汉子。所以关多宝看着我，对我说：“徐可然，你去村里借一辆板车，救人要紧!”我知道他说这话的用意，半步村只有三部板车，小界家是做石材生意的，就有一部。没有什么可以犹豫的，我在果林与菜畦之间穿行，直奔小界家而去。

五

小界和我一起，拖着板车出发了。这一夜月亮是扁的，白色的雾气在山间浮动，虫子的叫声依然十分兴奋。由于太急，小界还穿着睡衣，我们谁也没有说话，只拖着板车，在崎岖不平的山路上疾驰。车轮不时发出哐当哐当的声响，在山谷中回响。

看到我们终于到了，孩子王关多宝突然抽泣起来。事隔多年，我依然无法读懂关多宝的哭到底是因为紧张，还是因为激动。小界一到，关多宝就自然地让到一边。小界将我们六人分成两组，分工合作，又安排好行走的路线，在一群男孩中间，她俨然是一个心思缜密的大人了。童师傅被我们抬上了板车，但依旧昏迷不醒。关多宝握着他的手，在他耳边轻声说：

“童师傅，您撑住，现在我们就带您去看薛神医!”

那个当时教我拿鸡蛋顶学费的师兄，这时也带着哭腔说：“师父，以后我们都要交足学费，不再交鸡蛋了，您也别去偷了。”

童师傅显然没有听到他们说什么，因为童师傅口中也在喃喃说着梦话，如果没听错，应该在叫一个女人的名字，听不清楚是“月娥”还是“玉儿”，我突然想起童师傅家里有一个很典雅的梳妆台，上面落满了尘灰，但镜子旁边的一行娟秀的字迹，我只看过一遍，却不知怎么就记得十分清楚，写的是：此地是妆台，不可有悲哀。我想起这句话，心中似乎明白了什么，但什么也说不清楚。

板车轱辘辘在山间行走，很快就到了碧河桥头，我想起关多宝被小界两脚踹翻在地，突然明白为什么小界踹他，而他却朝我发火，不敢对小界说半句什么。但我没有说出来，一个人长大了，不是因为你明白了，而是因为你即使明白了，也懂得不再说出来。所以，这个世界上有一种东西，叫作深沉。学会深沉学会爱，应该是我们要用整个青春时光去完成的事情。

薛神医用银针刺了童师傅身上几个穴位，童师傅这才悠悠转醒。薛神医又用手电筒查看他的右脚，发现童师傅的脚已经肿得就像一坨牛粪。为了不影响他疗伤，薛神医将我们赶出来，让我们回家去。

童师傅的脚还是没有保住。他对薛神医非常不满，认为薛神医妒忌他有一身好功夫，才把他整成一个瘸子。“这下扯平了，咱俩都是瘸子。”他对薛神医说话的时候，眼中分明充满了感激。村里后来开了一些工厂，童师傅转行当了守门人。只是夜深人静的时候，有人看到瘸脚的童师傅总在工厂门口打拳，他的动作因为腿脚不便而不甚美观，但每一拳都饱含深情。

那天回来的路上，我们六个少年穿过凉风习习的碧河桥头，东边已见鱼肚白，一缕曙光呼之欲出。我突然站住脚步，双手抱拳，十分认真地对关多宝说：“再过三天，一月之约就到了，在下徐可然，要讨教擒拿手！”

大家都大笑起来，浓雾散去，清影浮动的碧河上回荡着我们的笑声。

水 猴

1

农历十六刚过，月亮升起是一日迟似一日，晚饭过后，才从东边探出一点头。南方的村野，暑气此时方才慢慢散去，但陈定刚总觉得后背被汗水浸透，分外难受。

“姥爷，我去给你升水闸去？”前几天山里刚下过大雨，陈定刚估摸着河水一定往上涨，若不把水闸升上来，河水冲进田野的沟渠，怕会漫进果园，浸坏树根。

姥爷这两日刚好病倒，躺在屋角的床铺上，半天都不说一句话。窗口的光照进来，把饭桌前面的一小块地方照亮了，反而显得后面的角落更暗了。床铺有一半被黑暗吞在口里，像魔术里悬空的魔床，有点虚幻。

陈定刚见姥爷没吱声，又问了一遍。姥爷这才闷声说道：“水闸的扳手，你拧不动。”

“我让蔡楚生帮忙！”

姥爷又没吱声了。陈定刚说：“那我走了。”他取了钥匙，骑上自行车就出门了，他犹豫了一下，还是往蔡楚生家而去。

面对陈定刚的盛情邀请，蔡楚生显得十分冷静：“我过些天就要到城里读书了，升水闸……吃完饭再说嘛。”他一手还托着饭碗，一手将筷子在门牙上顶了顶，两根筷子就整齐了。蔡楚生有点龅牙，这个顶的动作充分显示了他两个大门牙的作用。

“水闸的扳手，我一个人拧不动。”陈定刚只能如实复述了姥爷的话，其实他之前试过，把整个人都压上去，水闸还是可以扳动的，只是他这时需要一个伴儿。况且，蔡楚生过些日子就要进城念书，他们的铁三角小组合便面临解散的命运。

在门槛上叠纸鹤的是同个院子的刘梦瑶，铁三角中唯一的女生。刘梦瑶比较早熟，属于班里的大姐大，当别的女生还羞答答的时候，她已经能够非常大方地跟男生交往了。她顶住所有舆论，和陈定刚、蔡楚生保持铁三角的稳定性。男孩发育得慢，她很瘦，却要比他们高出半个头。

她这时高声对陈定刚说：“他不去，我陪你去，升水闸要紧。”说着她站起来，将走廊上的自行车推进院子的天井。

“谁说我不去的？”蔡楚生将饭碗往窗台上一搁，两手扶着陈定刚的肩膀，便跳上自行车的后座。

于是，三人出发了。

2

三人沿着堤岸往下游而去。河堤上蜿蜒的小路，相对于两边暗绿的青草，竟成了白色的蛇，向夜雾浮动的远方游过去。自行车在崎岖不平的路上发出“空呀空”的声音，碧河之水寂静无声安然流淌。

三人一路上有说有笑，刘梦瑶是班长，她向来都是大大咧咧，话特别多。但今晚，话题都被蔡楚生一个人占据了。蔡楚生用他漏风的门牙讲述着城里的事，讲述他爸现在如何风光。

半步村穷山恶水，年轻力壮者都翻过大山到城里去谋生了，将老人和小孩留在村里。七八年前，蔡楚生他爸和陈定刚的老爹一起到城里打拼，陈定刚的老爹老实，只懂得去摆地摊卖烤番薯，每天都被城管追在屁股后面狂奔。但蔡楚生他爸机灵，撮合了一帮老乡就去给人家装修房子，从胡搞瞎搞到专业设计，几年下来就成了一个包工头。今年运气好，他刚好接了东州市教育局王局的新房装修工程，得知对方来头之后，蔡楚生他爸做得特别用心，力求完美；他分寸把握得好，无论王局带着谁来看房子，说了什么让人哑然失笑的谎言，他都不言语，该回避就回避，该装糊涂就装糊涂。这让王局对他印象极佳，这一日，王局亲切问道："孩子多大了？"

"十三岁，念初中。"

他们聊了一会儿，王局看起来十分关心农村的教育，他拍着老蔡的肩膀说，"怎么苦也不能苦了孩子，把孩子带到城里来吧，我帮他找间学校读书。"

于是，蔡楚生就到城里去填表报名了，只等着盖章就可以进城了。

"我就要到城里读书了！"蔡楚生洋洋得意。"你知道地铁吗？"

这个问题让刘梦瑶沉默了，但陈定刚却接过话来："地底下的铁矿呗，谁不知道？"

蔡楚生自己大笑起来，但黑夜空洞，一个人带着热烈嘲讽的笑声也就显得空洞。他说，地铁不是什么铁矿，是地底下奔跑的火车！

"不信！火车怎么跑到地下去？"陈定刚说。

"这跟火车跑进隧道是一个道理，反正就是在地下跑。"

"在地下跑，为什么不叫地车，要叫地铁？"刘梦瑶是个好学生，她这一反问，倒让蔡楚生哑口无言，有点担心自己是不是记错了"地铁"这个称呼。

"反正就叫地铁。"他说。

3

"你以后想做什么？"刘梦瑶问陈定刚。

陈定刚还没接话，蔡楚生便说："陈定刚以后就专门给他姥爷刷马桶！”

陈定刚的脸涨得通红，好在夜色给他掩护。他最讨厌人家说他刷马桶的事。姥爷身体不好，蹲不得厕所，多年来都是在木桶上方便，每天早上刷马桶成为了陈定刚最羞于启齿的事，他有几次尝试着天未亮就起床去端马桶，但姥爷还没起床洗涮，他的例行公事也还没有进行，到头来得刷两次，更亏。

陈定刚专挑崎岖的地方骑车，高低颠簸让蔡楚生哇哇大叫：“你们乡下人都喜欢洗马桶！”

“城里人就不用刷马桶？”陈定刚说。

“你们？我们是乡下人，你不是？别以为进了一回城，回来就成了城里人了！”刘梦瑶抓住了关键词。

蔡楚生避开了刘梦瑶的诘问，说：“城里人的马桶，一按按钮，就全都冲干净了。”

陈定刚想仔细问问为什么能一个按钮冲干净，但觉得这一问更低声下气了。这时蔡楚生又开始讲述城里的玻璃电梯，“像一个玻璃瓶子升上了半空，”真是太神奇了。

陈定刚突然内心涌起一阵沮丧。他在城里卖烤番薯的老爸每次回家，也都会给他带各种好吃的，或者一些耀眼的衣物，但终究不及人家蔡楚生炫目，他脚上一双耐克的运动鞋，就可以盖过他所有的新衣服。陈定刚突然发现自己像一个起跑比别人慢的跑步者，无论怎么追赶，对方总比自己好一点点。无论自己老爸带什么样的衣服回来，他总觉得不如蔡楚生的好。这两年老爸回家来，看到自己开始长个子，也不好意思像从前一样将自己一把抱起来，而是搓着手问着各种问题，但问来问去，无非是学习成绩和衣物吃住的情况；陈定刚时常也想念爸爸，但面对爸爸，他更多选择了沉默。

骑车跟在后面的刘梦瑶似乎发现了陈定刚不高兴，她说：“你怎么不说话了，刚问你初中毕业你想做什么？”

“我姥爷跟山上未洛寺的和尚熟络，已经联系好了，过两年让我到寺里帮忙，帮主寺里的和尚给人料理丧事。”

“很好啊，那是功德的事。”刘梦瑶笑着说。

“梦瑶你不用可怜他了，办丧事整天对着死人有什么好？我看你以后还是跟我老爹到城里去打工，现在城里的房子可贵了，装修可都不马虎。这人家一讲究，就好赚钱了。”

陈定刚沉默了，不知道为什么，内心有一股火气一直涌到喉头，烧得他的喉咙发硬。他忍耐着，双手握紧了车把。

4

碧河桥以前只有一根铁索，连接河的两岸，后来建了木桥，解放后才垒起了石桥，近些年因为水利的需要，才加宽修了水闸。三人站在桥上，水汽弥漫清凉逼人。他们刚骑车出了一身臭汗，此时河水对他们是一种诱惑。

蔡楚生带头剥光了上衣，咕咚一声就扎进了水里，半响才浮出水面，手掌往脸上一抹，朝桥上喊：“定刚，下来！让梦瑶在旁边等一会儿，女孩子就别下水了。”

刘梦瑶说：“怎么，瞧不起女孩子是吧？”嘴上这么说，但她确实也没有下水的意思，年龄让她懂得矜持，不能像以前那样像个野丫头跟着一帮男孩子上山下水，无所忌惮。她沿着河边的石阶，走近河水，坐下来，将脚放到水里。走下台阶的那一瞬间，她忽然希望自己不是穿着裤子，而是穿着一袭白裙，两手提着裙摆走下去，莲步轻移，楚楚动人。她为自己的想象感到一丝不安。但夜色掩护了所有心思。她吸了一口气，朝水里喊：“你们快点，我在这儿等你们，听说晚上水里有水猴，别给拖了去。”

水猴又称水鬼，在半步村，人们认为水鬼长得像只猴子。水猴守在水边，它们通常是溺水而亡者的鬼魂变成的，只有再拖一个活人下水溺毙，它才可以投胎做人。据说水猴性子急躁擅长嫉妒，喜欢躲猫猫；水猴长什么样谁都没见过，但大家都怕它。也传说有人在水边看到一个裸体的美人，月光下肌肤如雪，长发披肩，背影迷人，走近时她才转过头来，发出一声凄厉的笑声，却是一张猴子的脸，红嘴黑毛，甚是吓人。

“水猴爱拖女孩，小心你的脚，别碰到水猴的毛手啊！”说完蔡楚生又朝陈定刚喊：“陈定刚，到水里来，我们比潜水，看谁的气长，能憋得久。”

陈定刚一直没有说话，他用钥匙打开锁住水闸扳手的锁头，在蔡楚生潜入水底的那一瞬，整个人都压在扳手上，脚下用力跑动起来。扳手转动，水闸开始缓缓上升，汹涌的河水从水闸底下喷薄而出，发出一阵轰鸣之声。

恍过神来的时候，刘梦瑶一声尖叫：“陈定刚，你干什么？蔡楚生还在水里呢！”她跑上石桥，来拧扳手，但是她拧不动。陈定刚靠着石栏杆瘫坐在那里，他对刘梦瑶说：“你一个人拧不动，那么，我一个人也拧不动，除非是我和你一起拧的；要不……就是我和蔡楚生一起拧的，你也看到的，他失足掉下石桥的。不关我们的事，对不？跟我们没关系！”

刘梦瑶也把整个人都压到扳手上：“我刚才看到你拧动了的！”

“别拧了，人都冲走了，冲到悬崖下；如果没冲走，那也夹在水闸上，你拧回去，刚好把他压成两段！”

刘梦瑶脸上惨白，她看着陈定刚，眼神那样陌生，像看到了一只水猴：“你一定是水猴变的。”她又重复了一遍：“你这王八蛋一定是水猴变的！”

她满脸是泪：“你是凶手！蔡楚生会死的！你忘记那和尚是怎么跟我们说的吗？你为什么要这么做？”

5

那一年冬天，蔡楚生带着刘梦瑶到陈定刚家里帮忙割稻谷。他们这个三人组合建立了稳定的铁三角，互相帮忙做点农活，就成为常态。割完稻谷之后，他们坐在堤岸上休息，温暖的夕阳铺在碧河上，一片祥和。那时刘梦瑶的爸爸还没有得喉癌去世，陈定刚的妈妈跟他爸到城里还没有跟有钱的商贩跑了，蔡楚生他爸爸每次回来都还唉声叹气，一切似乎还没有开始。

就在夕阳就要躲进大山的时候，他们看到碧河中漂来一堆柴草，柴草上坐着一个和尚。

和尚坐在柴草堆上，一动也不动，随着河水左右漂荡。

“河水这么大，都漫过水闸了，那和尚会从水闸上冲到桥下去摔死的。”

“那赶紧救人!”

碧河边上生活的人，水性都很好，一口气就凫到了河心，把和尚连同他的柴草堆一起拖到了岸边。

和尚很老，没有说话。他只是看着三个孩子，脸上浮现出红润的光彩。他好像有话要说，但只是抿了抿嘴唇，就转身向上游走去。三个孩子追上去，拦住他，问他要到哪里去。老和尚说，回到未洛寺去，再做一个柴草堆，再漂一次。

“再漂一次？我们可不会再救你啊!”

和尚又抿了抿嘴唇：“等长大了，你们才会明白，只有自己方能处置自己的生命。”

三个孩子救和尚的事在半步村传开了，结果他们都挨了批评，大家都说孩子们扰了主持方丈的法事。原来未洛寺有一种古老的规矩，每一代主持方丈到了一定年龄，就会坐着柴草堆，沿着碧河顺流而下，去寻找未洛之神，完成一生最后的修行。

事情过去多年，大家仿佛都忘记了，但陈定刚没想到刘梦瑶会突然提起。

“只有自己方能处置自己的生命。”三个人同时记住了一句话。

6

在碧河桥头，刘梦瑶在一旁低声哭泣，陈定刚坐在桥墩上发呆。陈定刚想起了遥远的事，心中的怒火消退之后，无穷无尽的懊悔涌上了心头，就像一间被烧得千疮百孔的房子，又被一阵风雨淋湿，无一处不是黑乎乎软绵绵，用不上力气。

刘梦瑶突然站起来：“你不想救他，我下去救！”说着她开始脱脚上的凉鞋。

陈定刚木然站了起来，他吃力地把闸门拧了回去。轰隆隆的水声变得嘶嘶啦啦，陈定刚剥掉上衣，纵身一跃便潜到水里去。他明白一定找不到人的，水流这么快，说不定早已经冲到悬崖下去了。

他憋着一口气往下面潜下去，河底很深，有一股寒气让人难受，耳朵也有点痛。这么深的河底，大概也只有水猴才愿意待在这里。想到这里，陈定刚感觉自己似乎被水猴拉住了脚，伸手去摸，却是一段老树藤。这时他已经有些气紧，赶紧往水面浮上去。他刚探出头，便听到刘梦瑶焦急地喊：“有没有？有没有？找到他没有？”

陈定刚摇了摇头。

“那你再找找，会不会被树枝挂住了裤子上不来！”

陈定刚深吸了一口气，重新回到厚重的寒冷之中。月光照不到的黑暗，他此刻更愿意做一只水猴，就居住在这里，再也不出去见人了。他是一个凶手，只有这什么都看不到、什么都摸不到的黑暗能够容纳他。这时比黑夜还黑的黑暗，属于一切为非作歹的水猴。

无法呼吸，胸腔像是要裂开了，他本能地蹬水，跃出了水面。空气从鼻孔进来，月光清亮，仿佛能清洗一切。

“什么都没有，是不是？”刘梦瑶着急地问道。

陈定刚一言不发，爬上了桥墩。过了这么久，蔡楚生要不永远沉在水里，要不已经被冲到下游悬崖下的水潭里。

就在这时，下游河岸上传来蔡楚生熟悉的叫喊：“陈定刚你这王八蛋居然敢暗算我，看我不打死你。”蔡楚生光着脚在月光下走来，他笑着露出他的两个大门牙，细看才发现他双手抓着一条大鲤鱼：“赶紧！把我的衣服拿过来包鲤鱼，这条鱼跟我一起被冲到岸边，哈哈，足足有四五斤，肚子鼓鼓的，里头一定全是鱼籽！”蔡楚生大笑着谈起刚才的奇遇，说他如何随着水流翻滚，一边潜水一边还抓鱼。陈定刚留意到他脸上被擦出两道血丝。

蔡楚生又骂道："你这王八蛋，你想害死我啊，有这么开玩笑的吗？要不是我抱住一棵香蕉树，说不定现在都给冲到悬崖下面去了！"蔡楚生大大咧咧，开始吹嘘起来，说自己如何英勇。陈定刚觉得他的笑容非常干净，像个凯旋的王子。他们用衣服将鱼兜了起来，鱼还不断往外蹦。

刘梦瑶也笑着，她偷偷擦掉了泪水，不敢给蔡楚生看到，幸好黑夜掩饰了一切。她对蔡楚生说："你见过大世面的，就别跟这条鲤鱼过不去了，你看它都怀孕了，还是把它放生了吧？"

蔡楚生笑她说话像他妈妈，但手一扬，鲤鱼在空中划出一道弧线，落到了河水里。

碧河档案

在因迷奸罪被元老院逐出傲尘族之前，我二叔陈大同是碧河六镇的英雄。

那时我和淼儿还没有好上。严格地说，我还没有满十三岁，身高一米七一，我估摸了一下，我二叔虽比我大十岁左右，但我要比他高出六七公分。然而高度并不能说明问题，在他面前我总要变蠢，比如说，他能将一杆笔耍杂技地在手指间盘旋个不停，我摔坏了十来支笔，就是学不会；他跟山上的道士学过催眠术，能在十分钟内令我神志不清，甚至有传闻说他用催眠术猎杀过山里的野猪（我没有亲眼看过，不大相信）；他能像一只大鸟一样飞过三米多高的围墙，我要想翻一米八以上的墙就得搬椅子。我把我在他面前变蠢的原因归结为他的脸相极凶。我二叔五短身材，肌肉结实，这些都好，唯一的缺陷就是有一张双腮外撑的国字脸，浓黑的眉毛和鼻子下面那一撮胡须遥相呼应，一眼便知心藏恶念，不是什么好东西。

碧河六镇被弯弯曲曲的碧河活生生给分成三块，只有在冬天，河面冻结，碧河六镇才重新连在一起。每天，我二叔总在鸡鸣之前爬起来，在微明的天光里穿过草露夹道的乡间小路，把傲尘族的每一个邮筒中的信件都给收集起来，这个过程要花去他一个上午的时间。但这样他就能每月在元老院拿到一份数目可观的工资。每次领工资他会请我到角楼里去吃一顿烤鸡，那时我是一个馋孩子，胸无大志，一顿烤鸡几乎成为让我活下去的最大的诱惑和期盼。

每天下午，我二叔会关起门，在家里专心练习祖传的梅花针法。二叔说了，等我长大，他就教我这可以杀人也可以救人的梅花针法。

在周末，我二叔就会把这些信送到碧河六镇的其他角落，有一些信，还会被送到镇上的邮局，再转出碧河六镇，送到山那边的世界。周日早上，我二叔穿上那一件他引以为豪的墨绿色邮差服，把那个装满了信件的布包紧紧地绑在腰间，两手一攀，稳稳地抓住横在碧河上空的那条铁索，身子一缩，像一只猴子一样沿着铁索向树木浓郁的对岸掠过去。我们这群小孩子都喜欢看这种大鸟飞翔的姿势，所以几乎每个周日我们都会去送我二叔过河，看着他以各种各样的姿势在铁索上运动：有时候他会直接在铁索之上走过去，有时候他会翻着筋斗滚过去，有时候他会只用一只手晃晃悠悠地荡过去。每到了精彩的地方，我们就会欢呼鼓掌，因为我二叔是个好演员，从来都不让我们失望。到了对岸，我二叔就回过头挥挥手示意我们，他的表演已经完毕，可以回家。在我们眼里，我二叔是唯一一个有能耐使用碧河上的铁索走出傲尘的人，他是唯一一个能知道山那边的世界是什么样子的英雄。

在角楼里，我二叔会叫上二两白酒，边和我一起吃烤鸡，边乜斜着眼睛喝酒。这个时候，我二叔变得特别地爱说话，他会没完没了地跟我讲傲尘族里发生的故事，讲傲尘族的圣物未洛石，以及元老院下面关着的女囚。我二叔说，“你不知道，元老院里的元老，活到了一百二十岁以后，他们就害怕未洛石。你没看到他们跪拜的时候，浑身颤抖，无比恐惧。你向未洛石行圣礼的时候怕么？你不怕对么？你是小屁孩，你只会感到好玩，你不会怕。但元老怕啊，他们是当官的，他们是整个傲尘的长官，他们活得老了，所以他们会在未洛石面前颤栗。”我二叔预言说，“你看着吧，未洛石将会失色，老人会在 70 岁死去。”我二叔还说，他的理想是给碧河建座桥。我当时正认真吃烤鸡，也没理他说什么。

未洛石是一块石头。我曾经死缠着我二叔，让他背着我，偷偷爬上了宗庙的屋顶，从上面的天窗，仔仔细细盯了它很久。但它就是一块石头，长得有点像一个橄榄，三个人高，两臂围粗，除了大了点儿，和别的石头没啥两样。我二叔告诉我，每年的八月二十二晚上，也就是整个傲尘来行圣礼的那天晚上，银白色的月光会穿过天窗，照在未洛石上，整个石头就会在那个时候，变成血色的通红，换句话说，这是一块通灵的石头，有生命的。我对这种话一点都不会感冒——不就和萤火虫一个样嘛，有什么稀奇的。不过我喜欢每年的圣礼，因为人们会带着各式的食物前来朝拜未洛石，包括烧鹅、烤乳猪、红烧猪肘子，还有我最喜欢的烤鸡，浓烈的香气冲塞了宗庙大厅的每一个角落。在大厅的北墙中间对着大门的地方，开了一条又窄又长的通道，那是傲尘的禁地，里头安放着圣物未洛石。这个时候我会流着口水，挤身在大门边上，看着宗庙门口广场上一批又一批的人们，由元老们领引着，跪下又爬起来，再跪下再爬起来。

圣礼的另一个仪式是换族旗。黄色的族旗高高飘扬在广场中间的木棉树之上，象征着傲尘的不屈和脱俗。这时候我二叔会穿着比他矮小的身体宽大很多的族袍，出现在广场的中央，他伸手接过元老院首席手里的新族旗，从容而利索地在木棉树下绕着圈，圈儿越绕越小，在我二叔快碰到木棉树的时候，他嗖地爬上木棉，边爬边绕圈儿，这时候围观的族人欢呼声、叫好声四起，我二叔依然不疾不徐，慢慢地取下去年的族旗，换上新的。这时四周的族人全部跪下，向着族旗行了圣礼。我二叔在木棉的顶上，俯视着黑压压的人群，脸上挂着一丝无法言说的笑意。这个时候我用一只眼睛看着他，觉得他在上面特像一个浪漫诗人。

傲尘的人说，陈大同这样风光无限，日后一定是元老院的首席。我也认为这样的说法不是没有道理，并且认为当我二叔当上元老院的首席以后，我就可以天天吃烤鸡。我和我二叔说起这事，但我二叔说，一百二十岁才有资格进元老院，他当上首席最快也要一百二十一岁，那时我都一百一十一岁了，弄不好牙都掉光了，还烤鸡呢，烤个屁！他说，他的理想是建桥，在碧河上建一座桥。

这一年我十五岁，开始和森儿谈恋爱。这一年傲尘族出了三件大事。

先是傲尘里的老人，开始在七十岁的时候死去，这在傲尘历史上是绝无仅有的。众所周知，傲尘的每个老人，都会准确地在一百五十岁的时候死去，从来都没有在七十岁夭折的，更没有像这样接二连三死了七八个。并且死者也不像以前那样打了个冷战就死掉了，而是死得面目狰狞，显然在死之前，有过极度的恐惧。这件事在族里引起了极大的恐慌。元老院里传出话来，勒令调查此事。

第二件事是宗庙的守门人发现的。这一年的八月二十二日晚上，守门人无意间发现，当月光倾泻在未洛石上的时候，未洛石毫无动静，不再发出血色的红光。守门人生怕自己是年老眼力差，可能判断有误，叫附近的族人来确认一下，族人看了之后，脸色死灰，说："没有，没有红光，傲尘完了。"这件事很快传到元老院那里，元老院的首席扶了扶他那个黑框的老花镜，大吼一声："没这事！你们这班造谣生事的家伙！"这件事发生以后的直接结果是：宗庙换掉了守门人，造谣的人被关进元老院底下的囚牢；傲尘的街道上很长一段日子没有议论的声音。

最后一件大事，是我二叔用催眠术迷奸了碧河对岸一个胖女孩。因为事情发生在碧河对岸，调查起来就有一定难度，至少也得等到入冬，大雪封山，碧河冻结，才能向碧河对岸申请派人过那边进行调查。但因为在同一时间发生了前面两件事，元老们一致表示，七十死亡和未洛石事件一定和我二叔有关，理由是我二叔是换旗仪式的司仪，又是唯一能走出傲尘的邮递员，在编制方面还是属于元老院的下属管理员，是领元老院的工资的，在族里无疑被视为英雄，干出迷奸的事，犯了这么大的错误，怎能不使未洛石蒙羞。我这样一个小屁孩进不了元老院，看不到里头的情形，但从里头传出来的话语的口气看来，元老们对这样一种推断的逻辑是深信不疑，愤慨不已，对我二叔发出了一级逮捕令。

从那时起，我二叔开始了长达四年的大逃亡。据我所知，直到四年之后元老院意识到实在没有人有办法有能耐抓到我二叔，下了驱逐令，我二叔才悻悻然骑上他自己编的木筏，撑一支长竿离开傲尘，离开了碧河六镇，开始了他的创业生涯。离开傲尘那年我二叔二十九岁，我十九。

到现在我还觉得我二叔特够义气，够意思。因为他在开始逃亡的那天晚上，还请我到角楼吃了最后一顿烤鸡。他背着两个包，一个斜挎着，一个背包。斜挎的包大约里头装着一把青龙藏刀，也少不了装上他祖传的梅花针。背包里估计是一些衣服杂物之类的东西。他背着这样两个大包站在我的面前，越发显得他的矮小。他须眉依旧浓黑，我能从他的眉宇之间看出一股飒爽之气。他喝着酒，第一次把那张黑脸喝得有点透红，满口酒气。他同我说那个胖女孩，那是一个帮人家看书店的女孩，非常可爱。"唉，跟你小屁孩说了你也不懂，不过我告诉你，二叔我还是处男哪，迷奸个屁，处男啊，处女还有片膜，你倒说这处男怎么证明啊。再说，二十五岁的陈大同还没碰过女人——这纵然证明出来不也是丢人，那还证明个屁！证明不了我陈大同还躲不了吗我！你二叔就到深山去筑个窝，看谁能抓到老子！给，这是我屋子的钥匙，里头的东西别乱碰，给我看好，我还会回来的。"说完他见我还在吃鸡，理都没理他，就噗地跃出窗外，身子一挪就上了屋顶，消失在夜色里。关于他与胖女孩的故事，成为我少年时期一个似乎永远都猜不透的谜语。

我小时候到山里去放过牛，知道山里的情形。我就到里头放过两次牛，就再也不敢进去了，因为与其说是我放牛，不如说是牛放我——每次都是迷路了牛把我给驮出来的。那时我七八岁，还没发育，个儿小，站在牛背上，视线只能贴着芒草的尖儿，只看到灰茫茫的一片，吓得直冒冷汗。一个人和一头牛，行走在这茫茫的芒草之中，无异于一片孤舟漂泊于大海。再说走了半天也不见人影，还不让人心里头慌慌的，怕闹鬼。

元老院最先派出十个人组一个队，去深山捉我二叔，但两天后，还没见那些人的影儿。于是派出第二队，二十个人，进了深山。元老院等了两个星期，只看到两个人脚步蹒跚、互相靠着肩膀走回来，从服饰上可以辨认，一个是一队的，一个是二队的。他们出来之后的第一句话是：水——给我水——

喝了水之后，有人开始盘问："其他人呢，怎么就你们两个出来？走散了，迷路了，估计饿死了，也有可能给野兽吃了。饿死了？一共三十个人就你们两个能回来？叫你们去捉人，人你们到底是看到没有？""看到了，后来看到他在打猎，他给我们吃的，送我们出来，不然我们俩也得死在那鬼地方，扶我一把，对不起我得回家睡会儿，好多天没睡，顶不住……"

捉我二叔的事一下子转入暗线，元老院学聪明了，再不会派人进山，但我总能看到几个人鼠头鼠脑在入山的路口徘徊。

很快入冬了，北风萧飒。但那个冬天我跟森儿正在热恋状态，总觉得那个冬天的雪花格外地漂亮，没有一点寒意。我拿了我二叔的钥匙，天冷了，我们就把约会的点改在我二叔的那间房子。那屋子是破了点，但对我们两个人来说，那叫古典情怀。有一天进了屋子，突然森儿惊叫了一声，把我也吓着了，问清楚以后，原来她发现床上的大棉被不见了。之后连续几天，我二叔家总是丢东西：皮手套、木桶、衣帽、书架上的书……我们俩对屋子前前后后门窗锁头都检查了一遍，并没有发现问题。直到森儿发现了一封用梅花针钉在墙上的信才揭开了谜底。

信是我二叔写的。他说这么多年都在给人家送信，自个却压根儿没写过一封信，今天不送信了，写了一封信却还得自己送过来，感觉真奇怪。天气冷啦，山里头虽说暖和点，但还是冷，回来拿点衣物。接着他还说到他在深山里，那是如鱼得水。用竹子搭了两个屋子，一间住人，一间用来关打来的猎物。屋子前面种花和玉米，这不但使他成为一个花卉高手，而且今年的玉米收成不比外头差。打猎他也不寂寞，带着老黄，他解释说，老黄是他用催眠术驯养来的一条狼，特听话，有了它当副手，打猎那是妙趣横生啊。他还说，有空他经常到元老院逛逛，那地方园林风景真是漂亮，简直是一个花园，顺便也会去看看元老院下面关着的女囚，她们挺惨的，成天被虐待折磨，要是他被抓到这儿，怕也差不多是这下场，真没人性。有时寂寞的时候，他会跑到碧河对岸去看那个胖女孩。他只是看，远远看，看她洗头发，看她在镜子前化妆。他一直是爱她的，只是她不知道。他说，那个女孩有严重失眠症，如果他在她身边，就能用他的催眠术把她治好，让她好好地睡去，好好睡一觉。他回来拿书，带走了他最喜爱的那本《周易》，以往都没什么时间可以看书，现在可以好好过上半耕半读的生活了。在信的末尾他说，“回来没有带你去吃烤鸡，真是很遗憾。但他们盯得紧，就那点猫本事自然是捉不住我，只是也怕连累你。知道你小子馋，但也只能就先欠着。好好照顾淼儿吧。”

以后空闲下来的时候，我会猜想我二叔赤着脚，手持青龙藏刀，带着老黄，穿过茫茫的山草，到大森林里去打猎的情景，总感到无比兴奋。

那些年日子过得真顺畅，扭一扭屁股就过了三年。终于有人向元老院提议，应该派人和碧河对岸的生番族接洽，调查我二叔的案件，给傲尘一个说法。

事情没个结论，我二叔又不知跑哪去了，族里找不到一个人能爬铁索，其实纵然是碧河冻结，也没有人敢过碧河对岸，谁都知道那儿整天发生凶杀案。传言那儿的人是吃人肉长大的，生番族最高级的厨师就是人肉厨师，烹人肉那技巧是一流的，只要把一个活人交给他，那是能做出一百多道菜来。这样一来直接的后果就是信件积压。没有邮递员，信是寄不出去的。

这一年冬天，元老院终于顶不住舆论的压力，决定派出两个使者到碧河对岸去。两个使者出发之前，元老院答应给他们一笔可观的调查经费，同时答应，假如他们俩在碧河对岸被生番族扒光了做菜，约定时间为一个月，一个月以后如果再也回不来，元老会将另一笔钱给他们的父母。一百三十五岁的首席扶了扶黑框眼镜说：“孩子，安心去做事吧，好好干，为了傲尘的人民。”两个使者这才挥泪在众人的目光中踏上了碧河的冰层，像玻璃板上两个爬行的苍蝇，走得小心翼翼，几个小时之后，他们终于移动到对岸的树林前面，转过身，挥手示意他们已经成功到达。我和那群小屁孩也在观看的人群之中，看到他们挥手的姿势，看到碧河上空的那条铁索，使我们无比怀念我二叔。我们互相使了个眼色，一起对着碧河高声喊道："懦夫！懦夫！懦夫！懦夫！懦夫！懦夫！……"等到人们反应过来，我们已经撒腿跑远。

那两个懦夫在碧河对岸住了三个星期就跑回来了。他们不但没有给生番吃了，并且还长胖了，这使我们无比失望。同时，他们带来了两个令人震惊的信息。

第一个信息说，碧河对岸有生番，但碧河对岸并不全是生番。具体地说，生番族居住在碧河对岸一个不到一千亩的小镇上，对岸的其他地方，居住着文明人。他们描绘着文明人的生活：香烟、啤酒、妓院、电动打字机、手电筒，戏剧院……元老院里的元老很后悔给了他们那么多钱，原来一点危险性都没有，在心理上难以平衡，所以，元老们一致决定，让他们两个给全族的人轮着做报告。报告的讲座一连弄了一个星期，大家都还兴致勃勃，两个使者的声音却已经嘶哑。他们想这样下去非把老命也搭上不可，慌忙向元老院告了病假。他们原以为告个病假可以到家里安心地睡一下懒觉，没料到一进家门，两人却真的病倒了。一个月后，两个使者都死掉了。族里的老医生严肃地说，是族里三百年前曾经流行过的花柳病，书里记载说是一种性病。

第二个信息就是迷奸事件的真相。两个使者拍着胸脯保证，传言完全属实。使者说，他们一到碧河对岸，说起傲尘来的陈大同，没有不认识的。"不就是那个攀铁索过来的陈大同吗，哟，这小伙子能耐好，长得跟猴子似的，走路那是快得没得说，但咋的这么久都没来送信了呢？哦，生病了。""生病了没来，您知道他在你们这迷奸了一个胖女孩的事吗？""这事知道，书店老板发现的，抱着人家女孩子，抱到里屋的床上，还亲人家的嘴，你要弄清楚最好问问书店的老板。"使者找到这家书店，书店很窄，但长度挺长，里面四分之一的地方，隔出了一个小间，可以猜到这就是我二叔的作案现场。书店的老板说，"那姑娘家就在三楼，这楼上楼下的，也算邻居嘛，看她整天闲着也不好，让她下来帮着看看店，谁知道没两个星期就出事了。那天我一进店，就看着陈大同，对对，就送信的陈大同，抱着这姑娘，走进里屋。那姑娘看样子已经昏迷不醒，不然咋会给一个男的抱着，大白天的。我冲进里屋，看陈大同正在亲这姑娘的嘴，我大吡一声，那陈大同慌了神，脚一蹬飞出窗外就没影了。我费了好大力气才把这小姑娘弄醒，醒来这姑娘果然什么都不知道，听说陈大同亲了她的嘴就一个劲儿地哭。姑娘说，‘这几个星期陈大同常会到这店里来看书，但从来都不买，更多的是来跟她有一搭没一搭聊天儿，这些天她心情也不好，不想今天聊着聊着不知怎么的就睡着了。要知道陈大同要来亲我的嘴，我就不跟他聊了，丢死人了’。”两个使者说，他们见到了那姑娘，但那姑娘一句话都不愿意说。陈大同真没品味，找那么胖的姑娘，要迷奸也找一个好的嘛，哈哈哈……

忙完了这些事，碧河也就解冻了，几天之后，碧河又哗哗地流淌。河水上漂着一些没融化的小冰块，还有被冰块冻了一个冬天的落叶。

经元老们细致认真地讨论，元老院终于定了我二叔的迷奸罪。所有人都没有异议，只是感到惋惜，说这样一个棒小伙去迷奸一个胖女孩，很多人都觉得难以置信。

但大家又说，既然碧河的对岸不是生番族的世界，信总是能想办法送过去的，所以罪犯陈大同要出来还是要住在深山里都不碍事，就由着他吧。但也有一批族人站出来说，要严惩罪犯陈大同，既然定了罪，就得严惩。这批人大部分是当年派进深山逮捕我二叔那三十个人的家属，他们愤愤不平，说应该把这个杀人的狂魔、变态的色狼捉到宗庙里正法。

又过了一个月，元老院终于正式通过决议，发出通告，将我二叔陈大同逐出傲尘族。驱逐的白色通告，就贴在宗庙的南墙上。

春寒料峭，感冒在傲尘族流行，又有几个七十岁的人在春天的早晨死去。死亡像感冒一样有可能跑到傲尘的每一个角落，死者无一不面目狰狞。接下来几天，史无前例的，又有几个九十岁的老人病倒并死去，整个傲尘，处于一种极度的恐惧之中。

早晨的风带着寒意吹过傲尘。太阳还没有完全出来，在宗庙南墙驱逐的通告下面，坐着一个怪客。该怪客头戴一顶破斗笠，斗笠下面，露出了蓬松而不规则的长长的大胡子，赤裸的上身长满了绿色的青苔，一件脏得看不出质地的织品遮住了羞处和屁股。在他的左边，放着一个袋子，鼓鼓的，除了从那露出来的刀柄可以知道里头有把刀，不知还装了些什么东西。右边，有一条大狗，灰色的，神情悠闲地坐着。

这样一个怪客出现在宗庙的前面，围观的人自然就越来越多。突然人群中有人喊了一声：看那刀柄，那不是陈家的青龙藏刀吗，陈——大——同！

人群很快向后退，围观的圈子变大了。很快，元老院的人来了，几十条大汉，手持大刀，把我二叔围在了中间。首席也来了，站在我二叔对面：陈大同，通告你也看了，从现在起，你就再不是傲尘的人了，你走吧！

我二叔站了起来，摘掉了头顶的斗笠。人们看到一张线条粗野的脸，像看到一座杂草疯长的荒山一样。他身边的那条狗也跟着站了起来，这时人们才看清楚了，哪里是什么狗，分明就是一条大灰狼。

我二叔没有回答首席的话，一转身将墙上的通告一把撕了下来，他一句话都不说，一伸手提起袋子漠然向前走，人群自动地为他让开了一条路。这时可以从他眼中看到晶莹的泪珠。那条大灰狼，迈着从容的步子，紧紧地跟在他的背后。他向碧河走去，这个时候傲尘的人们感到一阵奇怪的凝固的寂静，大气都不敢出一口；也能感觉到一种莫名的悲哀，流不出泪水的悲哀。

我和我小时候那群小屁孩，紧紧地跟在我二叔背后来到碧河边上，像当年拥着他，看他在铁索上表演一样心情激动。这时我们才看到河里早就停靠着一只大木筏。我二叔和他的老黄上了木筏，把他手中那个装着青龙藏刀的袋子扔给我。长竿一撑，木筏顺着碧河，跌跌撞撞地消失在青山碧翠处。

从我二叔走后，那个春天开始下雨，那雨没完没了，下过了整一个夏天，直到立秋的那一天才停了下来。那一年的秋天，那是热透了。后来才知道，不单傲尘如此，整个碧河六镇，温度都上升了。从那儿开始，冬天的雪没有以往下得凶，一阵两阵的，奇怪的是碧河却不再冻结。

傲尘族的人们奇迹般的就不再无故死掉。他们都会准时地活到一百五十岁，然后打一个冷战死掉，生活过得没有什么悬念。但总还是过下去。

过了一些年，来了一批人，说是受人委托，到碧河建桥，傲尘族的人高兴得不得了。桥就建在铁索旁边，建桥的人说，上头吩咐了，铁索得留着，不能拆。桥很快就建好了，据说是碧河六镇有史以来最大最宏伟的桥。

根据资料显示，桥建好之后也出现了一系列问题。比如说，花柳病在傲尘族盛行肆虐。

但令当局震惊的是人们开始热衷于在碧河桥自杀。在碧河桥上平均每年有九百多人自杀，占傲尘每年死亡总人数的六成半。其中多半为没有满七十岁的年轻人，余下的是元老院里的元老。七十到九十这个年龄阶，情况良好，几乎没有人肯自杀。元老院不得不在桥上加强管理，增派人员进行巡逻，但结果巡逻的人自己也莫名其妙留下遗书说，不知道自己活着是干什么的，就从桥上跳下去了。总而言之，宏伟的碧河桥总会让人莫名地产生往下跳的强烈欲望，虽多方努力，但至今这种情况仍然得不到改善。

有人提议过拆除碧河桥，但建一条桥确实不容易，来之不易的东西总是难以舍弃的，元老院开会讨论了好几次，迟迟未决。

我带着淼儿从桥上走过，淼儿牵着我们的儿子。我指着头顶的铁索告诉儿子，曾经有人从铁索的这边攀到对岸去，我儿子说："娘，爹骗人。"

凤凰铁锁咒

1

那股猪的气味，一直摇曳在我的记忆里。无论猪肉涨价或降价，我绝对不允许饭桌上出现猪的味道。卡儿问我是不是信佛，我说是佛信我。卡儿笑着说这样唯我独尊的境界挺好的，现在做一头猪比做人还值钱。

我讨厌猪，即使我出了狱，穿着无袖的黑外套和故意烧破两个洞的牛仔裤重新出现在十二指街，我依然痛恨猪，依然习惯对卖猪肉的胖子怒目而视。卖猪肉的胖子叫彭五，我小时候很怕他，他眼睛圆鼓鼓的像要突出来，砍猪排的刀又快又准，我一直不敢正视他的眼睛；但当我十五岁的时候，他在破爷家遇到我，此后他就懂得尊重我，老远就和我打招呼；后来我的左手臂纹了一只鹰，他就主动发烟给我抽；我的右臂开始能纹上蛇剑，我就叫胖子彭猪肉，他并不敢反对；我不断地建功立业，手臂上的蛇剑已经纹了三把，胖子彭就不敢正视我的眼睛。

我讨厌猪，也就讨厌胖子彭，这种印象直到后来我看到他一个人蹲在墙角哭，才开始改变。那是晚上，路边的玉兰花发出清幽的香气，我第一次从他的哭声中感受到一个胖子的忧郁和凄凉，这勾起了对铁窗岁月无边的回忆。在高墙之内的第一天晚上，我也是这样哭的。他们向我围过来，问我，“要五还是要八？”我一辈子都没有见识过这种场面，更希望永远也不要再有见识的机会。他们都围过来，我并不认识他们，所以我说，“什么是五，什么是八？”

“五是五百，八是八百。”一个人回答。

我预感到可能会挨揍，但还必须问清楚，就问，“五百怎么说，八百又怎么说？”他们也很有耐心地回答。一个人摸了摸自己的拳头回答了我的问题：“五百是硬的，八百是软的。”

我对硬的开始有了认识，心里掂量五百个拳头估计挨不过来，我说我选软的。那是寒冬腊月，号子里像个冰窖，我说这句话的时候，看到了自己口里喷出来的热气。

他们都哈哈地笑。一个人说，“每天十桶，你有三个月，给你打个八折。”水池边的水绝对是冰的，他们是从我的头部开始，慢慢淋湿我的衣服。他们没有一次性让我湿透，他们开始计时，在我消化完一桶水的寒冷以后，他们会给我带来第二次新的感受。在折磨我这件事上，他们显得经验丰富，手法老到而又创意百出。他们能够控制水的流向——从脖子进去，或者从后脑到后背，从外套到内衣或者从内衣到外套。他们说耐心地灌溉能让我茁壮成长不再生病，结果我还是病倒了，发烧。他们说我应该降降温，再加一桶。三百桶没到，我就得打点滴。

我第一次知道，我所熟悉的水，那些晶莹的液体，原来可以如此让人战栗。那个晚上我昏迷不醒，我似乎又回到了童年。在十二指街，我们一家人挤在家里唯一的一张大床上，那头猪，就睡在我们的床下面。我们必须养猪，它是我们姐弟俩一个学期的学费——也由于这个缘由，这头猪在家里得到我的混蛋父亲的充分尊重，我们必须跟它生活在一起，在它拉屎的地方吃饭，让它在大床底下啃着床脚。每个晚上，猪的鼾声和我的父亲，那个醉汉的鼾声总是连成一片。我的姐姐也从她的懦弱天性中慢慢走出来，变得肆无忌惮。她已经可以当着我的面蹲在地上小便，她不懂得脸红。我依稀还记得我母亲去世那阵子，我的姐姐，凌彩霞，她会低着头弱弱地问我，“弟弟，你苹果能不能切一点给我？”而后来，她会霸占所有的苹果，坐在门口的椅子上，把一只脚搁在门槛上开始歪着头大口大口地咬着苹果。她非常有自己的哲理地吃光所有的苹果，她说，率真才是真正的生活。但她的率真并不能让她把苹果再从她肚子里重新吐出来，找不到苹果吃，我还是会打她的，我醉酒的父亲也是会打她的。她只有跑。有一阵子，她经常不回家。“在外面睡舒服多了，”她说。

2

胖子彭在街角哭了半个小时，就站起来拍拍屁股回家去了。我分明记得他是蹲着的，不知他为什么要拍屁股。

那时木棉还没开花，玉兰的香气沁人心脾。

第二天遇到胖子彭，我并没有表现出我内心的友好，依然用半嘲讽半愤怒的眼光看着他。然而令我奇怪的是，他似乎变得无所畏惧。他不再讨好地笑着，也不再递烟给我抽，只是抬头看了我一眼，又继续切他的猪肉，很平静。猪肉的气味令我作呕，于是我赶紧离开。

胖子彭猪肉生意的顶峰时期，他几乎垄断了十二指街整条街的猪肉生意。没有人敢和他抢，他只要露出左臂蓝色的鹰，就没有人敢和他抢。蓝鹰是破爷给他的。按破爷的规矩，有一只鹰，你就可以指挥没有鹰的人。那时胖子彭赤裸着上身，挥动着猪刀，汗如雨下。“一天能卖二十头猪，”他说。十二指街的人，一天可以吃光二十头猪。在他洋洋得意的语气里，我感到一阵恶心，这也是我讨厌胖子彭的重要原因。

每天早上，猪肉卖完的时候，胖子彭会买一碗热腾腾的豆浆。他似乎特别珍惜这一个时刻，他站着，一脚踏在椅子上，一手扶在猪板子上，另一只手则慢悠悠地，像领袖一样地夹着烟往嘴边送。吸一口烟的时候，他会若有所思地半眯着他的大眼睛。烟抽完，豆浆温度适宜，他头一仰，咕咚咕咚，一碗温暖的豆浆就被送进胃里，同时他长长地舒了一口气：咳哎——

但胖子彭是怕我的。用破爷的话说，我干的才是正事，所以他才给我一只鹰还有三把剑。三把剑，你想砍谁就砍谁，破爷当时说的可不是酒话。破爷说这话的时候，用他干瘦的手指不停地敲击着桌面，以示斩钉截铁。

我干的当然是正事，在我的培训下，手臂上纹着蛇的各路兄弟活动频繁，十二指街几乎成了全市赃车的聚集地。人们提到赃车，就不得不和十二指街联系在一起。到这里买车的人络绎不绝，我曾经怀疑这才是胖子彭一天能卖二十头猪的真正原因。

然而，那一年木棉花燃烧起来的时候，胖子彭还是死掉了。我依然记得那个玉兰飘香的晚上，我这位得了绝症的胖子朋友蹲在墙角抱头痛哭的情景。我也终于明白了胖子彭对我的无所畏惧是由于他碰到了更大的恐惧，那就是死亡。

十二指街的人说，是癌细胞把胖子彭的心肺都给吃光了。死的时候，胖子彭的肚子涨起来，像个孕妇，但他存放心肺的胸部却干瘪下去。胖子彭死死地掐住自己的喉咙直至断气。根据这样描述，我的理解是，胖子彭大概尝了人世间终极的痛苦，宁愿把自己掐死。从这一点上，我愿意称他为胖子朋友。

3

十三岁那年，我醉酒的父亲开始殴打我的姐姐，凌彩霞，这个因为对食物过度眷恋而显得有一点胖的女孩。我的父亲凌天财是一个失业的铁匠，只有在醉酒时才能找回他的铁匠本色。我每个晚上都听着姐姐的哭闹声入睡，床很大，我也很困，在半梦半醒之间，总听得见姐姐的啜泣。我父亲不敢打我，因为每次打我，我就把怒气迁移到床底下那头猪身上。“凌天财，”我直接叫他的名字，“我会把猪打死的！”我抽打猪的时候，比我父亲抽打我要厉害十倍，我必须用我的怒气把父亲给镇住。果然，为了猪还能在家里活下去，我父亲不敢打我。

但我姐姐渐渐不哭了，她开始用沉默来对待羞辱和疼痛。而由于她的这一变化，我的父亲也渐渐丧失了打她的欲望。“打了也不哼一声，跟踢一面墙有什么区别！”我父亲说。

我姐姐开始宣布不念书了，想工作。父亲对她的这一壮举大为赞赏：“好！出来赚钱好，人迟早都要独立的！”只有我知道姐姐不念书的原因——她暗恋了两年的一个男老师突然宣布结婚了。该老师姓徐，她不止一次地在日记里（我偷看的）描述徐老师能写一手好字，会唱刘德华的歌，会弹吉他，还能朗诵古诗。总之，在当时的凌彩霞眼里，他身上具有男人的一切优点。

我那时只觉得姐姐这场无聊的单相思离我很远，却不知道正是这一个男老师，会成为我的班主任，并赐予我闯荡天下的无穷力量——他本来可以交给我天堂，可惜没有，他交给我一个地狱。

十三岁那年，父亲终于把家里的猪卖了，按照惯例，父亲买回一只鸭子，在二十平方米的家里大摆宴席，宴请我们姐弟俩。但这一年，由于姐姐不念书了，父亲用上帝一样的口吻说：“你姐的学费，就给你买一辆新自行车，你每天上学要骑那么远的路，那辆车天天坏天天修，还不如买一辆新的。”

我那时觉得这个铁匠就是一个神！

我得到了一辆新的自行车，凤凰牌，骑上它就像真的骑着一只凤凰，我觉得自己都能飞起来。十三岁，我穿着白衬衣，衬衫的下摆飘垂着，阳光照过来，照在我身上。我姐姐远远地看着我，看我骑着新车欢呼雀跃，她面若桃花，笑容无比灿烂。此后的岁月中，我再也没有看见过这么美的笑容。我姐姐一直在美容院和足浴城之间辛苦地劳作，反正不是帮人洗脚。就是帮人洗脸，对她而言，她手中的脚和脸差别不大，与应该擦洗的碗盘也并无二致。

第二天星期一，我骑着我的新车上学去，我想象着男同学们羡慕的眼光，期待着女同学红着脸对我说：“你能送我回家吗？”

这是新车啊！我喝了两大碗水，早饭也不吃就出发了。路还远着，路上尿急，我在一个公厕门口停了下来，这一停，却改变了我一生的命运——从公厕里出来，我的凤凰已经飞走了。我把它锁好了，但它还是不见了。无法用语言形容那一刻我看到路边空荡荡不见我的车时的感受，我多么希望附近埋伏着我的所有的好朋友，他们马上就会从草丛里蹦出来，告诉我车还在，一切只是一个玩笑。

但确实不是玩笑。我在路边蹲了很久，最后抹干眼泪，我总得上学呀。走在路上，走在旷野中，朝阳就升了起来，我看见自己单薄的影子，晨风吹动我的衬衫，我显得那么瘦。这么瘦的一个孩子，还被人偷了车，想到这个，我就哭了。路上空无一人，四野空旷，巨大的空间把我的所有哭声都吞掉了。

到学校时，已经是第二节课，我喊了报到，抬头一看，班主任徐老师在上课。但他似乎看不见我，我想是我的声音太小，他听不到，于是我说："徐老师，报到！"

可不料他扬起黑板擦，啪地朝我脸上掷过来，打个正着。我还在喘气，被粉笔灰一呛直咳嗽。我还没明白怎么回事，他已经一把将我拎到教室后面。他说："为什么迟到？别跟我说自行车坏了！你的自行车怎么就天天坏！"

"不是坏了，是丢了！"

"你那辆破车，还有人要你的？"他冷笑了两声。我感到全班同学都朝后面望过来，有人已经开始附和着老师，咯咯地笑起来。

我不得不辩解道："是新车。"

"你也有新车？"他又冷笑一声："你不是要跟我说，你家里床底下的母猪生了一辆新自行车吧？"全班哄堂大笑。完了，现在所有的同学都知道我们家床底下有一只母猪，但徐老师那次去家访，还夸我们家的母猪长得好。

徐老师接着又说："你要说旧车丢了明天又骑来那还不行，凭空杜撰出一辆新车，说丢了，明天依旧骑着破车来上学，这借口天衣无缝，你看你真无药可救了！"

我看着他，眼泪就滚下来了，我想着我的新车，它现在在哪里，它骑起来就像飞一样的，现在它又驮着谁呢？

我亲爱的徐老师继续说："我盯你很久了，学习也不行，纪律也不行，要是每个人都像你这样迟到，那我这个班不是要全校倒数第一!”

“我的车真的被偷了!”

“偷了？那你就去偷回来啊——你去把你的新车偷回来啊！人家能偷你的，你就能偷人家的！说有什么用，我倒想看看，你的新车长的是什么样的!”

我想辩解，但居然说不出话来，我的心里就像一千支针刺着一般痛。却有一句话在我的心里刻录了下来：人家能偷你的，你就能偷人家的!

最后我写了一份5000字的检讨书，交了上去，徐老师说格式不规范，重新写。我只得熬夜重新写了交上去。本以为这件事过去我的生活就可以恢复原状。然而接下来的日子，每个人见到我，都问：“凌国庆，你的新车呢？”“凌国庆，你姐姐去当小姐了，她有没有给你买新车呢？”凌国庆，你的破车又坏了？

4

破爷说，该是天堂，该是地狱，都是自己给自己的。

当我每天都换一辆新车时，没有同学再敢嘲笑我了。他们都怕我，其实，他们是怕我手臂上纹着的那头蓝鹰。

蓝鹰是破爷给的。破爷叫人把我带到一个破窑里，用黑纱布蒙了我的眼睛，在我面前摆了十把车锁，问我，“要什么工具？”我说，“一条铁丝，一包口香糖。”我吃口香糖，五片一口嚼。破爷说，“我给你三分钟时间，开不了锁，我就废了你，你连我的车都敢偷!”

我冷笑了一声。我用嚼烂的口香糖和铁丝把十把锁都开了时，计时的人说，一分十三秒。

破爷拉起我的手，仔细端详着说：“你这手是什么做的呀！手巧，心巧，匪夷所思！我给你一头鹰，你带他们去帮我偷车吧，我还会给你钱。”破爷又对他们说，“别看他看起来是个孩子，你们都听他的，他会成为你们的财神。时代交给我们一个天才，我破爷一定好好爱护。”

我又冷笑了一声。如果他们知道我从十三岁开始，拆过多少把锁，在每把锁身上花了多少时间，他们就知道什么叫“匪夷所思”，什么叫“天才”。就这样，我创造了十二指街辉煌的赃车时代，开始是自行车，后来是摩托车，到了胖子彭死的时候，我已经把注意力转向汽车。

我一直怀念我的中学时代，我多么想回到过去，如果在过去，我能拥有这么多车，我就不会再遭受嘲笑。然而过去的时光不能改写，我屈辱的一页无法抹去。

我无数次想给那个姓徐的老师一点颜色看看，每次想到他，我就恨得牙痒痒的。然而我姐姐，凌彩霞，她看都不看我就说：“你听着凌国庆，你要敢动他，我就从这里跳下去！”

说话时她在足浴城的十二层，而且我知道她不是在开玩笑。这句话像一句咒语，让亲爱的徐老师得以安居乐业，他生了个白胖小子。我相信他早就忘了有一个扎羊角辫子的女生暗恋他，也不知道他曾对一个叫凌国庆的坏学生说过什么。

然而六年后，那个令人寂寞的午后，我亲爱的徐老师终于还是得到报应。

这六年中，似乎世界都在膨胀，一切都在发胖。再次见到徐老师，他已经从一个帅哥，变成一个胖子。我必须感谢历史对我的恩赐，让我的报复计划得以实现——我遇到他时，我亲爱的徐胖子，正从车店了买了一辆自行车，兴高采烈地骑出来，和他一起的还有一个同事老高。

我看到他兴高采烈地骑着他的新车，似乎时光就回到了十三岁那一年，我也是同样兴高采烈地骑着我心爱的凤凰单车，我的亲爱的姐姐面若桃花，一直笑着。那时她那么年轻，那么美。

徐老师终于在一间超市前面，把它心爱的新车给丢了。他无法相信，只需要一个转身的距离，他的新车就不翼而飞了。他无法适应这种变化，于是他和他同事重新回到车店，又买了一辆自行车。老高说：“老徐，别再去超市了。”

然而我的老师，他以他不服输的精神，重新来到超市门口。他用他一贯专横的语气对老高说："这样吧，你进去帮我买两瓶酒，我就在这儿看着新车。我就是把新车子放这里，我就是让他来偷，我就是放个鱼饵，要把这王八羔子逮住。"然而当老高从超市提着酒出来，他看到目瞪口呆的老徐站在那里不知所措。

是的，老徐的第二辆新车又丢了。两辆新车六百块钱，一个月的工资就去掉大半，他没有理由不激动起来。一阵茫然之后，我亲爱的老师开始情绪激动地破口大骂。这引起了一些人的围观，然后我的老师开始他所擅长的讲述，他把他丢车的整个心理过程描述出来，引发了围观者阵阵共鸣。

丢车之后，同事老高出于同情，请他到馆子里吃了一顿。那个晚上，我亲爱的老师喝的有点上层次了。他对同事说："老高，你请我吃饭，我请你洗脚去。"

于是他们俩醉醺醺地朝知足足浴城走去。知足足浴城正是凌彩霞所在的地方，于是我所知道的宿命正把它的作用发挥到极致。

5

这天晚上，徐老师完全不知道为自己服务的女孩，恰巧是八年前自己的学生凌彩霞。他兴致很高，和老高大谈有多少女学生暗恋他，并开始动手动脚，污言秽语。他曾经在学生面前刻意经营的形象，碎成一地的玻璃。

一夜之间，我的姐姐凌彩霞，在看清徐老师身体与心灵的所有细节之后，似乎老了许多，我从她的眼神中看出了厌倦，一种彻底的厌倦。她盘着腿，坐在窗前，在抽完一包烟之后，用多年前对付父亲那种平静的语气对我说："你现在爱怎么着就怎么着吧。"听她这么轻描淡写的一句话，我内心像哪里挨了一下，有点痛，甚至有点后悔。如果我不去动他的自行车，或许我的姐姐心中的信仰之柱会永存。人是注定要被一些东西骗一辈子的，幸福地活着就意味着不得不自欺欺人。

每个人心里都有一把钥匙，只要拿到它，你就能为所欲为。我把人手安排下去，计划周详，这个魔咒一样的游戏就正式开始了。

一周以后，我亲爱的徐老师开始了他的噩梦。有人开始给他发信息，内容涉及老师嫖娼的细节和对师道尊严的失望……但现实的进入是缓慢的，开始，我的老师以为是同事老高开的玩笑，不以为然，但慢慢地他开始感到一丝不安。直到他私底下问老高："是你给我发的信息?"老高说最近没发信息给他。"那你有没有收到类似的短信?"老高说没有，恐惧才逐渐进入他的生活。这一天早上刚起床，他又收到信息："我现在就在你学校门口，你出来，否则后果很严重。"老徐不敢怠慢，穿上拖鞋，匆匆跑到学校门口。可这时短信又来了："你迟到了，我已经在校长室门口了，你就等着校长找你谈话吧!"这可真要命，他急忙掉头，往校长室跑。在转角处他感觉自己似乎碰翻了一个花盆，但没有回头。在校长室门口正巧遇到校长从里头出来："咦，老徐，怎么今天这么早，穿着拖鞋就来上班了?找我有事?"他顿时吓得面色苍白，哆哆嗦嗦："没有……没有，我出来晨练。""那是要的，每天锻炼一小时，健康工作五十年。"校长像平常一样跟他笑着点了点头走过去，他这才将头靠在墙上长长舒了一口气。

第二天，徐老师办公桌上出现一封举报信，上面有纸条一张："本信一式十份，在不同时间寄给贵校不同的科室。"于是从次日清晨开始，他每天早上一到校就去收发室查信，看到别人手里拿的信也忍不住要探头多看两眼，甚至连学生的信件，都开始敏感地盘问。

我亲爱的徐老师开始养成及时删信息的习惯，更不准自己的妻子碰他的手机。每天时时刻刻把手机紧紧握在手里，连睡觉也压在枕头下面，可这并不能让他真正安心，面对这不分时间、地点的短信狂轰乱炸，他精神恍惚，工作开始出错。我完全可以想象他垂头丧气走进教室的样子，一种报复的快感在我心中荡漾开来。

总这样下去也不是办法啊。徐老师忍无可忍，确认了厕所里没人，终于鼓起勇气给那个号码打去电话。接电话的人成竹在胸，用老师惩罚学生的语气让徐某写检讨书，要求必须写满5000字，手写，不能打印，要原创，不得到网上找资料，检讨得好就放过他，否则就去校长那揭露他的丑事。这样的惩罚并不幽默，他点灯熬夜花了两个晚上终于写好5000字的检讨，并按照要求送到指定地点。然而，事情仍然没有就此结束——“字写得很漂亮，但检讨不够深刻，重写，字数一万！”一条短信又把他打回原点，我的老师快疯掉了。折腾一个多月，我神采奕奕的老师变得面黄肌瘦，形容枯槁，他跪在地上老泪纵横，开始写他万字检讨书：乡镇老师也是人，老师干得比驴还累，吃得比猪还糟；装得比总统还严肃，责任比总理还大；名声比汉奸还差，态度比孙子还好；言行比奴隶谦卑；挣钱比民工还少；生活比乞丐窝囊，生命比蚂蚁脆弱……

读完检讨书，我对着夜空想了很久。那天夜里，我让人把徐老师丢的两辆车，放到他的家门口。

6

我所知道的宿命就如多米诺骨牌一样，首尾相应，你不知道它会从什么地方开始，又会在什么地方结束。命运转个弯，又回到了我的姐姐凌彩霞身上。正当我读完徐老师用漂亮的钢笔字写成的检讨书，对自己的游戏感到索然寡味准备收手之时，我的姐姐凌彩霞，把我叫到足浴城的十二层，她依然坐在那张对着窗的躺椅上，她用一直懒洋洋的口气说：“我肚子里有了孩子，姓徐。”

我一听，头脑嗡了一声。我需要烟，接连抽了三根。

“打掉他。”

在这时，一向冷冰冰的凌彩霞，却突然哭了起来，不停地啜泣。我从小最怕我母亲哭泣，每次我的母亲哭，我不知道为什么，也会跟着哭。现在，面对着哭泣的姐姐，我感到心烦意乱。我走了出来，给两只鹰犬打了电话，告诉他们：游戏继续。

第二天一个便衣警察出现在徐老师的办公室，我的老师正在备课，便衣故意压低嗓门说：“我是刑警队的，来办案子。”听来人这么一说，老徐顿时冒起冷汗，他预感到自己被出卖了，马上将“刑警”请到外面说话。“你是徐老师对吧，你出事了，足浴城那个小妞现在已经被抓了，很快就会把你的事抖出来，但听说你在校工作挺好的，要不你拿八千块钱，我给你办一办吧。”老徐几乎要瘫软了，此时他只顾害怕自己嫖娼的事情败露，只想尽快用钱把这件丑事摆平，可怜的老徐毫不犹豫地从银行取出钱交给了他。

交了钱，老徐似乎得到了解脱，此后几天他的生活又恢复到从前。然而，好景不长，便衣又一次在办公室找到他：“只要那个小妞在里面，你的事就平不了，她老咬住你不放，你得先拿钱把她保出来才行。还有，她有性病，你再拿点看病钱，一共一万块。”听了这话，老徐又傻了，这么短的时间他怎么筹一万块钱啊？经过商量，便衣对他的处境表示理解，答应三天后来取钱。而好不容易凑足钱交了，徐老师竟又开始觉得自己下身不适，难不成被传染了性病？这样的猜测又将他推向了更加痛苦的深渊。他瞒着妻子服用消炎药，担心没效果又去买祖传秘方，后来还到街头小广告上宣传的小诊所去就医，小诊所就像黑店，见有肥肉哪肯放过，没病也整成有病，把他当成定期的提款机，折腾一个多月，花了三四千块，我神采奕奕的老师变得面黄肌瘦，形容枯槁。

我将一万八千块钱放在足浴城十二层，我的姐姐凌彩霞的床头。发信息给她，告诉这是徐混蛋的钱，要她去把孩子拿掉。

第二天，凌彩霞给我回了信息，说钱已经全部捐给希望工程。孩子几个月后出生，现在先给他积点德。又来一条信息，凌彩霞说：“我本就是一个风尘女子，无所谓沦落。我偷偷去医院照了 B 超，是个男孩。”

我憋住没有哭，想起多年前破爷对我说的话：“该是天堂，该是地狱，都是自己给自己的。”我不知道我这个亲姐姐，她到底想走向哪里。

不该来的没有来，该去的却已经去了——我的酒鬼父亲凌天财在那天夜里死掉了。那天夜里，他又喝醉了，刚站起身回家，没站稳，栽了个跟斗，在一个青石上碰了一下，磕掉了两颗门牙，但他浑然不觉，跌跌撞撞走回家，在镜子前面一站，才发现少了两颗门牙，于是他又出门去了，来到他喝酒的地方，那个炒田螺十分出名的地摊，他在地上一堆田螺壳里终于找出他的门牙，把他安上，安在牙龈里，然后就倒地不起。炒田螺的对我说："昨晚你爹喝多了，老说起你娘年轻时候的样子，他说你娘在家里等他，他要回家去……没有人惹他，凌国庆的爹，谁敢惹他呀……昨晚我就觉得邪门了，平时他喝酒都没有那么多话的，昨晚一直在说，还说起彩霞，要彩霞原谅他……还说要给你再买一辆凤凰单车……"

7

出葬那天竟然下了雨，别人都说是好兆头，也有说凌天财以前也积了些德，老天也该为他下点雨。彩霞没有来参加葬礼，我不知道是因为身子不方便，还是因为仇恨。我在葬礼上哭了，哭得惊天动地，我只是把多日憋在心里的不快全部宣泄出来，但别人还是夸我是个孝子。

我把父亲磕掉的那两个门牙留了下来，装在一个小木盒里面。我也不知道为什么要这样做，我甚至感到了某些歉疚。我母亲在的时候，我父亲是一个好丈夫。他勤劳地在火炉边工作着，把铁器敲得叮当响。我父亲可以造任何兵刃，只是不能造锁。那阵子，老凌的菜刀在十二指街是响当当的。破爷曾说，他也在我爹的小店里成批地买过刀。

那时他偶尔也爱喝两口，但从来不误事。我娘说，她生下我那阵子，我爹甚至连烟都戒了，说是二手烟对孩子的身体不好。他甚至还接济过穷人。小时候，我坐在他强壮的肩膀上，在闹市中穿行。在闹市的角落里垃圾堆旁有一个疯子，名字叫什么生，或者什么森，该疯子在垃圾堆旁边泡茶喝，每天都坐在那里从事他的不朽事业——用一只斗笠接受外星人发来的信号。我的父亲总会带着我，在垃圾堆边上停下来，与疯子聊一聊外星人，再给他买一点吃的，看着他吃下去，这才离开。“他身上那么臭，你还跟他聊那么久。”“你不懂，不聊那么久，你给他东西，他还不会吃呢。”他走在街上，我问他，“人家和你打招呼，你怎么不理人家。”他指了指自己的嘴巴，走到了一个臭水沟旁边，呸地一声吐出一口浓痰，然后说：“不能随地吐痰，含着它，我就无法打招呼，也不能笑。”

我的父亲心思缜密，和他下象棋，我从来都是输的。也就是他，教会我“死棋勿救”的人生哲理。而我的父亲自己在处理母亲的死这件事上，却没有那么干脆。他有时会发神经地交代我，“晚饭要多下一点米，你娘就要从造纸厂下班回来了。”那些日子，我和彩霞总会被我的父亲不经意的几句话吓得毛骨悚然，噩梦连连。一直到我的父亲爱上了酒，他才不再提起我娘——然而那只是另一个噩梦的开始。

这个铁匠开始不刮胡子，学会像一个痞子一样走在路上。因为酒，他开始抽打彩霞；也因为酒，他变得容易开心。彩霞出来工作了，他很开心；我也出来了，虽然我们姐弟俩说到底都不是什么好东西，一个偷一个卖，但他也很高兴。他很少伸手向我们要钱，似乎知道自己在我们身上付出不多。但只要彩霞给他带去一点钱一些酒或一只下酒的烧鹅，他就会格外开心。

但他毕竟也有伸手要钱的时候。胖子彭死后，我醉酒的父亲开始频繁出入胖子彭的家。当人们看到胖子彭风韵尤存的老婆保养得那么好时，就完全知道我父亲在干些什么。我知道一个男人和一个寡妇的共同需要，我给了他钱，但我告诉他，这不好。他不听。他的这种生活大约持续了半年，他又开始发神经地说，我娘在家里等他，他不能乱跑。于是他一改自己的风格，不再通宵喝酒，而是不断地问别人几点了？他总能在半夜十二点之前踩着星星回到家里，只有死的那一夜例外。“回去太迟，我老婆会哭的。”他经常对周围的人说。

当然，不可否认父亲的死，让我的记忆像个筛子一样，开始筛选好的，去掉坏的。比如说他的偷窃。他偷了东西被发现，可以从三楼的窗口跳下来，这种情况发生过三四次，但从来都安然无恙。所以我不得不承认，在盗窃这件事上，确实存在遗传的因素。

8

我记得出狱那天，破爷派人给我接风。“才三个月，我还蹲过一年。”“才一年，狗头大哥在里面蹲了三年，出来还不是生龙活虎。”兄弟们你一言我一语，和平时一样吵吵闹闹。

但那天晚上，我对破爷说：“我想收手。”但破爷脸色一沉，但即刻又笑道：“你太累了，多休息几天，这件事我们私底下慢慢再说。”

一个月后，我找了一个单独的机会，我又一次对破爷说：“我想收手，黑白两道我都不惹，我想去开一个汽车修理店。”

“去开个汽修店，这个可以，要多少成本，我来弄，需要师傅，我来请，但你退了，这几百号兄弟，以后跟谁呀？”

“狗头大哥现在开锁拆锁也不差，他可以领班……”

“你以为真的就可以黑道白道都不惹了，说清白就清白么？在我破爷这里，只存在三种人，要不就是朋友，要不就是敌人，要不呢，就是永远不会泄密的死人。话说到这个份上，我想你也知道我的意思了。”

“……”

我还想说什么，但被他截住了。他说：“我听说你认识了一个女朋友，叫卡儿，在大学里读计算机专业，大学三年级的女生，真不错，她几乎每个周末回家都会走过中山公园，那儿非常阴暗潮湿，如果说在那染个感冒什么的，那没有人会怀疑的哦，还是让她注意健康。从小就认识，青梅竹马，这种爱情现在可是找不到啊！”

我不敢再说什么了。无爱则无忧，现在我有爱，所以就有所忌惮，有所忧，也就有许多弱点。虽然我不知道破爷所说的中山公园是什么意思，但很明显，他在用卡儿的安危威胁我。

这个和蔼的老头，在这一刻变成一个魔鬼。或者他一直都是魔鬼，一直都对我念着咒语，只是我并无留意。他又重复了那句话：该是天堂，该是地狱，都是自己给自己的。

破爷抚着我的肩膀：“做这行有什么不好？不愁吃不愁穿，也不用淋雨晒太阳，年轻人，你没吃过苦，你可以永远不用吃苦，只要你好好跟着我。”

虽然在里面只有三个月，出来了我依然还是一条好汉，没有一扇门能够难得倒我，对我而言，这个世界是没有门的，是通透的，我可以进入任何一个我想进入的空间。这一次入狱虽然不能说完全翻船，然而，我知道终有一天，我会和破爷一起在铁窗中度过余生。我确实不想再有人走过来问我，你要五还是要八？

所以接下来的一年，我似乎把这件事给忘掉，我安于盗窃，培植新秀，我只是在等待。因为卡儿马上就要毕业了，她一毕业，我就带着她远走高飞，离开十二指街，离开这个鬼地方。在这骨节眼上，我的父亲死了，其实我如释重负；然而，彩霞却给我带来了一个未出世的外甥。

办完我父亲的丧事，我去足浴城找凌彩霞，那里的人告诉我，彩霞已经离开，不知去向。她大概是想避开我，避开所有人，找一个地方把孩子偷偷生下来。这个世上我唯一有血缘关系的亲人，竟在她最需要帮助的时候离我而去。我心里暗暗发誓，“好你个凌彩霞，从今往后无论你遇到什么样的事情，生老病死，我都不会再见你。”

9

在火车上，卡儿笑着问我，“我们这样算不算私奔？”

“你觉得算，那就算吧。”

“喂，凌国庆，听你的口气，好像和我私奔，你还亏了一样。我就想不通，为什么就要和你私奔？”

“一把锁配一把钥匙，不和我私奔，你还能和谁私奔。”听了这话，卡儿才满意地笑了。但她又问：“那为什么我们这把有钥匙的锁，非得从一个地方迁徙到另外一个地方呢？”

“因为十二指街太潮湿，我们怕生锈了。我可不想让我们将来的孩子有一个生锈的父亲。”卡儿又甜蜜地笑了，长长的睫毛格外好看。

然而，我的甜蜜生活还不到半年，就接到电话。打电话的人是狗头大哥，一位性情憨厚的盗窃老手，在我的指导下，他已经能够破解至少三种汽车的电子锁。他在电话里温和地说，“破爷让我转告你，你度假已经五个月了，你姐姐的孩子也出生了，要你回来给他取一个名字。”

“我姐姐？”

“是啊，破爷在你家卡儿没有毕业之前，就暗地里把彩霞从足浴城接到东湖山庄，后来发现你姐姐已经有了身孕，就更不敢怠慢，一直给她最好的照料。破爷说，为了不影响你度假，他才没有告诉你。”

“你放屁！”我咔地挂了电话。这个老奸巨滑的家伙，原来早就把彩霞软禁起来。

我对卡儿说，“我想一个人回十二指街，去把彩霞救出来。”然而卡儿坚决反对，她说，“你说一把锁离开了钥匙，那还有什么意义，如果你一定要回去，那我们就一起回去。”

“你知道回去意味着什么吗？”

“或者是生锈，或者是死，怕什么！”

“别忘了你肚子里也有了孩子。”

“没有了爹，这孩子活下来也是不完整的！”这时候的卡儿固执得像头牛。我想起了自己没有母亲的少年时代，想起酗酒的凌天财，不禁热泪盈眶。

坐上了回来的火车，卡儿睡不着，她说，“你讲个故事给我听吧。”

我最怕女人要我讲故事，因为我确实讲不好，我缺乏编故事的能力，更缺乏把它讲出来的能力。我说，“讲故事我讲不了，我和你讲一讲监狱里的事吧，量你这一辈子估计也没机会进去见识见识。”她骂了声讨厌，就要我讲。于是我和她讲了监狱里的饮食，讲几颗黑豆一碗稀饭。我说我们吃的是白菜粥，她说，“哇这么好，素食比较健康，白菜粥挺甜的，我都想喝。”我淡淡一笑，说，“这白菜粥里头，还漂着一些纸屑。”

“怎么会有纸屑？”

“我们用什么擦屁股？”我反问。

“纸巾咯。难道有人恶作剧，把擦屁股的纸丢进粥里，我不信。”

“不是的，监狱里用厕所的大粪来给白菜作肥料，所以白菜粥里就有纸屑。”

卡儿一听，一阵干呕：“我就知道狗嘴吐不出象牙，叫你讲故事，谁让你这么恶心。”

安静了一会儿，卡儿又问：“这次回去，你准备怎么办？到公安局自首？拿把 AK47 去破爷的东湖山庄进行大扫荡？还是……跪在破爷面前大哭大闹磕头求饶？”

我望着窗外无时无刻不在改变的景色，叹了一口气：“每个人都是一把锁，要打开，就得找到钥匙。”

然而卡儿对此将信将疑，她说：“我是学计算机的，现在科学发达，一个手指（指纹），一个眼神都可以是一把钥匙，你真的能拿到破爷的钥匙吗？”

10

破爷的钥匙在他的老母亲身上。在深夜，我们来到十二指街，敲开了胖子彭家的门，寡妇半夜被吵醒，脾气很暴躁，但一看是我，吓了一跳，很快就变得温顺。一个寡妇缺的是钱，所以她一切都照办了。过了几天，我打电话给破爷，告诉他，我已经把他乡下的老母亲接到十二指街住下。“我这次到了湘西，刚好碰上一个神医，他传了一道方子，刚好可以医治老太太的脚疾，由于时间紧迫，我也没来得及通知您。老太太行动不变，现在卡儿和她寸步不离，还是请破爷移步吧。”

破爷匆匆赶来。我和他在寡妇的卧室里，静静地谈了一个下午。由于我们的约定，谈话的内容将成为永远的秘密。薄暮时分，门开了，我们从卧室里走了出来。我把破爷送到门口，我告诉他，彩霞的儿子将叫无锈，就是永远都不生锈的意思。很快，他也就将彩霞母子放了出来。

然而，警方却在几天后侦破了破爷的案子，那时我还没来得及离开十二指街。破爷在东湖山庄里自杀了。自杀之前，他仍然坚信是我报做案，而命运的巧合正是我解释不清楚的地方。直到现在，在铁窗之下，我再也没有机会向死去的破爷解释什么，谁也不相信我真的是一个信守诺言的坏人，倒把我当成道德败坏而今改邪归正的觉悟者。

破爷漏网的爪牙终于对我加以报复。他们埋伏在中山公园，我的妻子卡儿挺着肚子走过时，被他们扎了一针。事后卡儿来看我，她说，医院的检验结果还没出来，不过那天她看清楚了，针管里是红色的血。她看过报道，不少人被这针扎过以后，都得了艾滋病。但她要我不用担心，“我查过资料，胎儿经由母亲垂直感染到艾滋病的机率只有三分之一，无论如何，我还是要把孩子生下来，即使他没有妈妈，至少还有爸爸。”我想起了自己没有母亲的少年时代和酗酒的父亲，似乎已经听到床底下的母猪又嗷嗷直叫，回忆使我热泪盈眶，而我确信这又是宿命的一个轮回。

替 身

你得到了什么，在遥远的异地？你失去了什么，在你自己的故乡？

——莱蒙托夫

1

老徐说，这两天他已经死了两次，下午准备再死一次。但那天下午他没有去死，而是在我家喝得酩酊大醉。他举起两个手指，说这是两棵树。我只能说是的，好大的两棵树。他接着说要砍树，我看他站起来，直奔厨房寻找菜刀，大惊失色，一把抱住他，连哄带骗让他在沙发上躺下，但没多久，他又站起来，说要去找铁莲，我说铁莲不在；他便要去找苗导要工资。于是整个下午，我们都在铁莲和苗导之间纠缠不清，一直到他睡了，在沙发上打着很响的呼噜。

老徐睡下了。我的酒劲也开始发作，脑壳嗡嗡地响。刚躺下又爬起来——我得去锁门，我对门那老太婆不知为什么有偷东西的癖好，其实她家一点都不穷，但她就好这一口，我吃过亏，被她顺手牵羊揪走了两双价值几十块的皮鞋。我锁好门，楼上那家人又开始挪桌子和椅子，而且还挑时段，不是午后就是半夜，每次都拖得天花板哩啦作响。刚开始租这房子的时候，我上楼十分客气地同他们说了两三次，这倒好，他们反而觉得我敲门打扰他们了，属于恶性骚扰，事后便给楼下管理处打个投诉电话，说如果我再去敲门，他们就报警。

我醒来的时候，老徐正在客厅抽烟，把脚抬高搭在茶几上。他见我从房间出来，把脚缩了回去，十分礼貌地对我笑了一下，才说："真不好意思，喝光了你的酒。"说着他看了一眼空酒瓶，酒瓶还倒在茶几下面。我说，"没事，倒是让你死不成了。"

老徐是一个群众演员，跑跑龙套。刚才说到的苗导是他老板，秃顶的胖子；铁莲是他前妻，不久前离婚了。他每天都要在苗导面前出现一下，奉献几个笑脸，期待苗导给他点活干。按行价，露一下脸的是二十，有一句台词的五十，装一次死人给一百元红包，做一次替身两百到三百，挨一记耳光五百块。前两天，老徐去死了两次，理当得到两百块报酬，但被苗导给扣下来，"工资过几天再拿，这点小钱，我们苗总，会给你的。"故此老徐心里郁闷。本来下午还有个机会死一次，结果喝高了，没去成。

老徐指了指天花板，说："上面很吵。"

我说，没办法，特殊爱好，每隔两分钟会挪动一下桌子，习惯了。

2

在离婚之前的那段日子，老徐经常可以在自己的床上发现苗导的东西，开始是外套、烟或者火机，后来是领带、袜子、皮带、大号内裤。铁莲总是一句"他不小心落下的"，也没再说什么就走开了。最后老徐用单车载着铁莲去离婚，出来的时候，他自己骑着单车走了，铁莲习惯性地唉了一声，老徐回头说："唉什么，我们现在已经不是夫妻了，自己走回去！"说完这句话，老徐哼着曲子走掉了。在我看来，对这个情节的安排，老徐早就密谋好了。他一定知道铁莲会习惯性地唉一声，也早就准备好扬长而去。老徐似乎不像别人离婚那么伤心。"离婚太便宜了，只要七块五毛钱！把那红本本一剪，啥事都没有了，我问人家同志，要不要其他什么东西，人家说不用。”对未来的生活，老徐也一点都不担心。“老郑，我跟你说，体面人在这方面就不如我们了。不瞎吹，正儿八经的，很多人一辈子就睡一个女人。但我们的工作是流动的，打工妹多得是，她们也是流动的。”说完老徐哈哈大笑，我也跟着笑了起来。

但江湖传言，老徐下面不行，这大概是铁莲愿意和苗导睡觉的原因所在。这种传言越传越真，最后传到了老徐的耳朵里。老徐脸霎时就红了。但没过几天，老徐就和一个叫小周的姑娘好上了，出双入对，非常亲密。该姑娘眉清目秀，一副楚楚可怜的样子，据说苗导都曾经对她动了心，只是一直没有得手。现在，居然让老徐给征服了。对老徐这一手，我颇为佩服，这等于一言不发，用自己的行动去回应别人的非议，实在是壮举。果然，外界的流言便渐渐平息。

过了一个星期，老徐又往我这边蹭。我问他为什么不去陪人家小周。他支支吾吾。“分手了？”他摇头。“那怎么整天往我的场子跑？你又不赌钱？”老徐沉默良久，才说：“老郑，最近场子还景气吧？我看赌的人都挺多，很多赢的。”

“赌钱都是有赢有输，赢的就和输的一个数，什么叫很多赢的……你想借钱？”我恍然大悟。

他点了点头。

“准备结婚？”

他又摇头。

我被憋坏了：“妈的，你装什么孙子，说！要钱做什么？”

他吞吞吐吐，但我总算听明白了。他要陪人家小周去把肚子里的孩子拿掉。我大为光火，臭骂了他一通。“你怎么这么不小心啊！那事很伤身体的，人家一个小姑娘，你还是不是男人？出了这样的事，你就得娶了她！还去医院干什么。”他给我这样一骂，居然呜呜地哭了起来。一个大男人这时候哭了，我简直忍无可忍，站起来，喊了一句：“你给我滚！”

这一句把他震住了，他从口袋里掏出纸巾擦泪，KFC 的，估计是和小周到 KFC 去顺手拿下来的。擦完了，他又把纸巾放回口袋里去。这才蹦出一句："那孩子不是我的，是苗导的。"

我一愣："是苗导的，你操什么心？"

他深深地把头低了下去。

我突然意识到什么。有什么比一个男人的尊严更重要呢？

我掏出两千块钱借他："让人家姑娘吃好一点，补一补。"

3

由于老徐对小周所做的事，现在更没有人质疑他下面有问题。而苗导的老婆，也没有再和苗导闹离婚，生活上各取所需。但苗导对老徐的态度明显好转，不但把以前拖欠的工资还了，还发了三百块钱给小周补身子。这让大伙惊讶不已，都说苗导也有善良的一面。过几天，苗导又给大家派发了避孕套，还开了会，在会上苗导对大家进行性教育。说有些外来女工认为事后用自来水冲洗就可以避孕，这是不对的；更有些女工荒谬地认为，事后服用凉茶可避孕，这也是不对的。虽然凉茶说明书上写着孕妇忌服，但凉茶只能降火，不能防止大肚子。

会后，大伙对老徐说，"苗导这次是冲着你来的，以后别让小周喝凉茶了！"老徐嘿嘿地应付着，虽然有些尴尬，但看上去显得精神饱满。

冬天的风开始在这座制造业名城吹过，天上的云被搜刮干净，晴空万里，碧蓝一片，直到傍晚才被霞光烧得通红；白色的鸟飞过这座城市的上空，越飞越高。我想起故乡的石板路和瓦片屋顶。青蓝色的瓦片，覆盖在屋顶，就如接连不断的波涛——城市里再也没有瓦片了。

这期间，我的地下小赌场被警察查封了两次，正在考虑改行。看着老徐白天穿着各种朝代的衣服，扮士兵狱卒，东奔西跑，晚上就回家陪小周，我感觉自己似乎没有活在人世间。

老徐的变化间接影响了铁莲。苗导已经对她失去了兴趣，以前是别人的女人，偷一偷觉得挺刺激，现在她和老徐离了婚，总感觉少了些味道，苗导出入她的房间的次数渐渐少了。和老徐离婚时，铁莲拼死都把儿子强强留在自己身边，她知道苗导不是长久的依靠，万一日后年老体衰，儿子就是最好的保险。但不想这靠山倒得如此之快，没几个月，苗导就嫌她腰太肥，腿太粗，总之，中年妇女的一切毛病，经过他的嘴说出来，简直成了莫大的罪恶。吵了一架以后苗导就不来了。

铁莲寻思着还是回到玩具厂去工作，但这日子一天比一天难过。家务、孩子上学，还要工作，她开始骂小孩。8 岁的强强忍不住，回了一句："只会偷汉和骂崽!"铁莲气歪了，但一想，并没有错，还必须找姓苗的寻条活计。

4

苗导当然不会给铁莲什么青春赔偿费。铁莲到苗家闹了一通，本以为苗太太会火冒三丈，没想到人家不愠不火地回应了她，以柔克刚，端坐在那里听铁莲一把鼻涕一把泪讲述故事经过，微笑点头，给铁莲递纸巾，最后替苗导给她道了歉，临走，还塞给一袋水果和茶叶。

刚开始走进苗家，铁莲还注意到自己的玩具厂工服与苗太太的旗袍很不相衬；从苗家出来，铁莲这些天来的阴霾都烟消云散，整个人像给熨过一般，服服帖帖，心里有说不出的舒服。

第二天，我从本市的报纸上赫然见到一张照片，是一起凶杀案。血泊中那个女人身上穿着玩具厂的工服，工号 4836。在她身边，苹果和茶叶散了一地。"据知情人士称，歹徒用刀捅伤这位外来打工妹后，还大叫捅错人了。警方调查人员初步排除仇杀……歹徒在慌乱中认错人的事时有发生。"

送到医院，铁莲失血过多，不省人事。老徐不顾小周的反对，去照顾她。"你现在出现，这事情你就得管到底，你怎么知道她要昏迷多久？你们已经离婚了你知不知道？”“我不管，谁管？这个城市，她没有别的亲人了。”抢救的费用，花光了老徐这些日子辛苦积蓄起来的工资，这钱他本来打算结婚的。小周到医院来过一次，老徐见她红着眼圈，以为她要来闹事。结果她把自己的私房钱塞到老徐手里，一句话都没说就走了。老徐拿着钱呜呜大哭起来。

但这些钱，除了将铁莲的工作服换成了病人的衣服之外，并不能阻止一条生命的流逝。临死的时候，铁莲醒了一次，紧紧握住老徐的手，热泪盈眶，只挤出了两个字：“强强。”

她指的是儿子强强。强强还在念小学，昨天妈妈踩单车来接他时，在校门口跟他的所有同学告别，说再见。回去以后，第二天就真的死了。强强对这件事想了很久，他哭了一阵，哭完了就沉沉睡去。第二天下午，强强的老师对同学们说，“他一定很伤心，所以不要提他妈妈的事，懂不？”班里的孩子们都懂事地点了点头。强强得回去上课了。到学校之前，老徐对他说，“如果同学们安慰你，那么你一定不能流泪，要坚强。并要对他们说谢谢你们的关心。”但整一个上午，没有人对他提起什么事；整一个下午，同学们也都若无其事。面对冷漠他终于憋不住，下课了，他对旁边围在一起走飞行棋的同学说：

“我家里出了大事，你们知不知道？”

“我们都知道啊，你妈妈死了嘛！”

强强听了，哇的一声哭了，忍了一天的泪水，控制不住地往外涌：悲伤、委屈、孤独……他想起有一次，妈妈带他到阳台上看流星，狮子座流星雨。强强说这是星拉屎，把妈妈笑得肚子痛。他第二天告诉老师，我看到星拉屎了，却遭到一顿批评：不能说粗话。于是，他越哭越大声：“我要和妈妈一起看星拉屎……”惹来同学们的一阵阵笑声。

5

苗太太很不简单，一手抚慰铁莲，一手积蓄力量找证据，闹离婚，分财产。其实她并不是真想离婚，只是想给丈夫施加一点压力，别让他总是逍遥自在，夜不归宿。可她想不到的是，自己的丈夫居然毫不犹豫地在离婚协议书上面签字。她气得直发抖，把协议书都给撕掉了。

苗导从家里出来之后最想做的一件事，就是把老徐从影视文化公司给开除出去。老徐还不知道自己就要失业了，他边在帮忙搭建背景架，边跟新手传授经验，什么别盯着镜头看，别跑出去抢镜头，等等。他没发现苗导已经站在下面。苗导说："下来！"

老徐指着自己的鼻子："说我吗？"

"不是你还有谁！"

"哦。"他应了一声，正准备从背景架上下来。苗导大叫："慢一点，手脚轻一点，架子没搭好，太用力会倒塌。我就不懂都是妈生的，你怎么就那么笨呢！"

老徐又哦了一声，蹑手蹑脚地下来了。

苗导劈头盖脸就问一句："你老婆死了？"

老徐愣住了，点了点头。

"她要死怎么不会把我老婆也杀了呢？"

老徐开始意识到老板今天心情不好，是故意来找他麻烦的。苗导又接着说："她要死，怎么会想着先捅出乱子，不会想到灭掉几个人呢？"

老徐摇了摇头。

看到边上还有两个工人在看着，苗导对他们说，"你们先走，你们先下班。"两个工人巴不得可以溜，一眨眼就没影了。

苗导一个巴掌扇过去，打得老徐有点晕眩。他的目光越过苗导光秃秃的头顶，看到了美丽的夕阳。

苗导又甩出一句："性无能的家伙！"

这一句把老徐给激怒了，他满脸通红，头一低就朝苗导的大肚子撞过去。苗导在地上翻了个筋斗，撞在背景架上，背景架晃了两晃。

老徐终于意识到冲动是要被惩罚的，连忙跑过去，想去扶他的老板。可是苗导一甩手，自己站了起来，冷笑说："一会儿你去财务拿工资，然后给我滚蛋，别再让我见到你！"

老徐一下馁了，哀求了几声。

就在这时，一阵风吹来，晃了两晃的背景架终于撑不住了，轰然往两个人身上压过来。老徐眼明手快，一把将苗导推开。苗导被他第二次撞倒，又像一个球一样滚到一边去了，正想发作，却看到那个巨大的背景架咣当一声稳稳把老徐压住。他吓得两眼圆睁，说不出话。

老徐在底下还有气，弱弱地说："快去叫人啊！"

苗导趺趺撞撞地爬起来，掏出手机，跑了出去。

四野里重新拥有寂静。如果这次能活下来，苗导应该不会再赶走自己。夜和寒冷一起来了，老徐感到有点口干。他试着动了动左手，居然还能动。他哆哆嗦嗦地把左手伸进口袋里，里面有三颗大枣。他一把摸出来，静静地躺在那里，把三颗大枣全部吃完。